FRIEDERIKE SCHMÖE

# *Ein Winter für Mörder*

**DIE OPFER DER WILDEN JAGD** Vor 20 Jahren haben Ksenia und ihre Freundin Heddy 100.000 Euro im Wald gefunden und halbe-halbe gemacht. Ksenias Anteil ging in ihrem Reisebüro auf, Heddy sparte alles für ihre Tochter Karina. Als ihr Reisebüro dringend eine Finanzspritze braucht, planen Ksenia und ein Kumpel, während eines alkoholgetränkten Abends, bei Heddy einzubrechen und das Geld aus dem Tresor zu stehlen. Doch der Tresor ist leer, der Mann, der ihr bei dem Raub helfen sollte, liegt ein paar Tage später tot in seinem Büro, und Heddy ist spurlos verschwunden – mit dem Geld. Zusammen mit Heddys Tochter Karina macht sich Ksenia auf, um Heddy zu finden. Dabei stellen sie fest, dass diese keineswegs die treusorgende Mutter ist, für die sie alle halten, sondern offensichtlich selber in enormen Schwierigkeiten steckt.

*Geboren und aufgewachsen in Coburg, wurde Friederike Schmöe früh zur Büchernärrin – eine Leidenschaft, der die Universitätsdozentin heute beruflich nachgeht. In ihrer Schreibwerkstatt in der Weltkulturerbestadt Bamberg verfasst sie seit 2000 Kriminalromane und Kurzgeschichten, gibt Kreativitätskurse für Kinder und Erwachsene und veranstaltet Literaturevents, auf denen sie in Begleitung von Musikern aus ihren Werken liest. Ihr literarisches Universum umfasst unter anderem die Krimireihen um die Bamberger Privatdetektivin Katinka Palfy und die Münchner Ghostwriterin Kea Laverde.*

FRIEDERIKE SCHMÖE

# *Ein Winter für Mörder*

*Kriminalroman*

GMEINER

Immer informiert

Spannung pur – mit unserem Newsletter informieren wir Sie regelmäßig über Wissenswertes aus unserer Bücherwelt.

Gefällt mir!

Facebook: @Gmeiner.Verlag
Instagram: @gmeinerverlag
Twitter: @GmeinerVerlag

MIX
Papier | Fördert gute Waldnutzung
FSC® C014496

Besuchen Sie uns im Internet:
www.gmeiner-verlag.de


Im Ehnried 5, 88605 Meßkirch
Telefon 07575/2095-0
info@gmeiner-verlag.de

1. Auflage 2023

Lektorat: Claudia Senghaas, Kirchardt
Herstellung: Mirjam Hecht
Umschlaggestaltung: U.O.R.G. Lutz Eberle, Stuttgart
unter Verwendung einer Illustration von: © Lutz Eberle
Druck: GGP Media GmbH, Pößneck
Printed in Germany
ISBN 978-3-8392-0478-8

Personen und Handlung sind frei erfunden.
Ähnlichkeiten mit lebenden oder toten Personen
sind rein zufällig und nicht beabsichtigt.

# PROLOG

Ihre Mutter hat sie immer gewarnt. Eine Sünde zieht die andere nach sich. Ja, ja, hat sie geantwortet, das ist Traditionswissen. Im Prinzip hat sie selbst die alten Werte immer geehrt. Die wahren Werte. Das, was als gut gilt, als human, als menschenfreundlich. Vertrauen, Verantwortung, Respekt.

Bis ihr jemand begegnete, der all das obsolet machte. In einem winzigen Moment, in dem ihre Weltsicht auf den Kopf gestellt wurde. Sie hat von solchen Augenblicken gelesen, Rissen im Leben, durch die unerwartet Licht fällt, und die sofortige und nachhaltige Veränderungen herbeiführen. Weil man dieses eine Großartige, was man durch den Riss sieht, nie mehr vergessen kann. Und den Riss nie mehr kitten.

Mittlerweile wünscht sie sich nichts mehr, als damals auf die Bremse getreten zu sein. Allerdings ist sie ehrlich genug zu sich selbst, um zu sagen: Wenn ich widerstanden hätte – ich würde mich jetzt zerfleischen. Mich hassen dafür, eine solche Chance vertan zu haben. Denn als solche hat sie die Ereignisse, die sie überrollten, wahrgenommen.

Wobei die Erkenntnis, die sie mit einem gewissen zeitlichen Abstand gewonnen hat, lautet: besser ein weitgehend zufriedenes Leben ohne große Höhen und Tiefen, als einmal das absolute Gipfelerlebnis und danach die Offenbarung, dass es ein Fehlgriff war, schlimmer als jede je erlebte Enttäuschung. Dass sie in einem Zustand gelandet ist, der eine Rückkehr zu ihrem alten Leben unmöglich macht. Sie zwingt, ihre Werte zu verraten. Und die Menschen, die sie liebt.

# 1.

## 27. Dezember

Karinas Anruf.

»Tante Ksenia? Ist Mama bei dir?«

»Nein, wieso, wie kommst du darauf?«

»Sie ist gestern nicht heimgekommen. Papa ist noch im Krankenhaus und ...«

Karinas Stimme wird weinerlich, und Ksenia fühlt sich genervt.

»Hör mal, Karina, ich habe wirklich keine Ahnung, wo Heddy sein könnte. Wir haben nicht mehr so intensiven Kontakt.« Was stimmt.

»Ihr habt euch doch neulich erst getroffen, oder?«

Stimmt auch.

Ksenia hat das Gespräch mit Karina beendet, mit beruhigenden Worten, wie sie hofft, hat ihren Anorak geschnappt und ist raus.

Ein Treffen mit Heddy, am ersten Advent, um zu sondieren. Wie es bei Heddy so aussieht. Heddy, die Familienfrau, die alles tut für Mann und Kind. Und als Erzieherin in einem katholischen Kindergarten. Peter hatte da gerade ein Riesenproblem mit seinen Bandscheiben, konnte vor Schmerzen weder liegen noch stehen, und Karina ... Nun ja. Mamas und Papas Augenstern. Gerade 18 geworden, aber kein bisschen selbstständig. Höhere Tochter.

Ksenia stapft durch den Schnee, der die Felder in einen harschen Panzer gepackt hat. Am Horizont lauert der Wald. Dunst wabert, es taut. Die weiße Weihnacht hat ein matschiges Nachspiel. Wenngleich ein neuerlicher Kälteeinbruch und Schnee angesagt sind. Ksenia mag Schnee, sie ist eine Winterfrau, genießt die kalte, feuchte Luft. Unter ihrer Mütze sammeln sich Schweißperlen, so schnell schreitet sie aus, der Wald rückt näher, der Nebel schließt sich dichter um sie. Sie hat das Haus der Eltern hier draußen übernommen, obwohl sie früher ein eingefleischter Stadtmensch war.

Damals.

Mit dem Einzug, den Umbauarbeiten am Haus, der Gestaltung des Gartens geschah eine allmähliche Verwandlung: Ksenia begann, das Landleben zu genießen. Heute kann sie sich nicht mehr vorstellen, zwischen Asphalt und Hausmauern zu leben, umschlossen von Autolärm und abgasgeschwängerter Luft.

Heddy hat ihr viel geholfen. Beim Umzug, Umbau, und auch im Geschäft. Die kleine Karina genoss die Ausflüge aufs Land, spielte mit den Katzen, im Sommer bauten sie ein Zelt auf und übernachteten draußen, zählten Sterne. Bis sie sich entfremdeten. Schleichend. Sie sehen einander noch, das wohl. Sie plaudern über dies und das, gehen auch mal gemeinsam wandern. Aber diese enge Bindung, dieses Gefühl, einander alles sagen zu können und dabei verstanden zu werden, fehlt. So war es einmal, so ist es nicht mehr.

Eine Krähe hockt nur wenige Meter neben ihr auf dem umgepflügten Feld. Aus Gewohnheit nickt Ksenia ihr zu. Krähen sind klug, erkennen Gesichter. Die zweite kann nicht weit sein. Schon segelt sie vom Wald herüber, mit einem heiseren Schrei landet sie neben der ersten. Es kommt Ksenia vor, als ob auch die Vögel sie beobachten, feststellen, dass dieser Spaziergang ungewöhnlich ist, denn normalerweise geht Ksenia hier auf der langen Morgenrunde, nicht mittags.

Unter ihren Stiefeln haben sich dicke Klumpen nasser Erde angesammelt, als sie den Wald erreicht. Plötzlich hängt Nässe in der Luft, ein feines Nieseln. Von wegen Schnee!, denkt Ksenia.

Heddy. Vor 20 Jahren, nicht ganz, aber beinahe, an einem Frühlingstag, als Winterlinge und Märzenbecher ihre Köpfe aus der Erde streckten, die Vögel eifrig ihren Geschäften nachgingen, hatte sich ihr Leben verändert. Aus Freundinnen wurden Komplizinnen.

Ungeduldig reißt Ksenia die Mütze vom Kopf. Öffnet den Anorak, trotz der Feuchtigkeit. Diese milde Luft Ende Dezember – kaum auszuhalten. Als habe sie Schwierigkeiten zu atmen, so kommt es ihr vor.

Was sie damals getan haben, hat ihr Leben überschattet. Der Riss in ihrer Freundschaft, ihr langsames Absterben, das vorgeschobene Desinteresse, die überdeutliche Vorsicht nahmen hier in diesem Wald ihren Anfang.

# 2.

## 13 Tage zuvor

Sie sitzt am Tresen. Bestellt ein Bier. Die Gaststätte brummt, jeder Platz ist besetzt. Es ist kurz vor Weihnachten, die Leute feiern, sind ausgelassen, trinken, essen. Ksenia hat gerade ihren Wagen aus der Werkstatt geholt. Wieder eine Rechnung. Wieder ein neues Problem. Auf dem Tresen steht ein Adventskranz. Drei Kerzen brennen.

»Hier.« Roland stellt ihr das Bier hin. Das Glas beschlägt, der Schaum schließt perfekt am Rand ab. »Zum Wohl.«

»Danke.« Ksenia trinkt. Der bittere Geschmack tut gut.

»Wie läuft das Geschäft?«, fragt Roland, während er weiterzapft.

»Geht so.«

»Reisen wollen die Leute doch immer! Ich würde auch gern mal weg. Schau dich um, und du verstehst, was mein Problem ist.« Er schnappt sich sein mit Gläsern beladenes Tablett und geht los, servieren.

Ksenia grinst schief. Sie hat ein paar Fehlentscheidungen getroffen. Ihr Reisebüro liegt am Stadtrand, in einer Gegend, die in den vergangenen Jahren sozial und ökonomisch abstarb. Eine Umgehungsstraße gab ihr den Rest. Außerdem hat Ksenia das Internet vernachlässigt. Alle buchen im Netz. Sie kann da nicht mithalten. Von ihren drei Angestellten ist keine mehr übrig. Und selbst ihr eigenes Gehalt kann Ksenia kaum erwirtschaften.

Neben ihr wird der Hocker zurechtgerückt. Ein dunkelhaariger Typ nickt ihr zu.

Ksenia setzt ihr finsterstes Gesicht auf. Sie hat keinen Nerv, sich zu unterhalten, und legt noch weniger Wert darauf, von einem Mann vollgequatscht zu werden, der seine Heldentaten preist. Darauf läuft es bei Kneipenbekanntschaften hinaus. Eigentlich sitzt sie hier, weil sie ihr Bier nicht zu Hause trinken will. Und um ein paar Worte mit Roland zu wechseln. Der aber kaum dazu kommt, bei dem Betrieb.

Der Dunkelhaarige bestellt ein Bier. Roland zapft und stellt auch Ksenia gleich wieder eines hin.

»Hat es geklappt mit dem TÜV?«

»Hat es. Zwei herrliche Jahre liegen vor mir.« Sie grinst.

»Die können zaubern bei Christian.« Roland lacht.

»Ja, scheint so.«

»Eine gute Werkstatt?«, mischt sich der Dunkelhaarige ein. »Könnt ihr mir die empfehlen? Ich brauche dringend eine, die meinen Pick-up flottkriegt.«

Ksenia verdreht die Augen.

Roland schiebt eine Visitenkarte über die Theke. »Hier. Zehn Kilometer weiter.«

Ihr brummt der Kopf, im Lokal ist es laut, die Leute trinken, lachen, lassen es krachen. Weihnachten steht vor der Tür. Ein Mann mit kahl rasiertem Schädel drängt sich an den Tresen, genau zwischen Ksenia und den Dunkelhaarigen.

»Roland! Eine Runde Klaren für alle!«

»Bringe ich euch.«

Ksenia grinst beim Gedanken daran, dass Roland diese intensiven Tage genießt. Er ist der Typ Gastwirt, der sich gern für ein paar Minuten mit an den Tisch setzt, Karten spielt, mittrinkt, einen ausgibt. Die harte Arbeit gibt ihm Energie. Fröhlich zwinkert er Ksenia zu.

Der Glatzkopf geht zurück zu seinen Kumpels. Zu viert sind sie, ein Deck Karten auf dem Tisch. Bullige Kerle in eng anliegenden Shirts, die ihre vielen Stunden in der Muckibude wirkungsvoll zur Schau stellen.

»Na, da werde ich mal mein Glück bei dieser Werkstatt versuchen, noch vor den Feiertagen.« Die Augen des Dunkelhaarigen liegen auf Ksenias Profil. Sie dreht sich weg.

## 3.

**27.12.**

Von den Bäumen tropft der schmelzende Schnee. Ksenia streckt die Hände aus, Handflächen nach oben. Der Weg führt bergauf, zuerst kaum spürbar, schließlich steiler. Bald biegen mehrere Wanderwege ab. Sie nimmt den ganz links, der sie weiter durch den Wald führen wird. Das Gewirr aus Pfaden und Flurwegen kennt sie in- und auswendig. Sie weiß, wo der Besitzer der Galloways entlangfährt, um seine Herde zu versorgen, sie kennt die Waldbesitzer, jeden einzelnen, weiß, wo ihre Gebiete liegen und wer bei wem Wegerecht hat. Auch die Streitereien und das Hickhack der diversen Parteien sind ihr hinlänglich bekannt. Ksenia liebt den Wald. Sie hat ihre Blaubeerpfade im Sommer und weiß um die guten Stellen, wo sie im Herbst Maronen und Pfifferlinge sammeln kann.

Diesen Weg ist sie damals mit Heddy gegangen. Heddy, die gern Sport macht, während ihr Mann Peter eine Couchkartoffel ist. Deswegen die Bandscheibenprobleme. Ksenia mag Peter nicht besonders. Ein wehleidiges Exemplar. Softie. Klassisches Beispiel für einen Mann, der es seiner Frau überlässt, sich um das verstopfte Klo zu kümmern. Weil er es im Kreuz hat.

Ganz anders der Typ, den sie vor zwei Wochen abgeschleppt hat. Nach dem Bier bei Roland. Sie hat das nicht beabsichtigt. Es ergab sich irgendwie. Micha. Er schätzte den frisch gefallenen Schnee genauso wie Ksenia. Er fuhr ihr nach. Sie ließ es zu. Weil es in einem Haus weit draußen am Waldrand schon mal einsam sein kann. Wenngleich sie nicht der Kuscheleckenfreak ist, so wie Heddy. Sie kann gut auf eigenen Füßen stehen und ihr Ding machen.

Beinahe wütend stapft sie die Steigung hoch. Rechts erhebt sich drohend ein Jägerstand. Ein Eichelhäher schnattert los. Ksenia sucht das Geäst ab, doch sie kann ihn nicht sehen. Schon wird es dämmrig. Die Tage sind verdammt kurz Ende Dezember.

Damals mit Heddy, da war es noch hell, als sie am Nachmittag ihre Wanderung unternahmen. Ksenia folgt dem rot markierten Wanderweg, der nun eine Biegung macht und weiter ansteigt, um nach knapp 300 Metern wieder steil abzufallen. Um diese Jahreszeit ist niemand hier. Die Gegend ist im Sommer bei Outdoorfreunden beliebt, wenn alle die Kühle des Waldes suchen. Trailrunner, Nordic Walker, solche Leute. Ksenia stürmt voran. Der Wald wird bei einer Streuobstwiese enden, doch zuvor steht versteckt rechts im Dickicht ein Hochstand. Auf den sind Heddy und sie geklettert. Man sieht von dort einen weiten Hang und neuerlichen Wald, am Ende der mit knorrigen Bäumen bestandenen Streuobstwiese. Ganz nah hämmerte ein Specht. Sie haben dort gesessen, Kaffee aus der Thermoskanne getrunken, Kekse geknabbert und geredet. Über dies und das. Ksenias Geschäft hatte den ersten Einbruch. Weil das Internet an Wichtigkeit gewann. Weil ihre Kunden über die Preise klagten; sie würden dasselbe Flugticket im Netz günstiger finden, wie Ksenia sich dazu verhielte. Warum sie nicht bis einen Tag vor Abflug kostenlos stornieren könnten. Wie das denn sei mit den Bauarbeiten im Hotel, von denen Ksenia ihnen nichts gesagt hätte.

Heddy, die treue, geduldige Zuhörerin! Ksenia kotzte sich aus, und Heddy tröstete. Die Stimmung wechselte von verzweifelt zu lustig, bis sie begannen, sich zu kabbeln. Dabei kullerte ein Becher unter die Sitzbank. Ksenia kroch hinterher. So fanden sie den Rucksack.

# 4.

## 13 Tage zuvor

Seine dunklen Haar fallen ihm in die Stirn. Er hebt sein Glas, prostet Ksenia zu.

»Cooles Lokal.«

»So?«

»Ich fahre nicht oft so weit aus der Stadt raus.«

»Was Sie nicht sagen.« Ksenia spürt seine blauen Augen auf sich. Sie erinnern sie an die Augen eines Tieres, die im Dunkeln glühen können. Der Glatzkopf drängt sich wieder an den Tresen, stellt das Tablett mit den leeren Schnapsgläsern ab.

»Noch eine Runde Klaren!«

»Kommt.« Roland bleibt die Ruhe selbst.

»Schöner Ort, um hier zu leben«, sagt der Dunkelhaarige. »Das ist so ein Traum, der immer mal wieder bei mir hochkommt, verstehen Sie.«

»Sicher.«

»Wobei … ich bin ja eher der Stadtmensch.« Er nimmt einen Schluck.

Ksenia starrt an Roland vorbei. Hinter seinem Rücken schimmern die bunten Spirituosenflaschen auf Boards, von hinten durch einen Spiegel hervorgehoben. Sie sieht ihr eigenes Gesicht, im Schatten, aber erkennbar. Graublondes, langes Haar, achtlos hinter die Ohren geschoben. Ein nichtssagendes Shirt. Dennoch baggert der extrem gut aussehende Typ sie an. Sie hat wenig Lust auf ein Gespräch und noch weniger Kontrolle über das, was sie sagt. Sie hat was getrunken. Sie hat Probleme. Existenzielle Sorgen.

»War ich auch«, erwidert sie endlich. »Stadtmensch.«

»Aber?«

»Habe mich eben verändert.«

Das lässt er gelten. Wahrscheinlich nicht für lang, denkt Ksenia. Sie lauscht dem Sound des Pubs, ihr ist, als rückten das Stimmengewirr, das Gläserklirren näher an sie heran. Schließlich fragt er:

»Was machst du beruflich?«

Das Du hat sie erwartet. Sie fühlt sich zu ihm hingezogen. Er wirkt nicht wie jemand, mit dem es kompliziert würde. Dennoch starrt sie weiter vor sich hin, vermeidet den direkten Blickkontakt. Roland schenkt Schnaps ein und serviert am Tisch bei den Kartenspielern.

»Fragst du mich als Nächstes, ob ich eine Fremdsprache spreche?«

Er lacht, es klingt verunsichert.

»Also …«

»Was machst *du* denn beruflich?«

»Import, Export.«

»Klingt nicht sehr spannend.«

Er grinst. »Ist es aber.«

»Was import-exportierst du?«

»Hauptsächlich Lebensmittel.«

Sie wendet sich ihm zu.

»Ist nicht wahr.«

»Doch!«

»Klingt extrem langweilig.«

Er stützt sich auf den Ellenbogen. »Dann erzähl mir was Cooleres. Was machst du?«

»Ich habe ein Reisebüro.«

»Ist nicht wahr.«

Er ahmt sie nach, was Ksenia sofort auf den Geist geht.

»Ich bin am absteigenden Ast. Reisebüro ist out. Nur die Nischen werden auf lange Sicht überleben. Klettern auf Vulkane. Am besten, während sie gerade Lava spucken. Oder Antarctica mit Pinguinadoption. Das sind die einzigen Agenturen, die in Zukunft Geld verdienen werden.«

»Warum angelst du dir nicht ein großes Unternehmen, für das du die Flüge und Hotels organisierst?«

Ksenia starrt den Dunkelhaarigen an. »Wie heißt du überhaupt?«

»Micha. Und du?«

»Ksenia.« Sie trinkt ihr Bier aus, stellt das Glas ab. Gibt Roland ein Zeichen. Der nickt, wobei sein Blick zwischen Ksenia und Micha hin und her gleitet, ehe er ein paar Gläser in die Spülmaschine räumt. Sie beobachtet die Kneipenroutine. Derweil lässt sie los und erzählt. Geschützt vom Geräuschpegel im Pub. Das Einzige, was ihr Geschäft jetzt noch retten kann, ist eine Geldspritze. Und sie weiß, wo Geld ist. Wenigstens vermutet sie es. Roland stellt ein neues Glas vor ihr ab.

Micha hat einiges dazu zu sagen. Wie sie selbst. Die Erinnerung an den Fund im Wald, der Gedanke an Heddy, der sie schon zu lange nicht mehr viel zu sagen hat. Micha redet, sie antwortet, das Gespräch bewegt sich auf ein Ziel zu, nur eines. Ksenia zittern die Knie, als sie aufsteht, um auf die Toilette zu gehen, und als sie zurückkommt, besiegeln sie den Plan.

Alles andere folgt mit einer gewissen Konsequenz. Ksenia legt Geld auf den Tresen, gleitet vom Hocker und verlässt das Lokal.

Auf dem Parkplatz liegt Schnee, frisch gefallen. Noch unberührt fast. Ksenia atmet tief durch. Genüsslich pflügt sie durch das Weiß. Mehr und mehr Flocken fallen. Hinter ihr klappt eine Tür.

Sie hat geahnt, dass er ihr folgt.

## 5.

**27.12.**

Ksenia kehrt dem Hochsitz den Rücken. Es dämmert. Dunkelheit stört sie nicht weiter, sie ist ein Wesen der Finsternis geworden, fast wie eine Katze kann sie im Dunkeln sehen, zumindest so viel, dass sie nicht verloren geht. Mit dem, was sie getan hat, ist sie endgültig in der ewigen Nacht angekommen. Sie geht schnell, entschlossen setzt sie Fuß nach Fuß auf dem weichen Waldboden auf. Der Boden schmatzt an den Stellen, wo der Schnee schon geschmolzen ist. Hinter ihr bewegt sich etwas. Als sie sich umdreht, sieht sie ein Reh, das erschrocken im Dickicht verschwindet.

Sie haben sich voneinander entfernt. Schritt für Schritt. Ksenia und Heddy. Die Lebenswelten zu unterschiedlich, vor allem nach Heddys Heirat und der Geburt der Tochter, die Bereitschaft, sich auf die Realität der jeweils anderen einzulassen, wurde geringer. Ksenia tauchte im Geschäft unter, Heddy in der Familie. Beide zuerst motiviert und glücklich, durch nichts zu stoppen. Nach und nach die Desillusion, das stille Resignieren, die Erkenntnis, dass nicht alles, was man so begeistert und voller Leidenschaft angepackt hat, zu einem Zustand führt, der glücklich macht. Dennoch hielten sie aneinander fest, aus dem Bedürfnis heraus, das zu bewahren, was sie einst zu Freundinnen gemacht hatte.

Eine Freundschaft kann zerstört werden, oder sie zerbröselt allmählich, so, wie ein altes Gebäude, in dem niemand mehr lebt, in sich zusammenfällt. Wenn man merkt, wie verwahrlost alles ist, muss man schon eine Menge investieren, um es zum Leben zu erwecken, denkt Ksenia. Sie war nie bereit, sich für ihre Freundschaft in besonderem Maß zu engagieren. Wenn sich ein Kaffeetrinken ergab, nach der Arbeit, oder eine Wanderung am Sonntag – dann hat Ksenia zugesagt. Die Freundschaft ist nicht zerrüttet worden, da gab es kein Ereignis, das mit seiner Zerstörungswut ihrer Zugewandtheit den Garaus gemacht hätte. Keinen Streit. Stattdessen kam ihnen die Freundschaft abhanden, das Zusammengehörigkeitsgefühl, die Freude, über dieselben Dinge zu lachen.

Dennoch sind sie miteinander verbunden, enger als jedes Ehepaar, sogar tiefer als Geschwister. Durch das, was sie getan haben. Damals, im Wald.

Sie hätte das nie tun dürfen. Dieser Plan war ein Witz, von Anfang an, ausgeheckt in einer überlauten Kneipe nach ein paar Gläsern Bier, zudem, saudumm, unter Federführung eines Mannes mit dunklem Haar. Sie muss ihn kontaktieren, rausfinden, was er gemacht hat, ob er wirklich in die Tat umgesetzt hat, was ihre Idee gewesen war. Dabei hat Ksenia ihm nur die Informationen geliefert. Heddy. Das Haus, der Keller, der Ehemann im Krankenhaus. Die Tochter mit ihren Fingernägeln beschäftigt.

Import, Export?

Sie greift nach ihrem Handy, wählt Heddys Nummer. Niemand meldet sich. Sie versucht es am Festnetz. Karina scheint auch nicht zu Hause zu sein.

Heddy sollte gar nicht involviert werden.

Schneller, als sie es gewohnt ist, hat sie ihre Runde gelaufen. Ihr Haus liegt dunkel da, die Wolken sind ein Stück aufgerissen, und ein klein wenig Mondlicht bringt das nasse Dach zum Glänzen. Ein früheres Jagdhaus mit kleiner Grundfläche und spitzem Dach. Leidlich in Schuss. Ksenia schreitet flott zur Garage und steigt ins Auto. Lässt den Motor an. Fährt los. Die Wolken schließen sich wieder, Ksenia steuert den Wagen über die schmale Zufahrt zur Landstraße.

Sie schaltet das Radio an.

»17 Uhr. Die Nachrichten.«

Sie schaltet wieder aus.

Im Dorf liegt *Rolands Pub* im Dunkeln. Zwischen den Jahren hat er zu, erst Silvester legt er wieder los. Sie fährt vorbei, Richtung Stadt, 20 Minuten später lässt sie ihr Reisebüro im Außenbezirk links liegen und biegt ab, so richtig kennt sie sich hier nicht mehr aus, die Stadt hat sich verändert, seit sie aufs Land gezogen ist. Für Ksenia gibt es kaum einen Anlass zurückzukehren. Oper, Kino, Schauspiel? Nicht ihre Welt. Sie fährt rechts ran. Nimmt ihr

Handy, sucht nach Import-Export. Es gibt nur drei eingetragene Firmen, eine gehört Michael Gehling. Das muss er sein. Sie aktiviert das GPS, um sich zu der Adresse führen zu lassen.

Ein Industrieviertel am anderen Ende der Stadt. Baumärkte, Tankstellen, Großhandel. Müde blinkende Lichterketten. Ein Lagerhaus, daneben ein vierstöckiges Bürogebäude, in einigen Etagen ist noch Licht. Ksenia parkt und steigt aus. Eine Menge Schilder zieren den Eingang, Logistikfirmen, eine Großbäckerei. Sie drückt den Finger auf die Klingel bei *Gehling Im- und Export*. Nichts tut sich, aber nach einer Weile kommt eine Frau aus der Tür, nickt Ksenia müde zu. Ksenia schlüpft ins Haus.

Der Fahrstuhl bringt sie in den zweiten Stock. Hier ist alles dunkel, bis auf die grünliche Notbeleuchtung eines Exit-Schildes. Vor Ksenia liegen zwei Glastüren. Eine ist von innen mit Zeitung verklebt. »Wir renovieren«, steht handgeschrieben auf einem Zettel. Gehlings Bürotür liegt daneben. Sie ist angelehnt. Ksenia drückt dagegen.

»Hallo? Micha?«

Die Tür schwingt auf, ein muffiger Geruch dringt zu ihr heraus, ihr Herz klopft, das hier ist anders als Dunkelheit im Wald. Unruhig tastet sie nach ihrem Handy. Fischt es aus der Anoraktasche. Im Licht des Displays sieht sie einen Schreibtisch, Aktenschränke, einen PC, der Bildschirm ist umgekippt. Papiere auf dem Boden. Ksenia hält den Atem an. Sie geht um den Tisch herum.

Micha liegt vor ihr, in einer Blutlache. Seine Augen sind weit aufgerissen, das Haar klebt an seinem Kopf. Sie drückt ihre Finger an seinen Hals. Nichts.

Im Stock über ihr knallt etwas auf den Boden, eilige Schritte trippeln hin und her. Dann ist alles still.

Ksenia starrt auf Micha. Bis sie langsam rückwärts geht.

Irgendwann sitzt sie in ihrem Auto. Sie löscht den GPS-Verlauf in ihrem Handy sowie die Anrufliste. Anschließend schaltet sie das Telefon aus.

## 6.

Ksenias Atem geht schnell, hektisch. Ihr Magen krampft schmerzhaft. Sie rauscht über die Landstraße, ihr Fuß steht auf dem Gas, sie muss sich zusammennehmen, nicht wie eine Verrückte unter Missachtung aller Verkehrsregeln dahinzurasen. Ihre Scheinwerfer schneiden Kegel ins Dunkel. Wind ist aufgekommen, die kahlen Büsche am Straßenrand wehen in den Böen hin und her. Die Scheibenwischer mühen sich mit Regen, der manchmal Schnee ist und dann wieder nicht.

Beinahe wäre Ksenia an der Abzweigung vorbeigebrettert, gerade noch rechtzeitig bremst sie. Biegt ab und rollt auf die Siedlung zu, wo Heddy mit Familie lebt. Haus an Haus, auf handtuchgroßen Grundstücken, Carports, Buchsbaumhecken. Ksenia fühlt Beklemmungen, zugleich zittern ihre Hände, als sie die Siedlung am anderen Ende verlässt und den Wagen etwa 200 Meter entfernt auf einem Supermarktparkplatz abstellt. Diese Märkte packen sie überall hin, jedes Dorf, jede Siedlung bekommt ihr Maß an Beton und billigen Waren. Lebensmittel, Textilien, Tankstelle, Waschstraße. Ksenia verabscheut diese Art zu leben, überhaupt das Leben als das zu begreifen, was ihr hier vorgeführt wird: die Degradierung des Menschen zum Konsumenten.

Doch heute hat sie andere Sorgen. Sie stülpt die Kapuze über den Kopf. Es nieselt leicht. Rasch wandert sie zur Siedlung zurück, darauf bedacht, sich im Dunkeln zu halten. Manchmal passiert ihr das: Die Straßenlaternen beginnen exakt in dem Moment zu flackern, in dem sie an ihnen vorbeigeht. Diesmal nicht. Leider.

Sie erreicht Heddys Haus. Die Nachbarn haben Festbeleuchtung, überall die Nachwehen der Weihnachtsfeiertage, man feiert noch oder bereitet sich auf die nächsten Feste vor, Silvester, Neujahr, dann Dreikönig, nie hört es auf.

Der Regen wird heftiger, Windböen fegen von der Seite heran, reißen Ksenia die Kapuze vom Kopf. Die Bäume in den Gärten biegen sich. Das Haus, wo Heddy mit Familie wohnt, liegt in der hintersten Reihe der Siedlung, direkt am Wald. Der wirkt schwarz und undurchdringlich wie eine Mauer. Heddys E-Auto steht im Carport, daneben Peters SUV. Karinas Kleinwagen ist nirgends zu sehen. Der Bewegungsmelder springt an. Ksenia klingelt. Pro forma. Immer noch zittern ihre Hände. Sie wischt den Eindruck beiseite, der sie verfolgt, das Bild von Micha in der Blutlache.

Niemand reagiert auf ihr Klingeln. Kaputte Freundschaft hin oder her, sie weiß, wo der Ersatzschlüssel liegt, und solche Traditionen ändern sich nie. Sie findet den

Schlüssel, sperrt auf, lässt sich ins Haus ein, schließt die Tür, froh, etwaigen Blicken der Nachbarn entkommen zu sein. Wie lange sie nicht mehr hier war! Heddy hat die Garderobe umgebaut, aus einem schweren Holzschrank wurde ein luftiges Gestell aus Metall, bunt, an dem Wintermäntel, Schals und Mützen hängen. Ksenia fühlt einen Anflug von Neugier. Bestimmt hat sich mehr verändert im Haus. Heddy hatte immer einen guten Geschmack und Peter das Geschick, die passenden Dinge aufzutreiben. Ehre, wem Ehre gebührt, denkt Ksenia.

Sie will in den Keller. Die Treppen knarren. Der Keller ist im Prinzip ein ausgebautes Untergeschoss, Fernsehzimmer mit Zweitanschluss, ein Billardraum. Peter lädt öfter Freunde ein, und die spielen zusammen, wie oft hat sich Heddy über diese Männerrunden ausgelassen. Dann eine Art Büro, besser ein Archiv, wo Peter und Heddy Akten und Dinge von der Arbeit ablegen, die sie akut nicht brauchen, beide können sich schwer von alten Sachen trennen.

Ksenia stößt die Tür auf. Sie war nicht oft hier, nur einmal hat Heddy ihr gezeigt, wo sie ihren Anteil versteckt hat. Da gibt es ein Regal, voller Ordner und Bücher, einen kleinen Schreibtisch mit einem Schnurtelefon und einem altmodischen Faxgerät, ein Ablagefach voller Papiere, Stifte, Batterien. Ein Ladegerät.

Ob Peter das Versteck kennt?

Als Karina noch ein Baby war, haben sie einmal darüber gesprochen. Ob Peter Bescheid weiß, das wollte Ksenia wissen, von dem, was sie seinerzeit im Wald und so weiter. Heddy verneinte, er hätte keine Ahnung, und sie würde es ihm nie sagen. Es sei eine Sache zwischen ihr und Ksenia, ein Frauending. Keine von ihnen hat vor der anderen je zugegeben, was für eine Last dieses gemeinsame Wissen ist.

Ksenia schiebt mit aller Kraft das linke Regal beiseite. Die aufgetürmten Bücher und Ordner schwanken. Endlich kommt Ksenia an die dahinterliegende Wand. Auf den ersten Blick wirkt alles unberührt. Sie braucht ein paar Minuten, bis sie den Mechanismus in Gang bringt, der die Zwischenwand beiseiteschiebt.

Vor ihr liegt der Tresor. Verschlossen.

Sie kennt die Kombination nicht.

Was will ich hier?, fragt sich Ksenia, auf den Tresor starrend. Draußen heult der Wind ums Haus. Sonst ist es still. Ksenia schiebt das Regal wieder an Ort und Stelle zurück. Bleibt bewegungslos im Raum stehen, blickt ins Leere.

Schritte auf der Treppe. Ksenia erstarrt. Sie greift nach einem Buch, ein Wurfgeschoss, wenn es sein muss. Albern, nur ein Reflex.

Die Tür wird geöffnet. Ein schmales Gesicht guckt herein, die Augen ängstlich aufgerissen.

»Karina!«

»Tante Ksenia! Was machst du denn hier?«

»Ich wollte bei euch vorbeischauen, du warst nicht hier.«

»Warum hast du nicht angerufen?« Karina ist ganz blass unter ihrer Wollmütze mit der puscheligen Bommel. Da steht sie, rosa Anorak, knallenge Jeans. »Ich hatte echt Panik, ich dachte, da ist ein Einbrecher.«

»Hast du deine Mutter gefunden?«

Karina schüttelt langsam den Kopf. Ihr Blick bleibt an dem Buch in Ksenias Hand hängen, und die legt es weg.

# 7.

In Ksenias Tasse dampft der Tee. Der Wind heult ums Haus. Die Rollläden ruckeln.

»Ich habe dein Auto gar nicht gesehen«, sagt Karina.

Sie sind nach oben gegangen, sitzen in der Küche. Eine Amaryllis verwelkt in ihrem Topf auf dem Tisch. Der Weihnachtsstimmung ist am 27. Dezember die Luft ausgegangen.

»Ich habe ein paar Meter weiter geparkt.« Ksenia blickt auf das dunkle Gebräu in ihrer Tasse. »Wo hast du deine Mutter gesucht?«

»Ich war bei meiner Oma. Die wusste von nichts.«

Ksenia bemüht sich sehr, die Augen nicht zu verdrehen. Noch jemand, der potenziell in der Affäre herumstochern kann.

»Sie ist jetzt sehr besorgt. Es sieht Mama doch gar nicht ähnlich!«

»Nein. Überhaupt nicht. Sag mal, sie hat doch offiziell Urlaub genommen im Kindergarten?«

»Klar, sie hat sich auf die freien Tage zwischen den Jahren gefreut.«

»Umso seltsamer …« Ksenia stellt die Tasse weg, bringt es nicht über sich, den Kräutersud zu trinken. Sie spürt Karinas argwöhnischen Blick auf sich.

»Was hast du dort unten im Büro gemacht?«, fragt Karina.

»Nach Heddy gesucht.« Streng genommen ist das nicht mal eine Ausrede. »Kennst du die Kombination von eurem Tresor?«

»Was für einem Tresor?«

»Unten, hinter dem Regal, befindet sich ein Tresor.«

Stumm schüttelt Karina den Kopf. Sie hat die Puschelmütze abgenommen und sorgfältig die blonden Locken gebürstet, die ihr nun dekorativ über die Schultern fallen.

»Fuck!« Ksenia steht auf, streckt den Rücken.

»Was willst du an dem Tresor, Tante Ksenia?«

»Verdammt noch mal, nenn mich nicht Tante Ksenia. Ich bin nicht deine Tante!«

Karina zuckt zusammen. Ihre blauen Augen werden noch größer, das Gesicht noch eine Spur blasser.

»Hast du wirklich keine Ahnung, wo deine Mutter stecken könnte? Hat sie eine Beziehung zu einem anderen Mann?«

»Mama doch nicht.«

»Sondern, wer dann? Hat Peter eine Affäre?«

»Papa?«

Mit zwei Schritten ist Ksenia bei Karina und packt sie an ihrem rosa Anorak. »Hör mir mal zu, Herzchen. Spiel nicht die Tussi. Benimm dich wie eine Erwachsene! Deine Mutter ist weg, und das nur zwei Wochen nachdem …«

»Nachdem was?«, flüstert Karina.

»Ach, vergiss es!«

Eine Bö donnert ums Haus. Die Rollläden schlagen gegen die Fenster, Ksenia hat das Gefühl, als halte das Haus nur unter Stöhnen stand. Vor knapp zwei Wochen hat sie Micha eingeweiht. Nun ist Heddy verschwunden und Micha tot. Dabei sollte Heddy in diesem Plan überhaupt keine Rolle spielen!

»Sag mir dein Geburtsdatum!«, befiehlt Ksenia.

»Mein Geburtsdatum?«

Ksenia packt Karina fester, als könne sie die Antwort aus ihr herausschütteln.

»Wird's bald?«

»24. Februar 2004.«

Ksenia lässt das Mädchen los. Mit wenigen Schritten ist sie an der Kellertreppe. Schon hat sie unten das Regal weggezerrt und gibt die Kombination ein:

*24022004.*

»Was machst du da?« Karina taucht hinter Ksenia auf.

»Verschwinde.«

»Ich will wissen, was du da machst!« Das klingt kämpferischer, als Ksenia es der Kleinen zugetraut hätte.

Die Tresortür schwingt auf. Das Fach ist leer.

»Fuck!« Ksenia taumelt ein paar Schritte rückwärts.

»T... Ksenia? Woher weißt du von diesem Safe? Ich habe den nie zuvor gesehen.«

»Weil du ein braves Mädchen bist, das sich nicht in die Angelegenheiten seiner Eltern einmischt.«

Ksenia ist kurz davor, von dem Jägersitz zu erzählen und von dem einen Spaziergang, der ihr und Heddy zum Verhängnis wurde. Gerade rechtzeitig beißt sie sich auf die Lippen. Nicht Karina in Gefahr bringen. Das ist sie Heddy schuldig.

»Hör zu, Karina. Solange wir nicht wissen, was genau mit deiner Mutter passiert ist, möchte ich nicht, dass du allein im Haus bleibst. Hast du eine Freundin, bei der du die nächsten Tage wohnen kannst?«

Karina nickt mit weit aufgerissenen Augen. »Ich wollte Silvester ohnehin mit ein paar Freunden wegfahren.«

»Okay. Kannst du dich dort jetzt schon anhängen?«

»Denke schon ...«

»Gut. Fahr hin. Ist das weit?«

»Nein, 20 Minuten mit dem Auto.«

»Traust du dir zu, jetzt sofort hinzufahren? Es stürmt ziemlich.«

»Ich glaube schon.«

»Heißt das ja?«

Karina nickt.

»Fein.« Ksenia macht sich daran, den Tresor zu schließen und das Regal an seinen Platz zu schieben.

»Ist etwas gestohlen worden, Tante Ksenia? Müssen wir nicht die Polizei rufen?«

»Es ist nichts gestohlen worden.« Ksenia konzentriert sich nur auf eines: Karina nicht beunruhigen, damit die nicht durchdreht und Staub aufwirbelt. Polizei kann sie gerade gar nicht gebrauchen. »Ich hatte gehofft, im Tresor einen Hinweis zu finden, wo Heddy sich aufhält. Sie hat mir mal erzählt, dass ihr diesen Safe habt. Also, ich hätte mir vorstellen können, dass sie dort etwas hinterlegt, verstehst du?«

»Aber da ist nichts.«

»Rein gar nichts.« Ksenia betrachtet die Regalwand. Nichts weist auf das Geheimnis dahinter hin.

»Und was soll ich Papa sagen? Er fragt schon, warum Mama ihn nicht besucht.«

»Du bist doch ein cleveres Mädchen. Denk dir was aus.«

»Er beklagt sich sowieso, weil er über Weihnachten im Krankenhaus ist, obwohl die zwischen den Jahren keine OPs machen. Außerdem hat er ständig Schmerzen.«

Ksenia schiebt Karina beiseite, steigt die Kellertreppe hinauf. Unten hat man den Sturm kaum wahrgenommen, doch hier oben heult er, lässt die Wände wackeln.

»Kann jemand Mama entführt haben?« Karina eilt Ksenia nach.

Ksenia reißt die Haustür auf. Sofort fährt der Wind herein.

»Nein, natürlich nicht.« Sie hofft es jedenfalls nicht.

»Ich habe trotzdem ein ganz schlechtes Gefühl.« Karina umarmt Ksenia. Der ist die Nähe peinlich, aber sie hält still, ihr ist klar, dass das junge Mädchen leidet. Dass sie eine Verbündete sucht.

Sie hat einen Vater, soll sie dem was vorheulen, denkt Ksenia.

»Kennst du die Legende von der *Wilden Jagd*?«, flüstert Karina. Im lauten Geheul des Windes gehen ihre Worte beinahe unter. »Das ist ein Heer, das in den *Rauhnächten* über den Himmel zieht. Der Tod ist dabei, unter den ganzen Gestalten, und er ist auf Beute aus, sagt man. Deshalb soll man auch nichts waschen zwischen Weihnachten und Dreikönig, weißt du? Weil das Heer sich in den aufgehängten Laken verfangen könnte. Später kommen die dann zurück. Jemand stirbt, und das Laken wird zum Leichentuch.«

»Meine Güte, Karina!« Ksenia schiebt das Mädchen von sich weg. »Das ist ein Volksglaube.«

»Aber hör doch. Der Sturm klingt wie – Säbelrasseln!«

Tatsächlich bringt der Wind eine Ahnung von Waffenklirren und Kampfgeheul mit sich.

»Seit wann interessiert sich deine Generation für Aberglauben?«

»Oma hat gesagt …«

Ksenia schwillt der Kamm. Sie stupst Karina vor die Brust. »Schalte mal das Organ unter deinen hübschen Löckchen ein. Fahr zu deiner Freundin. Und lass dein Handy eingeschaltet, ich rufe dich an, wenn ich was von Heddy höre.«

»Okay.«

»Gilt umgekehrt genauso, hörst du? Melde dich bei mir, sobald sie ein Lebenszeichen gibt.«

Karina nickt.

Ksenia zieht die Kapuze über den Kopf und eilt durch den Vorgarten. Der Wind peitscht winzige Schneeflöckchen vor sich her, frostige Körner, die ins Gesicht stechen. Es ist viel kälter als noch am Nachmittag. Bestimmt wird es bald richtig schneien.

## 8.

Sie muss zurück ins Industrieviertel. Es gibt keine andere Lösung.

Ksenia steuert den Wagen durch den Sturm, einmal muss sie umkehren und einen Umweg fahren, weil ein Baumstamm vor ihr auf der Fahrbahn liegt und den Weg versperrt.

Es ist die perfekte Nacht. Bei dem Wetter sieht jeder zu, dass er heimkommt. Aufs Sofa, an den Kamin. Katze streicheln, Rotwein, Fernsehen. Niemand wird sie beobachten.

Meine Güte, was ist Heddys Tochter doch für eine Tussi. Löckchen und beklebte Fingernägel! Ksenia schnaubt. Sie stippt eine Zigarette aus der Packung auf der Ablage.

Eigentlich raucht sie nicht im Auto. Eigentlich. Im Prinzip hat sie aufgehört. Trotzdem eine Schachtel gekauft. Für Notfälle.

Das Feuerzeug klickt. Sie steuert auf die Stadt zu, findet den Weg nun ohne GPS. Ihr Orientierungssinn ist ausgezeichnet. Wo sie einmal war, dorthin findet sie zurück. Womöglich haben ihre Touren durch den Wald diese Gabe noch geschärft.

Sie parkt weiter weg, vor einem Baumarkt. Eine riesige Plastikfolie schlittert über die Straße. Das Handy lässt sie im Wagen, stattdessen greift sie nach der Taschenlampe in der Seitenablage, steigt aus. Eine dünne Schneeschicht bedeckt den Asphalt. Ksenia blinzelt in den Himmel. Im Licht der Straßenlaternen sieht sie einen Wirbel aus winzigen Schneeflocken, sie tanzen in einem affenartigen Tempo um sie herum, dass ihr schwindelig wird. *Rauhnächte, Wilde Jagd*! Was der Jugend so durch den Kopf geht! Ksenia kann darüber nur den Kopf schütteln. Die Aufklärung verläuft offenbar wieder rückwärts, wenn die jungen Menschen sich mit derartigem Quatsch abgeben. Logisch, dass Menschen sich zu Zeiten, als es weder Strom noch Zentralheizung gab, bei den schweren Winterstürmen die schaurigsten Geschichten ausgemalt haben. Aber heute? Ksenia schiebt die Gedanken weg. Sie braucht ihre Konzentration. Unbedingt. Rasch klopft sie auf die Anoraktaschen. Ihre Handschuhe sind, wo sie sein sollen. Gut so.

Im Bürohaus, wo *Gehling Im- und Export* untergebracht ist, brennt nur noch ganz oben Licht, auf dem Parkplatz stehen zwei Autos. Es ist weit nach 20 Uhr, die Leute sind längst zu Hause. Vielleicht ist ein Reinigungsdienst im Gebäude? Arbeiten die zwischen den Jahren?

Die Eingangstür schwingt im Wind hin und her. Problem Nummer eins schon gelöst, denkt Ksenia. Sie hätte sonst womöglich stundenlang warten müssen, bis jemand herauskommt. Diesmal nimmt sie nicht den Lift, sondern läuft die Stufen hoch. Geschmeidig wie ein Tier. Im zweiten Stock stößt sie behutsam die Tür zum Flur auf. Hier hört sie gedämpft den Sturm toben. Die Glastür zu Michas Büro ist angelehnt, so wie vorhin. Sie blickt sich vorsichtig um, tritt ein.

Nichts hat sich verändert. Sie bleibt eine kurze Weile lauschend stehen. Ignoriert den muffigen Geruch. Knipst schließlich die Lampe an. Da liegt Micha. Das Blut sieht nun weniger glänzend aus, wahrscheinlich trocknet es rasch ein. Wie lange er wohl schon tot ist? Vorhin hat sie darüber nicht nachgedacht, der Schock hat jede logische Schlussfolgerung aus ihrem Kopf gebannt. Im Büro läuft die Heizung, Schweiß bildet sich auf Ksenias Stirn.

Keine Zeit verlieren. Noch ist jemand im Gebäude. Ein rascher Blick zum Fenster. Das Licht der Lampe spiegelt sich. Ob man sie von draußen sehen wird? Sie muss es riskieren.

Nirgendwo ein Handy. Sie checkt Schubladen, Ablagen. Er muss es bei sich tragen. Es sei denn, der Mörder hat es ihm abgenommen.

Schon viele Jahre lang hat Ksenia nicht mehr den Gedanken »Ich kann nicht« gehätschelt. Was getan werden muss, tut sie, sie kann eine lästige Pflicht ja nicht auf einen anderen abschieben. Da ist niemand in ihrem Leben, der einen Reifen wechseln oder eine tote Ratte im Keller beseitigen würde. Wenn etwas ansteht, muss sie es machen. Fertig.

Sie klopft Michas Hosentaschen ab. Dazu muss sie die Leiche bewegen, ein Stück auf die Seite rollen. Micha ist schwer, Ksenia schwitzt. Endlich kommt sie an die Gesäßtaschen. Tatsache: Rechts steckt das Handy. Sie zieht es heraus. Lässt die Leiche wieder in Rückenlage gleiten. Dabei hört sie ein blubberndes, grummelndes Geräusch. Eine Gänsehaut jagt ihr über den Rücken. So weit von Micha entfernt wie möglich checkt sie seine Anrufliste. Etliche Nummern am heutigen Tag. Und in den Tagen zuvor. Ein viel beschäftigter Geschäftsmann, der Boss von *Gehling Im- und Export*. Sie schnappt sich einen Zettel und einen Bleistift vom Schreibtisch und notiert die Nummern sowie die Daten und Uhrzeiten der Anrufe. Anschließend sucht sie die Nummern in der Kontaktliste, die Micha als Letztes angerufen hat:

*Kaffeerösterei Uhl*
*Café Laubnitz*
*Silvia Roos*

Das Mailpostfach ist mit einem Passwort geschützt. Sinnlos, an dieser Stelle Zeit zu verschwenden. Ksenia sieht sich die Fotos an, aber auch die geben wenig her. Micha hat hauptsächlich Schneelandschaften fotografiert, vor allem jedoch die Packungen von Waren. Es gibt ein paar Screenshots von Bestelllisten. Obwohl Ksenia mit Micha Telefonnummern ausgetauscht hat, findet sie ihre Nummer nicht in seinem Adressbuch. Sie überprüft den Kalender. Auf den ersten Blick nichts Privates.

Sie schließt für einen Moment die Augen. Hat der Mord gar nichts mit ihrer Abmachung zu tun? Micha hat doch nur eingewilligt, weil er … Ksenia beißt sich auf die Unterlippe. Würde sein Geschäft prima laufen, hätte er keinen Grund gehabt, Hilfe anzubieten. Überhaupt, der Plan, der ist auf Michas Mist gewachsen. Weil er jemanden kennt. Den Ksenia in dem Smartphone nicht finden kann. Weil sie nicht weiß, wer dieser Jemand ist.

Also ist irgendwas schlecht gelaufen. Da wäre es nicht allzu weit hergeholt, wenn …

Ksenia fährt zusammen. Draußen wird der Lift in Gang gesetzt. Deutlich hört sie das Summen des Fahrstuhls im Schacht. Abrupt bricht das Geräusch auf ihrer Etage ab.

## 9.

Ksenia kriecht unter den Schreibtisch. Das Ganze ist ein Witz, denkt sie, niemals wird sie aus der Nummer rauskommen. Wie soll sie erklären, was sie am späten Abend neben einer Leiche zu schaffen hat? Falls sie hier nicht mehr verschwinden kann, ungesehen natürlich, hängt sie.

Die Lifttüren öffnen sich. Sie hört Schritte auf dem Korridor, leise, verhalten, als ob jemand sich alle Mühe gibt, kein Geräusch zu machen. Ihre langen Wanderungen durch den Wald haben Ksenias Gehör geschult. Sie fühlt die Tritte mehr, als dass sie sie hört. Die Tür zu Michas

Büro ist nur angelehnt, sie hört ein Kratzen am Türblatt. Die Tür schwingt ein Stück auf, sie knarrt. Die Person auf der anderen Seite erschrickt, Ksenia bemerkt, wie jemand scharf die Luft einzieht.

Ksenia hält noch Michas Handy in der Hand. Vielleicht kann sie den Eindringling überlisten. Es muss jemand sein, der eigentlich nicht hier sein darf. Ist es der Mann, den sie beide, sie und Micha … den Micha im Auge hatte? Den er anheuern wollte?

Irgendetwas muss schiefgegangen sein. Das Geld ist nicht mehr im Tresor. Ist »wer auch immer« eingebrochen, so professionell, wie Micha behauptet hat, dass er das kann, hat den Tresor geöffnet, das Geld an sich genommen und ist mit der Kohle auf Nimmerwiedersehen verduftet? Oder ist Heddy mit dem Geld weg? Es kann kein Zufall sein, denkt Ksenia, dass Heddy verschwindet, zeitgleich mit dem Geld. Oder hat sie es woanders versteckt? Was hat dann der Profi getan, beim Anblick des leeren Tresors?

Die Gedanken rasen durch ihren Kopf wie irregeleitete elektrische Impulse. Ksenia hält den Atem an. Die fremde Person steht noch an der Tür, Ksenia glaubt, hektische Atemzüge zu hören. Von der Tür aus kann man im Dunkeln Michas Leiche nicht erkennen. Sie beißt sich auf die Lippen. Ihre Muskeln fangen an zu zittern, die unbequeme Kauerstellung schnürt ihr die Luft ab, und gerade als sie denkt, sie hält es nicht mehr aus unter dem Schreibtisch, flüstert jemand:

»Micha?«

Eine Frau? Oder ein Mann?

Die Stimme hat sich heiser angehört, rau, als wäre die Person erkältet. Ksenia zieht den Kopf noch weiter ein. Es muss jemand sein, der Micha persönlich kennt, einer, der ihn mit »Micha« anspricht und nicht mit »Herr Gehling«.

Etwas klickt, und Ksenia weiß erst mal nicht, was das ist, was sie da hört, bis ihr auffällt, dass die Tür ins Schloss gezogen wurde. Der Lift springt an. Das Summen wird leiser. Schließlich ist es in dem Bürogebäude totenstill.

## 10.

Ksenia braucht ein paar Minuten, ehe sie aus ihrem Versteck robbt. Sie wischt das Handy ab und schiebt es zurück in Michas Hosentasche. Dazu muss sie die Leiche erneut bewegen, sie beißt die Zähne zusammen, dass ihr die Kiefer schmerzen. Wie zuvor sackt der Tote mit einem Grummeln in die Ausgangsposition zurück.

Ksenia richtet sich auf. Den Bleistift steckt sie zusammen mit dem Zettel in die Tasche. Sie sieht sich um, lässt das Licht ihrer Lampe durch den Raum gleiten. Nichts wirkt verändert. Sie hat nichts angefasst außer Micha und das Handy. Ihre Nummer ist nicht auf dem Telefon. Niemand wird sie mit diesem Mann in Verbindung bringen.

Sie verlässt das Büro und zieht die Tür zu.

Leise geht sie die Stufen hinunter und tritt aus dem Bürohaus. Der Wind stürmt nun richtig los, eisige Flocken wehen ihr ins Gesicht. Auf dem Parkplatz liegen schon knappe zehn Zentimeter Schnee. Es steht nur noch ein Wagen da. Tief durchatmend stapft Ksenia los. Die eisige Luft tut ihr gut, kühlt ihr heißes Gesicht.

Jemand packt sie am Arm.

»Wer sind Sie? Was wollten Sie bei Micha?«

Ksenia fährt herum, reißt sich los, hebt instinktiv beide Fäuste, um loszuschlagen, falls nötig.

Eingemummelt in einen dicken Parka mit Fellkapuze steht eine Frau vor ihr.

»Was, um Himmels willen, bilden Sie sich ein?«, zischt Ksenia.

»Sie waren doch bei Micha. Oder?«

Sie weiß nicht, dass er tot ist, schießt Ksenia durch den Kopf. »Sagen Sie mal, sind Sie noch bei Trost?«, brüllt sie.

»Okay, entschuldigen Sie.« Die Frau weicht keinen Schritt zurück. Ihr Gesicht ist gerötet, die Augen weit aufgerissen. »Aber Sie waren im Büro. Nicht wahr? Oder nicht?«

»In was für einem Büro?« Ksenia muss Zeit gewinnen. Ihre Stimme zittert. Sie macht sich unglaubwürdig, wenn sie sich nicht zusammennimmt.

»*Gehling Im- und Export.*«

»Sind Sie Silvia?« Ksenia denkt an den Namen in Michas Handy.

»Woher wissen Sie das?«

Ksenia fühlt ihr Misstrauen, ihren unterdrückten Zorn, ihre Hilflosigkeit.

»Sie sind Michas Geliebte?«

Der Schuss geht ins Schwarze. Silvia Roos, eben noch angriffslustig und aufs Höchste konzentriert, sackt in sich zusammen. Sie wirkt, als wollte sie gleich anfangen zu weinen.

»Hören Sie«, beruhigt Ksenia sie, »ich habe nichts mit Micha, falls Sie das meinen. Ich gehöre zu den Leuten, die das Büro neben seinem renovieren.«

»Ach nee. Da herrscht doch seit Wochen Stillstand.«

»Im neuen Jahr wollen wir richtig loslegen.« Ksenia nickt der Frau zu. »Also, gutes Neues.« Sie geht los. Stapft durch den Schnee, wobei sie überlegt, wie sie zu ihrem Auto kommen soll. Falls Silvia ihr folgt, muss sie einen Umweg gehen und sie abschütteln. Vorsichtshalber schlägt sie die entgegengesetzte Richtung ein.

Doch Silvia scheint gar nicht die Absicht zu haben, Ksenia heimlich nachzukommen. Sie hängt sich ganz offen an. »Er hat eine andere. Er hat neulich, also ... das war noch vor Weihnachten, da sagte er plötzlich unsere Verabredungen ab.«

»Tut mir leid für Sie.«

»Er geht mir aus dem Weg. Schauen Sie mal, da arbeitet man im selben Gebäude, trifft sich aber nie. Bis man unerwartet buchstäblich zusammenstößt und es funkt. Ich bin da oben bei *Haarmann-Trans* beschäftigt.«

Ksenia geht schneller. Die Frau wird begreifen müssen, dass Micha tot ist. Früher oder später wird die Sache ja aufkommen, vielleicht erst im neuen Jahr, wenn das Geschäftsleben anläuft und jemand Micha vermisst. Ksenia fängt an zu schwitzen. Sie ist dankbar um den Schneesturm, die Dunkelheit, die Kälte. Die Frau wird irgendwann genug davon haben, hinter ihr herzudackeln. Eine Bö fegt heran, an den Straßenlaternen haben sich Eiszapfen gebildet.

»Schön für Sie.«

»Ich habe gedacht, endlich verliebe ich mich mal in einen Singlemann.«

»Ach so?«

»Na ja, da kommt man keiner anderen Frau ins Gehege. Eine Ex-Frau kann nerven, wissen Sie.«

»Er war nie verheiratet?«

»Nicht, dass ich wüsste.«

»Man weiß ja manchmal so manches nicht«, sagte Ksenia schärfer als beabsichtigt.

»Wie meinen Sie das?«

»Hören Sie, lassen Sie mich doch einfach in Frieden. Ich werde rein beruflich die Nachbarin von *Gehling Im- und Export* auf dem zweiten Stock sein, okay? Dabei verspreche ich auch, die Finger von ihm zu lassen.«

»Es ist sowieso alles aus jetzt.«

»Was?«

»Ich finde nur … Ich bin 45, da sollte eine Frau nicht wählerisch sein, was? Da kommt nichts mehr. Da ist viel zu schnell alles aus.«

Ksenia beschleunigt, doch Silvia kommt ihr nach.

»Wenn ich nur wüsste, wie sein Freund heißt«, fährt sie keuchend fort. Vor ihrem Mund steigen Atemwolken auf, sie kommt Ksenia vor wie eine kleine Dampfmaschine. »Der war erst kürzlich hier. Die beiden standen auf dem Parkplatz und unterhielten sich. Ziemlich vertrauliches Gespräch. Es sah aus, als würden sie sich verabreden.«

»Glauben Sie, Ihr Freund ist plötzlich schwul?«

»Nein! Ich … es ist nur … ich stand oben bei uns im Büro am Fenster und guckte raus. Sah zufällig, dass sie neben einem Wagen standen. So einem Geländeteil, ziemlich neu. Ich dachte, sieh an, sein Kumpel zeigt ihm sein neues Auto. Männer machen das doch so. Klopfen aufs Dach, treten gegen die Reifen …«

Sein Kumpel! Ksenia durchfährt ein heißer Schreck. Aus Silvias Gestammel wird sie nicht richtig schlau, aber das Wort »Kumpel« löst etwas in ihr aus.

»Und? Was war dann?«

»Micha hat dem Mann was gegeben.«

»Was denn?«

»Sah eigentlich nur aus wie ein Kuvert. Nichts Großes. Der andere stieg in sein Auto und fuhr los.«

»Ganz bestimmt haben Sie sich die Nummer gemerkt.«

»Also, so gut sehe ich wirklich nicht, immerhin stand ich im vierten Stock. Aber er hatte eine Aufschrift auf der Seite. *Kaffeerösterei Uhl.* Ich habe Micha später angesprochen, wann ich mal seine Freunde kennenlerne. Dass ich einen Typen gesehen hätte, draußen auf dem Parkplatz. Er wurde sauer. Ich hatte den Eindruck, er denkt, ich würde ihm nachspionieren. Dabei mache ich das gar nicht.«

»Nicht?«

»Also, Sie waren nicht bei ihm, vorhin?«

»War wirklich nett, mit Ihnen zu plaudern, Silvia. Schönen Abend noch.« Ksenia dreht sich demonstrativ weg und läuft nun noch schneller.

»Wir werden uns ja dann öfter sehen, wenn Sie da unten ins Büro ziehen«, ruft Silvia ihr nach.

Ksenia hebt nur die Hand und winkt. Sie stapft einfach weiter, an einem Möbelhaus vorbei und einem Outlet für Sportsachen, bis sie sich hinter einen Müllcontainer drückt und zurückblickt. Silvia ist mittlerweile zu ihrem Wagen zurück getrottet und beginnt, den Schnee abzukehren. Umständlich befreit sie die Windschutzscheibe von

Schnee und Eis, bevor sie endlich einsteigt und den Motor anlässt. Ksenia beobachtet, wie das kleine Auto Richtung Zentrum davonfährt.

# 11.

**28.12.**

Ksenia wälzt sich auf die Seite. Es ist kalt im Haus, sie muss nach der Heizung sehen. Ihr Kopf brummt, während sie versucht, ihre Sinneswahrnehmungen zu koordinieren. Sie hat ein paar Whiskey getrunken gestern Nacht, um runterzukommen. Medizin, schlicht und einfach. Nur entwickeln die Drinks ein paar Stunden später ihre misslichen Nebenwirkungen. Allmählich dringt das Klingeln an ihrer Haustür in ihr Bewusstsein.

Genervt steht sie auf. Greift nach dem Morgenmantel, schlüpft hinein. Ihr Kopf halluziniert, dass Silvia vor ihrer Tür steht. Silvia, die noch nicht weiß, dass ihr Geliebter tot ist. Die nach ihm suchen und ihn schließlich auch finden wird. Der ein grauenvoller Schock bevorsteht.

»Wer ist denn da?«, ruft sie ungeduldig, als die Klingel wieder los tönt.

»Ich bin es, Lorena! Guten Morgen, Ksenia, mach doch bitte auf.«

Auch das noch, Lorena! Die Kubanerin, die vor zehn Jahren der Liebe wegen ins nächste Dorf kam und blieb, selbst als die Liebe starb. Die einer großen Zahl Tieren ein Zuhause gibt. Zwei Hunde, mehrere Katzen und sogar einen Esel versorgt sie. Lorena, die den Gedanken noch nicht aufgegeben hat, dass man die Dorfbewohner zusammenbringen kann zu Festen, Abendessen und anderen Späßen. Eine Wunschvorstellung, die in einem heißen karibischen Land wahrscheinlich binnen Stunden Wirklichkeit wird. In Deutschland braucht man dazu mehr als ein Jahrzehnt, denkt Ksenia.

Sie öffnet die Tür.

»Ksenia! Sag mal! Hast du noch geschlafen?« Lorena steht vor ihr, beschneit und fröhlich. In ihren Armen hält sie ein Bündel.

»Wie spät ist es denn überhaupt?«

»Nach 11 Uhr.«

»Verdammt!«

»Musst du nicht arbeiten heute?« Lorenas lustiger kubanischer Akzent passt einfach nicht zu der Schneelandschaft hinter ihr. Ksenia denkt an Palmen, Kokosnüsse und bunte Drinks.

O Gott! Bloß keinen Alkohol!

»Nein, ich … egal. Komm rein. Ich mache uns einen Kaffee.« Ksenia geht in ihre Küche. Dort springt gerade die Gastherme an. Auch hier kommt es ihr kalt vor, doch als sie den Heizkörper berührt, ist er heiß. Lorena setzt sich an den Tisch.

»Hör mal, Ksenia. Du bist doch ein guter Mensch, was? Es ist nämlich so: Ich habe eine Katze gefunden. Mit schlimmen Bissverletzungen. War ich schon beim Tierarzt mit ihr.« Lorena hält Ksenia das Bündel hin.

Ksenia, den Wasserkocher in der Hand, starrt sie an. »Was fällt dir ein!«

»Nein, wirklich, ich würde sie bei mir behalten, aber ich habe einfach keinen Pensionsplatz mehr für noch ein Tier, musst du verstehen, Ksenia, bitte, ja? Und ich glaube, diese Katze ist ein bisschen schwierig. Sie braucht jemanden, der weiß, wie man Katzen nimmt. Da habe ich an dich gedacht.« Behutsam legt Lorena das Bündel auf den Tisch. Ein grau getigerter Kopf mit einem grauen und einem weißen Ohr kommt zum Vorschein. »Süß, ne?«

Ksenia füllt Wasser in den Kocher und schaltet ihn ein, bevor sie zum Tisch geht und den Katzenkopf vorsichtig krault. »Was meinst du damit, sie ist schwierig?«

»Mag sein, dass sie bisschen autistisch ist oder so.«

»Autistisch?«

»Na ja, weiß nicht, wie man das nennt. Vielleicht steht sie nur unter Schock wegen den Bisswunden.«

»Und wem gehört sie? Gar keine Ahnung?«

»Och, Ksenia, du weißt doch, wie das hier draußen ist. Viele hier haben Katzen und lassen sie nicht sterilisieren, die werfen ständig neue, weißt du ja, und dann haben die Leute einen Zoo zu Hause und sind froh, wenn ein paar verschwinden und nicht mehr wiederkommen.«

Ksenia muss grinsen. Tatsächlich ist ihr schon oft aufgefallen, dass die Leute im Dorf nicht allzu viel Interesse an Katzen haben. Viele scheinen eine Art kollektive Katzenphobie zu hegen. Auf den Höfen halten sie welche, die sind oft sehr frei, fast wild, kommen zum Fressen und gehen dann wieder ihrer Wege.

»Wo hast du sie gefunden?«

»Sie lag in einem Karton vor meiner Tür, heute Morgen!« Aufgebracht zieht Lorena ihren Anorak aus und wirft ihn über einen Küchenstuhl. »War ich schon beim Tierarzt mit ihr. Gibt's Kaffee?«

Ksenia reißt sich von dem Anblick der Katzennase los, die neugierig herumschnüffelt.

»Also hat jemand sie einfach abgelegt?«

»Sie war ganz zerbissen, der Arzt musste Fell abrasieren, um die Wunden zu versorgen, zwei hat er genäht.«

»Armes Tierchen«, sagt Ksenia, wobei sie an Micha denkt und wie sie seinen toten Körper bewegt hat.

»Wirklich, ne?« Strahlend krault Lorena den Kopf der Katze. »Der Tierarzt meint, sie ist noch nicht alt, keine drei Monate, und sie müsste dann irgendwann sterilisiert werden, das solltest du machen, wenn …«

Ksenia, die gerade Wasser in die *French Press* gibt, hält abrupt inne. »Moment, willst du mir eine Katze aufs Auge drücken?«

»Hast du doch Platz genug, nicht wahr, meine liebe Ksenia«, säuselt Lorena, wobei ihr Akzent stärker wird, und Ksenia den Eindruck hat, sie macht das mit Absicht. Ihre Art, die Leute einzuwickeln. »Bist in dem großen Haus allein, drum rum ist Natur, Wald, Wiese, Kätzchen kann Mäuse fangen …«

»… und mir die toten Viecher ins Haus schleppen.«

»Siehst du. So wie es sein soll, wenn man mit Katzen lebt.«

Sie hat mich rumgekriegt, denkt Ksenia, und sie weiß es. Entschlossen stellt sie eine Tasse Kaffee vor Lorena ab. »Schwarz?«

»Schwarz, wie immer.« Lorena trinkt genüsslich. »Danke, wunderbarer Kaffee, den gibt es immer bei dir, das weiß ich zu schätzen, die anderen brauen so grässliches hellbraunes Wasser, das kann ich nicht mal riechen.«

Ksenia lässt sich auf den zweiten Stuhl sinken. Rasch nimmt sie ein paar Schlucke Kaffee. In ihrem Kopf ist weiter Micha unterwegs, seine Leiche, die sie zur Seite wälzt, um an das Handy zu kommen, dieses Geräusch, das aus seinem Körper aufsteigt. Micha saß hier, auf diesem Stuhl, wo jetzt Lorena sitzt, und hier in dieser Küche haben sie den Plan, der im Pub entstand, besiegelt.

Ich muss nach der *Kaffeerösterei Uhl* suchen, denkt Ksenia.

»Was ist los, Ksenia, bist du krank, siehst du ein bisschen aus wie ein Geist!«, meldet Lorena sich zu Wort. Ihre Stimme dringt erst kaum zu Ksenia durch.

»Was? Nein, ich bin nur müde, konnte einfach nicht zur Ruhe komme, bin erst spät eingeschlafen.« Sie stellt die Tasse ab. Streckt die Hand aus und lässt die Katze an ihren Fingern schnuppern. »Hat sie schon was zu fressen bekommen?«

»Habe ich Katzenfutter und Katzenklo im Auto, und auch Medikamente vom Tierarzt, damit du nicht kaufen musst.« Lorena strahlt Ksenia an. »Wusste ja, dass du ein guter Mensch bist, besser als die meisten!«

Von wegen, denkt Ksenia. Fragt:

»Was für Medikamente?«

»Ein Antibiotikum, muss sie nehmen, weil Wunden entzündet sind, und eine Salbe hat der Doc mitgegeben für die schlimmen Stellen.«

Behutsam zieht Ksenia die Decke beiseite, in der die Katze sich eingekuschelt an. Die maunzt, richtet sich auf, reckt die Nase. Die Katze ist erschöpft, darüber kann auch ihre Neugier nicht hinwegtäuschen. Das eine Hinterbein kann sie nicht belasten. An etlichen Stellen fehlt Fell. Stattdessen ist da ziemlich viel Schorf auf dem Katzenkörper.

»Das sieht ja übel aus. Wer hat sie denn so zugerichtet?«

»Weiß nicht. Ein Hund vielleicht. Oder ein Marder.«

»Katzen sind clever, die merken schnell, wenn Gefahr im Verzug ist, und bringen sich in Sicherheit.«

»Aber diese vielleicht nicht«, erwidert Lorena. »Diese ist eben bisschen anders.«

»Na, komm mal her, Kleine!« Ksenia inspiziert die zwei tiefen Wunden, die vom Arzt genäht wurden, und die anderen Kratzer und Bissspuren. »Hoffentlich kann sie ihr Bein wieder bewegen.«

»Arzt sagt, kann sie, braucht aber Zeit.«

»Hat sie gefressen?«

»Nein, mochte nichts, hat alles verweigert.« Lorena sieht Ksenia kummervoll an. »Ich kenne niemanden außer dir, der wüsste, wie man mit ihr umgeht, verstehst du?«

»Ja, ja. Ich habe verstanden.«

Lorena springt auf und umarmt Ksenia. »Wusste ich. Du nimmst sie, weil du guter Mensch bist. Bist wie diese Katze, weißt du? Ich glaube, ihr versteht euch, guck nur.«

Die Katze reibt ihren Kopf an Ksenias Hand.

»Ich habe sie Matilda genannt. So hieß meine Schwester, weißt du? Sie war auch ganz besonderes Mädchen. Leider ist gestorben. Zu früh, war schwer krank.« Lorena greift nach ihrem Anorak. »Danke für den Kaffee. Ich lasse euch jetzt allein. Halt, vorher bringe ich dir noch die Sachen vom Tierarzt und das Futter.«

Ksenia beachtet Lorena gar nicht, wie sie zu ihrem Wagen hinausgeht und kurz darauf eine Schachtel auf den

Tisch stellt. »Schrecklicher Wind. Immer noch. Ich habe gehofft, der Sturm hört wenigstens tagsüber auf.«

»Hast du schon mal die Sage von der *Wilden Jagd* gehört?«, fragt Ksenia gedankenverloren. Die Katze hat sich auf ihrem Schoss zusammengerollt, leckt an den Wunden.

»*Wilde Jagd*? Was ist das?«

»Ein Heer, das über den Himmel zieht und in den Nächten zwischen Weihnachten und Dreikönig Tod und Verwüstung bringt.«

Lorena wird blass. »Was? Davon habe ich noch nie gehört. Ksenia, was ist das für eine schreckliche Geschichte?«

»Das ist es ja eben. Nur eine Geschichte.«

Lorena schüttelt sich wie ein nasser Hund. »Wenn man zum Himmel schaut und all die Schneewolken sieht, glaubt man das sofort, weißt du. Brauchst du wenig Fantasie, siehst du schreckliche Figuren drin. Ich fahre besser. Heute Abend rufe ich an und frage, wie es Matilda geht. Schau mal, das Futter hier und die Medizin. Ich habe auch ein paar alte Decken in den Karton gelegt, damit kannst du ihr eine Bettenburg bauen, damit sie es warm hat. Die Nummer vom Tierarzt habe ich aufgeschrieben. Hier.«

Ksenia nickt ihr nur zu, ohne den Blick von dem geschundenen Katzenkörper zu wenden. Rasierte, blutige Stellen, schwarzer Wundfaden, ausgerissene Fellbüschel.

»Mach's gut«, sagt Lorena.

»Ja, tschüss!«

Ksenia schaut der Katze in die Augen, die ihren Blick erwidert, zwanghaft beinahe.

»Du bist wirklich in eine ziemlich üble Fehde geraten, Matilda«, sagt Ksenia, bevor sie zum Handy greift und die Nummer des Tierarztes in ihrer Kontaktliste speichert.

Anschließend aktiviert sie das Internet und gibt als Suchbegriff »Kaffeerösterei Uhl« ein.

## 12.

Ksenia fährt durch ein langes, müdes Dorf. Tankstelle, Gasthof, schließlich die unvermeidliche Ansammlung von Supermärkten. Direkt hinter einem Textildiscounter befindet sich die *Kaffeerösterei Uhl.* Die Straße ist leidlich geräumt. Schnee rieselt aus einem grauen Himmel, über dem flachen Gebäude liegt nur eine Ahnung von Tag.

Sie hat recherchiert. Die Kaffeerösterei scheint nicht allzu gut dazustehen. Eine miserable Webseite mit etlichen Links, die ins Leere laufen, kein Shop. Nur ein Vertragspartner, der den Firmenkaffee verkauft, zumindest. Der Eigentümer heißt Artur Uhl. Auf den Sozialen Medien ist er nicht aktiv, jedenfalls nutzt er *Facebook* und Co nicht, um sein Geschäft ins Gespräch zu bringen. Entweder ist er dazu zu verschroben, oder er hat Gründe, im Hintergrund zu bleiben.

Ksenia hält schräg gegenüber, schaltet das Abblendlicht aus. In der Rösterei ist alles dunkel, auf dem Parkplatz allerdings steht der Geländewagen, den Silvia vor Kurzem offenbar gesehen hat. Recht neu, mit Firmenaufschrift.

Ksenias Geduld ist ihr von Vorteil. Sie kann stundenlang warten. Konzentriert sich einfach auf ihren Atem und lässt den Blick ziellos schweifen. Gegen die Kälte im Wagen hat sie sich mit einer Thermoskanne Tee und einer Decke gewappnet. Sie beobachtet ihre eigene Atemwolke. Ab und zu driften ihre Gedanken zu der kleinen Katze. Typisch Lorena, jeder in der Umgebung weiß, dass sie tierlieb ist und nichts mit mehr Herzblut tut, als sich um ihre Menagerie zu kümmern. Verletzte Katzen können sich noch über weite Distanzen schleppen. Wer weiß, welches Tier das graue Fellbündel so übel verbissen hat.

Nach einer Stunde kommt jemand aus der Rösterei. Ein Mann, kräftig gebaut, der die Tür ordentlich abschließt und in den Geländewagen steigt. Ksenia lässt den Motor an. Sie folgt dem Kaffeemann in gebührendem Abstand. Er steuert aus dem Dorf heraus und auf die Landstraße, die zur Stadt führt. Am nächsten Kreisverkehr jedoch kehrt er um. Vorsichtshalber vergrößert Ksenia den Abstand zwischen sich und dem anderen. Es beginnt heftiger zu schneien. Die Flocken taumeln auf sie zu, graue Fetzen, die ihr die Sicht erschweren. Sie orientiert sich an den roten Rücklichtern vor ihr. Der Mann fährt durch das Dorf und biegt rechts ab. Die Straße ist nicht geräumt; die Autos, die zuvor hier unterwegs waren, haben den Schnee festgefahren, dabei ist eine einspurige Fahrbahn entstand. Rechts und links Felder.

In Ksenia regt sich ein Instinkt: lass das. Verschwinde von hier. Das allerdings ist leichter gesagt, als getan: Sie kann unmöglich wenden. Entweder sie fährt die ganze Strecke rückwärts, bei dem Schneetreiben nicht so einfach, sie könnte leicht das Auto in eine Schneewehe setzen, aus der sie so schnell nicht herauskäme. Oder sie erreicht irgendwann eine Abzweigung, die sie auf eine besser befahrbare Straße führt.

Beides scheint ausgeschlossen. Der Geländewagen verlangsamt die Fahrt. Ksenias Nackenhaare stellen sich auf. Sie spürt die Gefahr. Flucht ist unmöglich. Also bleibt ihr nur der Angriff. Sie lässt sich noch weiter zurückfallen.

Die Bremslichter vor ihr leuchten auf. Sie hält ebenfalls. Greift in die Ablage und streift den Schlagring, den sie dort für alle Fälle deponiert hat, über den Mittelfinger. Ihr Herz klopft schnell, Schweiß bildet sich unter ihren Haaren. Sie öffnet die Tür, steigt aus. Auch der Mann vor ihr hat sein Auto verlassen. Er ist locker einen Meter 80 groß, der dicke Parka betont seinen muskulösen Oberkörper. Er trägt eine schwarze Kappe auf dem Kopf. Langsam kommt er auf sie zu. Er ist auf der Hut, denkt Ksenia, wagt sich nicht zu nahe heran.

»Fahren Sie, verdammt noch mal, weiter!«, ruft Ksenia ihm zu. »Sie blockieren hier alles.«

Noch vier, fünf Meter liegen zwischen ihnen.

Ksenia beugt sich leicht vor. Geht ein wenig in die Knie. Ihr Körper ist gespannt.

»Verraten Sie mir, warum Sie mir nachfahren?«

Er will sie ablenken, das ist ihr klar. Ein Gespräch beginnen und darauf warten, dass sie ihre Konzentration auf Wörter und Sätze verwendet.

»Schönen Gruß von Micha«, sagt Ksenia.

Der Mann zuckt zusammen. »Von Micha?«

»Erstaunt Sie das? Sie hatten gedacht, ganze Arbeit geleistet zu haben, was?«

Er glotzt sie so verständnislos an, dass sie kurz zweifelt, ob er wirklich mit dieser ganzen Sache zu tun hat. Wie ferngesteuert kramt er eine Schachtel *Dunhill* aus der Tasche. Das Feuerzeug klickt. Er inhaliert tief. »Was wollen Sie?«, bringt er schließlich heraus.

»Sie haben Micha umgebracht!« Es rutscht aus Ksenia heraus. Sie möchte sich dafür verfluchen.

»Was? Sie sind ja nicht ganz dicht.« Er macht einen weiteren Schritt auf sie zu, während er tief inhaliert. »Ich habe niemanden umgebracht.«

Ksenia tänzelt. Sie muss unbedingt wachsam bleiben und blitzschnell reagieren können. Schneller als er.

»Sie wissen genau, wovon ich rede!«, knurrt sie ihn an.

Er bleibt stehen. Seine Arme hängen an seinem Oberkörper herab. Alle Kraft weicht aus ihm. »Haben *Sie* Micha den Tipp gegeben?«

»Welchen Tipp?«

»Sie wollten das Geld doch, oder?«

Ksenia spürt ein kurzes Stechen in der Brust. »Wo ist Heddy?«

»Können wir reden?«

»Wir reden ja.«

»Sie sind Ksenia!«

»Und Sie Artur.«

»Also gut. Micha hat mich angesprochen. Wir kennen uns seit 20 Jahren, machen Sport zusammen. Er weiß, dass ich gerade eine geschäftliche Flaute habe. Und er hat von Ihnen gesprochen. Sie sind doch die Reisekauffrau?«

Ksenia schnaubt nur.

»Sie brauchen Bares, sagte Micha. Mir geht es auch nicht so gut. Also habe ich zugestimmt.«

»Warum können Sie einbrechen und Tresore knacken? Kriminelle Karriere aus grauer Vorzeit?«

»Unsinn! Einbrechen ist nicht besonders schwierig. Die meisten Menschen verstecken Schlüssel an vorhersehbaren Orten.«

»Die Tresorkombination hat Heddy sicher nicht an einem vorhersehbaren Ort versteckt.«

»Klar doch! Auf *Facebook* finden Sie alles! Sie ist mit ihrer Tochter befreundet, und die Tochter befindet sich auch in ihrem persönlichen Steckbrief, Karina heißt sie, und die wiederum hat ihr Geburtsdatum für alle sichtbar angegeben. Ich habe mir ein paar Kombinationen notiert. Bingo!«

»Und wo ist das Geld?«

»In dem Tresor war nichts.«

Ksenia macht unwillkürlich ein paar Schritte auf den Mann zu. »Das gibt's nicht! Sie lügen!«

»Nein, wenn ich es doch sage.« Er betrachtet kurz die Kippe zwischen seinen Fingern, bevor er sie in den Schnee fallen lässt.

»Fuck!«

»Was haben Sie vorhin gesagt: Ich hätte Micha umgebracht?«

»Haben Sie nicht?«

Er starrt sie an. »Wieso sollte ich meinen Kumpel umbringen?«

»Tot ist er jedenfalls.«

»Wie bitte?«

»Er liegt in seinem Büro.«

»Aber …«

»Bevor Sie es vorschlagen: Sie gehen nicht zur Polizei. Und ich dreimal nicht.«

Artur Uhl muss sichtlich um Fassung kämpfen. »Wer hat ihn … und wie?«

»Jemand muss ihn erschlagen haben. Sein Kopf lag in einer Blutlache.«

»Um Gottes willen!«

»Sie kennen Micha gut?«

»Ja, sage ich doch.«

»Was wissen Sie von seinen Frauengeschichten?«

»Er hat mir von Ihnen erzählt.«

Ksenia winkt ab. »Was ist mit Silvia?«

»Ach, diese Tussi!« Er lacht unfroh auf. »Sie stalkt Micha, er ist total genervt von ihr. Hat sich tausendmal Vorwürfe gemacht, dass er sich überhaupt mit ihr eingelassen hat. Sie waren nur ein paar Mal was trinken, und sie hielt das für einen Heiratsantrag.«

»Heddy ist verschwunden.«

»Das ...«

»Und Sie behaupten, das Geld war nicht im Tresor.«

»Hören Sie, vielleicht hat Ihre Freundin das Geld längst verbraten. Oder woanders versteckt. Es kann 1.000 Gründe geben, warum nichts in dem Safe war.«

Ksenia streift den Schlagring ab. Artur Uhl ist für sie keine Gefahr mehr. Er ist genauso angeschmiert wie sie. Hat sich Hoffnungen auf seinen Anteil gemacht. Sie hätten geteilt. Ksenia, Micha und Artur. Eine saubere Angelegenheit.

»Sie fahren mit einem verdammt auffälligen Wagen herum.«

Er zuckt die Achseln. »Ich habe nur den. Und auch nicht mehr lang. Ich stehe kurz vor der Insolvenz.«

Ksenia senkt ihren Blick in seinen. »Sie brauchen Geld?«

»Ziemlich viele da draußen brauchen Geld. Vor allem wir Geschäftsleute. Ständig werden wir abkassiert. Aber die Gewerbesteuer, die wir bringen, weil wir Tag und

Nacht schuften, die nehmen sie gern, die feinen Herren und Damen in den bequemen Sesseln.«

»Allzu viele Dollars werden Sie denen nicht geliefert haben, was?«

»Ach, lassen wir das. Was sollen wir jetzt tun?«

»Wann waren Sie in Heddys Haus?«

»Am 23. Die ganze Familie war ausgeflogen. Nicht schwer zu beobachten. Letzte Einkäufe und so.«

»Hm«, machte Ksenia. »Und wann haben Sie Micha benachrichtigt?«

Er druckst herum.

»Jetzt sagen Sie es schon!«

»Am 24.«

»Wie hat er reagiert?«

»Genervt. Ungläubig. Er sagte, er wollte sich was Neues ausdenken und vorher mit Ihnen Kontakt aufnehmen.« Artur Uhl reißt sich die Mütze vom Kopf, fährt durch dichtes, kurz geschnittenes blondes Haar. »Wir können Micha nicht einfach da liegen lassen.«

»Wenn Sie jetzt die Polizei anrufen: Wem ist damit gedient? Sie bringen sich nur in die Bredouille.«

»Ich weiß ja nichts. Ich habe ihm definitiv nichts getan.«

»Die werden Sie grillen, fragen, wann Sie Micha das letzte Mal gesehen haben. Ob Sie weitere Bekannte oder Freunde kennen. Irgendwas wird Ihnen rausrutschen.«

»Wenn ich anonym anrufe …«

»Damit machen Sie sich bloß verdächtig. Ihr Anruf wird aufgenommen. Ihre Stimme gespeichert. Selbst wenn es noch irgendwo eine öffentliche Telefonzelle geben sollte, kann das Telefonat rückverfolgt werden. Irgendein Depp sieht Ihren Wagen vor der Zelle, und wenn die Bullen rumfragen, wird er sagen, ja, da stand einer, *Kaffeerösterei Uhl.*«

Artur Uhl schreit seine Wut in den Wind, dreht sich ein paarmal um die eigene Achse dabei. Ksenia mustert ihn abwartend. Der Mann ist kein schlechter Kerl, nur naiv. Denkt, er kann sich auf so eine Sache einlassen, und das geht alles ganz locker. Was hat Micha sich eigentlich gedacht? Hat er nicht gesagt, er kennt einen Profi? Dieser Artur ist alles andere als das!

»Wer wird Micha finden?«

»Ein Kunde, jemand aus dem Bürohaus, Silvia vielleicht.« Ksenia fragt sich, was Silvia gesehen hat, gestern, in dem dunklen Büro. Falls sie diejenige war, die ins Büro spähte.

»Das ist grauenvoll.«

»Hat er Familie?«

»Nein, seine Eltern sind tot, er hat keine Geschwister.«

»Okay. Wenn wir Glück haben, taucht in diesem Jahr niemand mehr bei ihm im Büro auf. Die Sache zögert sich hinaus. Umso schwieriger ist es für die Ermittler, auf uns zu stoßen.«

»Verflucht. Das hat Micha nicht verdient.«

Ksenia empfindet genauso, doch fürs Erste verschließt sie jedes Mitgefühl in sich. »Was sind wir doch für ein tolles Gangstertrio!«

»Jetzt lassen Sie schon mit sich reden. Ich kann einfach nicht zulassen, dass Micha tot in seinem Büro liegt. Tagelang! Die Sache ist gelaufen, das Geld gibt es nicht mehr.«

»Das Geld muss es noch geben«, widerspricht Ksenia. »Es war für Karinas Studium bestimmt. Heddy ist in Familienangelegenheiten akkurat bis ins Mark. Ihre Tochter ist ihr ein und alles. Sie hätte es nicht ausgegeben. Niemals.«

# 13.

»Wohin kommt man, wenn man hier weiterfährt?«, fragt Ksenia.

»In 200 Metern gibt es eine Wendemöglichkeit.«

»In Ordnung. Los, brechen wir auf.«

»Was haben Sie vor?«

»Wir teilen. 30 zu 70 für Sie. Wenn Sie mitspielen. Und nicht zur Polizei gehen.«

Wortlos steigt Artur Uhl in seinen Geländewagen, startet den Motor, fährt los. Ksenia folgt. Tatsächlich kreuzt der Weg bald eine breitere, leidlich geräumte Fahrstraße. Sie wenden und fahren den Weg zurück. Wie ausgemacht stellt Artur sein Auto an der Rösterei ab. Ksenia setzt ihre Fahrt fort. Am Ende des Dorfs biegt sie rechts auf den Zufahrtsweg zu einem Hof. 20 Minuten später kommt Artur.

»Sie keuchen wie eine Lok. Dabei sehen Sie so sportlich aus.«

»Das täuscht. Ich habe hohen Blutdruck.«

Ksenia wirft ihm einen argwöhnischen Blick zu. »Echt jetzt?«

Wortlos schnallt er sich an. Sie fahren. Als sie Heddys Siedlung erreichen, sagt Ksenia:

»Schaffen Sie noch einen Fußmarsch?«

»Muss ich wohl.«

Ksenia steuert den Supermarktparkplatz an.

»Keine gute Idee«, bemerkt Artur.

»Wieso?«

»Hier sind Kameras. Gibt es einen Friedhof in der Nähe?«

»Nein, Sie Schlaumeier, das ist eine Wohnsiedlung.«

»Da drüben, schauen Sie!«

Ksenia guckt angestrengt in die Richtung, in die seine Hand zeigt. »Und?«

»Eine Scheune. Parken wir dort.«

Er hat recht, schießt es Ksenia durch den Kopf. Tagsüber gehen die Leute einkaufen, ihnen fällt, aus welchen Gründen auch immer, vielleicht auf, wenn ein Mann und eine Frau parken und dann nicht den Markt betreten, sondern sich in die andere Richtung davonmachen.

Vor der Scheune ist der Schnee nicht geräumt, sie setzt den Wagen vorsichtig vor eine Schneewehe, schließlich will sie später noch wegkommen.

»Und Sie sind sicher, dass niemand im Haus ist?«

»Karina ist bei einer Freundin, Peter im Krankenhaus.«

Artur wirkt nicht überzeugt. »Es ist besser, wir warten noch eine Stunde, bis es dunkel wird.«

»Nichts dagegen einzuwenden.« Ksenia lehnt sich zurück.

»Es könnte doch sein, dass Ihre Freundin das Geld trotz aller guten Vorsätze ausgegeben hat.«

»Es passt nicht zu ihr.«

»Schon, das sehe ich ein, sie wollte es für ihre Tochter. Aber schauen Sie: In jedem Leben geschehen unvorhersehbare Dinge! Sachen, die man nie für möglich gehalten hätte, werden plötzlich Realität. Und dann greift man zum Notgroschen.«

»Hm.«

»Glauben Sie nicht? Sie haben Ihren Anteil als Notgroschen verwendet, wenn ich Micha recht verstanden habe.«

Warum rede ich eigentlich mit ihm?, denkt Ksenia. Ihn geht meine Misere nichts an. Überhaupt gar nichts geht ihn was an, ich habe mich selbst reingeritten, bin eine lausige Geschäftsfrau.

»Mag sein«, gibt sie unwillig zur Antwort.

»Finde ich eigentlich ulkig, dass Sie im Reisegeschäft sind.«

»Ach ja?«

»Nun, Sie wirken so gar nicht wie jemand, der in einer Ferienanlage am Marmara-Meer morgens früh in den Pool springen möchte, um danach in der Gruppe Freiübungen zu machen.«

Ksenia lacht. »Ich nicht, aber es gibt Leute, die das mögen.«

Sie spürt seinen Blick auf sich. Es schneit leicht, die Windschutzscheibe ist schon von einer dünnen Schneeschicht bedeckt. Sie wickelt ihren Schal ab. Seine Nähe ist ihr unangenehm. Nicht, dass sie Angst hätte oder sich bedroht fühlte. Sie ist es einfach nicht gewöhnt, dass jemand sich allzu lang auf engem Raum zusammen mit ihr aufhält.

»Was?«, knurrt sie böse.

»Also, ich will Ihnen nicht zu nahe treten, aber zu Kompromissen neigen Sie auch eher nicht, würde ich annehmen.«

»Sind Sie Hellseher?«

»Nennt man Menschenkenntnis.«

»Hat nicht jeder.«

Nun ist es an Artur zu lachen. »Aber ich.«

»Ich hatte mich auf Wanderreisen spezialisiert. Zuerst in Osteuropa. Das hat mich interessiert, nachdem sich dort die Infrastruktur verbessert hat, Stück für Stück, so ab dem Jahr 2000. Auf einmal gab es Anbieter, die Touristen mit Ansprüchen an Bequemlichkeit und Luxus zufriedenstellen konnten.«

»Bequemlichkeit beim Wandern? Ich dachte, da schleppt man Zelt und Schlafsack mit sich rum.«

»Denkste. Das sind generalstabsmäßig organisierte Touren mit einem Bus, der das Gepäck vorausfährt, und einem schicken Hotel, das die müden Wanderer jeden Abend mit einer Wellnesslandschaft und einem Vier-Gänge-Menü empfängt. Lief gut. Leider kam mir das Internet dazwischen. Die Kunden fingen an, Gefallen daran zu finden, ihre Urlaubspläne selbst im Netz umzusetzen.«

»Warum haben Sie keinen Webshop?«

»Ich hab kein Faible, was zu programmieren, Mister Oberschlau. Außerdem haben Sie selbst keinen.«

Er seufzt. »Touché. So einen Shop bei einer professionellen Agentur in Auftrag zu geben, kostet. Ständig muss was dran gemacht werden, die Seiten brauchen eine 150-prozentige Absicherung.«

»Eben. Das ist alles zu teuer. Ich habe so schon rotiert, ohne Webauftritt.« Nach und nach schneien sie ein. Ksenia lässt die Fensterscheibe ein Stück herunter, weil im Wagen die Luft zum Schneiden ist. Artur guckt genervt. »Wird Ihr Alabasterkörper schon aushalten. Nur eine Minute.«

»Ja, ja.«

»Wer trinkt Ihren Kaffee?«

»Die Rösterei war mein Traum mit meiner damaligen Lebensgefährtin. Sie ist Kaffeejunkie, kennt sich aus mit Röstgraden und Bohnen und Robusta und Arabica, Anbaugebieten, fairem Handel, fragen Sie mich nicht, womit alles.«

»Also war die Rösterei der Traum Ihrer Freundin.«

»Kann man so sagen.«

»Und? Was ist passiert?«

»Wir haben einen Kredit aufgenommen, die Geschäftsräume von einer Firma übernommen, umgebaut, Equipment gekauft, angefangen, Zulieferer unter Vertrag zu nehmen, alles *Fair Trade* und biologisch. Als die Abläufe standen und wir die ersten Chargen geröstet haben, hat Isabel mich verlassen. Für einen anderen.«

»Klasse.«

»Absolut. Der Volltreffer. Und Sie war nicht die erste Frau, die mir abhandengekommen ist.«

»Sie waren so getroffen, dass Sie vor lauter Frust das Geschäft vernachlässigt haben.«

»Exakt.«

»Statt voll Stoff zu geben, um es Ihrer Ex so richtig zu zeigen, haben Sie rumgejammert und den Hintern nicht hochgekriegt.«

»Sieht so aus.« Artur hebt seine Hände, betrachtet sie, als seien sie ihm völlig überraschend über den Weg gelaufen. »Können Sie das Fenster wieder zumachen?«

Ksenia schließt das Fenster. Es ist nun so kalt im Auto, dass sie ihren Atem sehen kann.

»Ich will Ihnen wirklich nicht zu nahe treten, aber … hatten Sie was mit Micha?«, fragt Artur reserviert.

»Eine Verabredung für eine Nacht. Er mochte Whiskey.«

»Mag ich auch.«

»Blended oder Single Malt?«

»Single Malt.«

»Da haben Sie aber gerade noch so die Kurve gekriegt.« Ksenia legt ihren Schal wieder um. »Sollen wir?«

»Glauben Sie wirklich, wir finden einen Hinweis, wo Ihre Freundin steckt?«

»Sie ist ein durchorganisierter Mensch. Sie liebt ihre Familie. Zuverlässigkeit ist ihr zweiter Name. Wenn sie mit dem Geld weg ist, werden wir in dem Haus irgendwas entdecken, was uns weiterbringt.«

Sie steigen aus. Die Dämmerung hat sich über die Siedlung gelegt, noch früher als gewohnt, scheint es Ksenia, es ist erst halb vier und düster wie in einem Karton. Sie schreitet flott aus. Artur atmet schwer, aber er hält mit. Sie laufen die Straßen entlang, an den zugeschneiten Vorgärten vorbei. Vorschriftsmäßig haben die Anwohner die Gehsteige geräumt. An manchen Stellen hat der Schneepflug neue, jetzt matschig braune Haufen wieder draufgeschaufelt.

»Verfluchte Jahreszeit.«

»Meckern Sie nicht rum. Draußen ist es immer schön.«

Artur lacht auf. »Sie sind tatsächlich so was wie eine Naturliebhaberin?«

»In der Natur wird man nicht beschissen. Man kann sich mit seinen Sinnen orientieren. Keiner quatscht einem die Birne zu. Man ist frei.«

»Gibt es eine weibliche Form für Naturbursche?«

»Hören Sie mit dem Quatsch auf. Ich muss mich wirklich nicht ständig darüber definieren, dass ich eine Frau bin.«

»Die Frauen sagen aber, es wäre ihr Recht, auch in der Sprache sichtbar zu sein. Isabel bestand darauf.«

»Hören Sie mal, wenn ich die Natur liebe, ist es dann von Belang, dass ich eine Frau bin?«

»Nein, aber Sie sind nun mal eine.«

»Habe ich mir nicht ausgesucht«, brummt Ksenia. »Konzentration jetzt.«

In den Häusern brennen bereits die Lichter. An einigen Einfahrten springen Bewegungsmelder an. Irgendwo knallt ein Fenster zu, und in einem Garten haben ein paar Kinder gut mit einer Schneeballschlacht zu tun.

Sie gehen auf Heddys Haus zu. Im Carport stehen immer noch Heddys Kleinwagen und der SUV. Karinas Auto ist nicht zu sehen, sie ist also noch bei ihrer Freundin. Ksenia ist erleichtert. Perfekte Bedingungen.

## 14.

»Also, was suchen wir?«, fragt Artur.

Ksenia und er stehen in Socken in dem Büroraum.

»Nach einem Hinweis, wo sie sein könnte. Warum sie verschwunden ist.«

»Was, wenn sie sich nicht freiwillig unsichtbar gemacht hat?«

»Dann eben nach Hinweisen darauf.« Ksenia spürt ihre Ungeduld.

»Haben die keinen Computer?«

»Peter hat seinen vermutlich auf der Arbeit. Und Heddy ist Kindergärtnerin. Die braucht keinen.«

»Was ist mit der Tochter?«

»Ich schaue nachher in ihrem Zimmer nach.«

Sie machen sich an die Arbeit. Es fühlt sich sinnlos an, sie drehen Papiere um, schaufeln Akten von hier nach da. Schließlich überlässt Ksenia das Büro Artur und geht wieder nach oben. Kein Computer in Karinas Zimmer.

Im Schlafzimmer findet sie ein Notizbuch im Nachtkästchen auf Heddys Seite. Sie geht nah ans Fenster und blättert es im schwachen Lichtschein der Straßenlaterne durch. Einkaufslisten, Adressen von Handwerkern. Das ist so *Old School* – Ksenia weiß, dass Heddy die meisten Eintragungen in ihrem Handy gemacht hat. Ist sie freiwillig und mit einem Plan verschwunden? Wer würde sie mit Gewalt verschleppen? Wohin? In ihrer Fantasie kann Ksenia sich alle möglichen Szenarien vorstellen, aber sie wirken surreal, passen nicht zu Heddy.

Ksenia setzt sich aufs Bett und legt das Notizbuch zurück. Gesetzt den Fall, Heddy wollte etwas erledigen. Etwas Wichtiges. Etwas, wovon ihre Familie nichts wissen sollte: Wäre es dann nicht logisch, sie würde es tun, während Peter im Klinikum liegt? Mit den akuten Bandscheibenproblemen, ausgerechnet in der Weihnachtszeit? Und müsste man deshalb nicht davon ausgehen, dass sie alle Spuren, die Karina verraten könnten, was ihre Mutter vorhat, verwischt?

»Ksenia!«, hört sie Artur rufen.

Sie steht auf, streicht die Tagesdecke glatt, verlässt das Schlafzimmer.

»Was ist?« Sie eilt die Treppe hinunter.

Artur lehnt in der Tür des Büros. »Ich habe die Visitenkarte einer Autovermietung gefunden.« Er reicht ihr die Karte. »Die sind ganz neu in der Stadt. *Orlando Autovermietung*. Seit 1. Dezember. Haben ordentlich Werbung gemacht, Anzeigen an Bushaltestellen und so, man kam nicht dran vorbei.«

»Orange und blau. Ziemlich poppig.«

»Komplementärfarben!«

»Was Sie nicht sagen.«

»Doch wirklich, es heißt, dass Gelb und Violett …«

»Hören Sie auf, mich zu belehren, das nervt mich.«

Verdattert starrt Artur Ksenia an. »Sie sind echt eine harte Nummer.«

»Ich rufe da an.«

»Was haben Sie vor?«

»Geben Sie mir Ihr Handy.«

Ksenia wählt die auf der Visitenkarte angegebene Nummer.

»Autovermietung Orlando?«, fragt eine junge Stimme voll aufdringlicher Fröhlichkeit.

»Hier ist Heddy Volkmann. Ich habe bei Ihnen einen Wagen gemietet und nun springt er nicht an!«

»Also … wer sind Sie?«

»Volkmann. V-o-l-k-mann. Wissen Sie was, Sie machen eine Menge Werbung, aber wenn es drauf ankommt, steht man auf dem Schlauch.«

»Was …«

»Ich glaube, die Batterie ist nicht in Ordnung. Seit einer Stunde versuche ich, den Motor anzulassen.«

»Was für ein Modell …«

»Woher soll ich wissen, was das für ein Modell ist. Ich friere mir den Hintern ab. Sobald ich zu Hause bin, falls ich das dieses Jahr unter den Umständen noch schaffe, erzähle ich allen, was für ein Sauladen Ihre Autovermietung ist.«

»Nun, es tut mir leid, Frau Volkmann, ich bin mir im Moment nicht sicher, aber welches Modell …«

»Welches Modell Sie mir vermietet haben, müssten Sie doch in Ihrer EDV gespeichert haben! Ich sage nur: vier Räder, ein Lenkrad.«

»Ach, da habe ich Sie ja, Frau Volkmann. Abholung am 26., Abgabe war angedacht für den 31.12. Ein VW Tiguan, wie soll ich sagen, das sind robuste Fahrzeuge, alle neu. Sie hatten ja gesagt, Sie brauchten den Wagen für knappe 1.000 Kilometer. Ich verstehe gar nicht, wieso ...«

Ksenia legt auf.

»Was war?«

Sie will Artur berichten, als sie ein Geräusch hört, das mit dem Wind draußen nichts zu tun hat.

»Hauen wir besser ab.«

»Was ist denn?«

Schon hat Ksenia das Licht gelöscht und rennt die Treppe hinauf. Hinter ihr knallt Artur die Bürotür zu, der Mann ist wirklich ein Elefant im Porzellanladen. Sie schlüpft in ihre Schuhe. Das Schmutzwasser, das sich rund um die Sohlen angesammelt hat, kann sie nun nicht mehr wegwischen. Sie späht durch das winzige Fensterchen neben der Haustür. Karina ist heimgekommen.

»Artur, los, Abgang!« Mit wenigen Schritten ist sie im Wohnzimmer, schiebt die Terrassentür auf.

»Warten Sie! Ich muss erst meine Schuhe anziehen!«

Von außen wird der Schlüssel ins Schloss gesteckt.

»Zu spät!« Ksenia ist schon draußen. Sie rennt über die Terrasse zur Hecke, daran entlang bis zum Gartenschuppen. Hier stehen die Büsche nicht so eng. Sie drückt sich durch eine Lücke und läuft in den Wald. Hier ist es so dunkel, dass sie die Zweige nicht sehen kann, die ihr hart ins Gesicht schlagen. Angst ist schlecht, sie ist wie ein Brennglas, unter dem man nur noch eins sieht: eben die Angst.

Ksenia bleibt stehen, atmet tief ein und aus, dreht sich um. Das Terrassenlicht brennt. Deutlich erkennt sie ihre eigenen Fußspuren. Karina ist nirgendwo zu sehen, sie muss mittlerweile im Haus sein.

Neben ihr knacken Zweige. Etwas kommt nah, etwas Großes, und Ksenia ist vorbereitet. Sie hebt das rechte Bein; mit einer schnellen Drehung tritt sie gegen das, was sich ihr nähert. Ein dumpfes Geräusch ertönt, dann ein unterdrückter Schrei.

## 15.

»Sie sind wirklich nicht ganz dicht!« Es ist Arturs Stimme.

Ksenia beugt sich zu ihm herunter. »Sind Sie bescheuert? Warum greifen Sie mich im Dunkeln an?«

Eine Windbö fährt in den Wald, die Bäume reiben ihre Äste aneinander, eine bedrückende Kakophonie.

»Ich habe Sie doch nicht angegriffen! Ich habe Sie nicht mal gesehen!«

»Regel Nummer eins im Wald: Wenn man nichts sieht, langsam gehen, auf die Ohren achten. Auf die Nase.«

»Ohren und Nase sind abgefroren, glaube ich. Es ist zapfig kalt, und ich hatte nicht mal Zeit, meine Schuhe anzuziehen.«

»Jetzt stehen Sie schon auf.« Ksenia tastet nach ihm. Fühlt seine Schulter.

Er lässt sich hochhelfen.

»Haben Sie Ihre Schuhe jetzt an?«

»Nein«, winselt Artur. »Ich sagte doch …«

»Schlüpfen Sie rein. Mitgenommen werden Sie sie ja haben.«

»Aber meine Socken sind tropfnass und …«

»Reinschlüpfen! Sonst frieren Ihnen die Zehen ab bei den Temperaturen. Hat Karina Sie bemerkt?«

»Glaube ich nicht. Was war das jetzt mit dem Telefonat?«

»Verrate ich Ihnen, wenn wir im Auto sitzen. Wir müssen weg. Karina wird schnell feststellen, dass die Terrassentür ein Stück offensteht.«

»Wird sie nicht, ich habe sie zugeschoben.«

»Wow.« Ksenia muss grinsen. »Sie sind doch nicht so tollpatschig.«

Er brummt etwas Unverständliches, während er an seinen Schuhen nestelt.

Ksenia blickt sich um. Das Terrassenlicht brennt nicht mehr. Karina muss in den oberen Stock gegangen sein. Nacheinander gehen dort mehrere Lampen an. Ksenia marschiert los.

»He, warten Sie, wo wollen Sie hin?«

»Zum Auto.« Ksenia läuft schnell, ihre Augen haben sich an die Dunkelheit gewöhnt. Mit nach vorn gestreckten Händen hält sie sich parallel zur Siedlung. Es kann noch nicht allzu spät sein. Vielleicht halb sechs? Das Zeitgefühl ist ihr abhandengekommen. Hinter sich hört sie knackende

Zweige. Artur schließt auf. Sie wartet nicht auf ihn. Soll sie ihn weiter einbinden? Na gut, sie haben eine Abmachung, doch im Moment wäre es ihr lieber, er würde in seiner Rösterei verschwinden und sie könnte allein nach Heddy suchen. 1.000 Kilometer! Was hat Heddy vor? Mitten im Winter eine dermaßen weite Fahrt zu unternehmen, sieht ihr nicht ähnlich. Ksenia weiß, dass Heddy nicht gern Auto fährt. Sie hat das Steuer auf langen Strecken stets ihrem Mann überlassen.

»Ksenia?«, kommt es heiser von hinten.

Der Wald endet. Rechts erstreckt sich die Siedlung, vor ihr ein Feld. Der Schnee liegt hoch. Ksenia ändert leicht die Richtung und stapft weiter, tief einsinkend.

»Ich glaube, wir müssen mehr nach links!« Mühsam schließt Artur auf.

»Müssen wir nicht.«

»Doch, die Scheune, wo Ihr Wagen steht …«

»Ich kenne den Weg.«

Er verfällt in Schweigen. Ksenia ist froh darum. Die Lichter der Siedlung verschwimmen hinter den dicht fallenden Flocken.

# 16.

Ksenia breitet eine Landkarte auf dem Küchentisch aus. Katze Matilda lugt neugierig aus ihrer Bettenburg. Artur musste natürlich mit. Hat sich nicht abwimmeln lassen. Wittert das Geld. Genau wie Ksenia. Wenn sie ehrlich ist, hofft sie immer noch, sich zu sanieren. Er hat vermutlich die gleichen Absichten.

Sie schnappt sich einen Bleistift und hält ihn über die Karte.

»Also, wir sind hier. Wenn wir jetzt annehmen, dass Heddy eine insgesamt 1.000 Kilometer lange Fahrt vorhatte, hin und zurück, rechnen wir 500 Kilometer in eine Richtung.«

Sie nimmt mit dem Stift Maß an der Maßstabsangabe. Artur hält sein Handy in der Hand und aktiviert eine App.

»Also, sie käme bis Nordfrankreich, Lille. Das sind knapp über 500. Oder bis Kopenhagen, sogar bis Südschweden. Nach Polen oder nach Süddeutschland. Fast in die Alpen. Kennt Ihre Freundin jemanden in den Alpen?«

Unwirsch schüttelt Ksenia den Kopf. »Sie rechnen die Luftlinie. Straßen verlaufen aber nicht schnurgerade.«

»Trotzdem, bis Dänemark wäre es keine Leistung. Auch nicht nach Polen oder in die Niederlande.« Artur betrachtet Matilda. Das Kätzchen schaut zu ihm auf. Er kniet sich hin und hält ihr eine Hand hin. Die Katze schnuppert ein wenig und streckt dann den Kopf vor. Behutsam streichelt Artur sie zwischen den Ohren.

»Eine hübsche Katze. Wenn man von den Wunden und den kahlen Stellen absieht.«

»Jemand aus dem Dorf hat sie mir gebracht.«

»Sind Sie so was wie eine Katzenflüsterin?«

»Unsinn.« Ksenia fühlt das dringende Bedürfnis nach einer Zigarette.

»Was ist denn mit ihr passiert?«

»Vermutlich hat sie ein Hund erwischt. Den einen Hinterlauf kann sie gar nicht bewegen.«

»Armes Tierchen. Wie heißt sie?«

»Matilda.« Ksenia hat die Schachtel gefunden und stippt eine Kippe raus. Hält Artur die Packung hin. Er bedient sich.

»Ich bin auf einem Bauernhof aufgewachsen. Wir hatten immer Katzen, die waren ständig unterwegs, Haus, Stall, Scheune, eine ganze fellige Familie.«

Zum ersten Mal sieht sie ihn lächeln.

»Ja, es ist schön, sein Leben mit Vierbeinern zu teilen.«

»Meine Eltern mussten den Hof aufgeben. Es rechnete sich nicht mehr. Ein paar Großbauern rundum haben Land gekauft und riesige Schweinezuchten aufgemacht. Da kam so ein althergebrachter Familienbetrieb nicht mit. Wir hätten investieren müssen, uns spezialisieren. Dazu waren die Kosten natürlich viel zu hoch.«

»Also haben Ihre Eltern verkauft.«

»Mit dem Geld kommen sie über die Runden. Aber beiden fehlt die Bindung ans Land. Die Weite, die Jahreszeiten, die Elemente.«

Ksenia nickt. Matilda scheint sich mit Artur anzufreunden. Ksenia ist einerseits beruhigt. Sie hat die Erfahrung gemacht, dass Menschen, die sich um Tiere sorgen, keine Drecksäcke sind. Andererseits kennt sie ihn überhaupt nicht. Ungeplant bildet sie ein Team mit ihm, und das gefällt ihr nicht. Den Deal hat sie überstürzt festgezurrt. So viel steht fest.

»Und Sie?«, fragt er. »Das ist nicht Ihre erste Katze?«

»Nein.« Ksenia tippt auf die Karte. »Was ist jetzt hiermit? Ideen?«

»Sie kennen Ihre Freundin besser als ich.« Er stemmt sich hoch und setzt sich auf einen Stuhl. Die Katze miaut kläglich. »Darf ich sie hochnehmen?«

»Bitte.« Scharf beobachtet Ksenia, wie Artur, die Zigarette im Mundwinkel, die Katze mit seinen großen Händen packt und auf seinen Schoß hebt. Sie rollt sich sofort zusammen und schnurrt. Von wegen autistische Katze, Lorena spinnt, denkt Ksenia.

»Arme Matilda. Arme kleine Matilda«, murmelt Artur und streichelt die Katze behutsam, wobei er achtgibt, nicht die wunden Stellen an ihrem Körper zu berühren. »Hören Sie, Ksenia, hat Ihre Freundin Bekannte in einer Gegend, die sie innerhalb von gedacht 500 Kilometern erreichen könnte? Zum Beispiel in Dänemark …«

»Nicht, dass ich wüsste.«

»Wo verbringt die Familie üblicherweise ihren Urlaub?«

Ksenia zerbricht sich den Kopf. Sicher, sie hat mit Heddy über dies und das geplaudert, Heddy hat auch mal ein paar Nachrichten und Fotos von Reisen geschickt, aber Ksenia hat sich nie näher damit befasst. Höchstens ein Smiley zurückgeschickt. Sie geht ihr Handy holen. Als sie zurück in die Küche kommt, liegt die Katze wie ein Baby an Arturs breiter Brust und schnurrt, während er zärtlich mit ihr spricht. In Ksenia macht sich ein sonderbares Gefühl breit. Eifersucht. Die Katze findet schneller einen Zugang zu Artur als zu ihr. Wobei Ksenia sich bislang mit dem Tier keine große Mühe gegeben hat. Ich bin total von dem Gedanken vereinnahmt, Heddy zu finden, denkt sie. Und das Geld. Sie drückt die Kippe aus. Aktiviert den Chat mit Heddy in ihrer Nachrichtenapp.

»Letztes Jahr waren die Volkmanns auf Fuerteventura. Allerdings in den Sommerferien.« Sie scrollt durch den Chat.

»Da ist sie jetzt sicher nicht hingeflogen, zum nächsten Flughafen sind es keine 1.000 Kilometer. Obwohl ich zugeben muss, dass es mich wettermäßig reizen würde, genau dorthin abzuhauen.«

»Und das Jahr davor … in der Fränkischen Schweiz. Wanderurlaub. Ebenfalls im Sommer.«

»Das würde doch passen.« Mit einem Mal wirkt Artur wie aufgezogen.

»Ja, aber was soll Heddy zwei Jahre später urplötzlich dazu bringen, wieder dorthin zu fahren? Am zweiten Weihnachtsfeiertag, ohne ihrer Familie etwas zu sagen?«

»Vielleicht ist in dem Urlaub etwas geschehen. Oder es hat ihr ganz besonders gut dort gefallen. Sie wollte wieder hin. Wollte *alleine* hin.«

»Um was zu tun? Noch dazu mit all dem Geld.«

»Wir gehen also davon aus, dass sie die Kohle mitgenommen hat?«

»Meinen Sie, Micha hat außer Ihnen noch einen zweiten Kumpel, der bereit ist, einen Tresor auszuräumen?«

Artur lacht laut auf. Erschrocken windet sich Matilda aus seinen Armen und springt auf den Boden. Maunzend schleppt sie sich auf drei Beinen zu ihrer Bettenburg.

»Tut mir leid, Matilda.« Artur will sie wieder nehmen, aber die Katze rollt sich zusammen und ignoriert ihn.

»Wir stochern so was von im Nebel.«

»Erzählen Sie mal was von Ihrer Freundin. Womöglich sind Sie zu nah dran, und Ihnen entgeht das entscheidende Detail. Fakt ist, sie ist mit einem Mietwagen und aller Wahrscheinlichkeit nach mit einer Menge Geld weg. Für fünf Tage. Sollten wir einfach warten, bis sie zurückkommt? Das wird sie ja wohl. Die Mietwagenfrau sagte nichts davon, dass Heddy den Wagen anderswo abgibt?«

In Ksenias Kopf braut sich etwas zusammen. Ein ganzer Sturm. »Nein, sie sollte das Auto hier zurückgeben. Allerdings …«

»Ja?«

»Wird sie nicht mit dem Geld zurückkommen.«

»Nein, wahrscheinlich nicht, niemand fährt eine solche Summe für fünf Tage spazieren.«

»Heddy fährt nicht gern Auto. Schon gar nicht im Winter.«

»Also muss sie einen gewissen Druck gespürt haben, sich auf den Weg zu machen. Weiter! Was ist ihr Mann für einer?«

»Er ist treu, schätze ich, fleißig.«

»Klingt langweilig.«

»Er ist Lehrer. Deutsch und Englisch. Besserwisser, irgendwie. Ein Schöngeist.«

»Hat Ihre Freundin sich über ihn beschwert?«

Ksenia seufzt. »Sie hat bisweilen Andeutungen gemacht.«

»Was für Andeutungen?«

»Dass er sich schulmeistermäßig benimmt. Seine oberschlaue Art ging ihr manchmal auf die Nerven. Mehr nicht. Wirklich, Artur, Heddy ist nicht der Typ, der über den eigenen Ehemann herzieht.«

»Okay. Sie ist eine ehrliche Haut und rücksichtsvoll.

Dennoch hat sie niemanden in ihre Reisepläne eingeweiht.«

»Sprich: Sie hatte etwas Ungewöhnliches vor. Etwas absolut Außergewöhnliches.«

Artur nickt. »Haben Sie was zu trinken da?«

Ksenia geht zur Spüle und füllt zwei Gläser mit Wasser. Eines reicht sie Artur, am anderen nippt sie selbst. »Was könnte das sein?«

»Etwas, wofür sie Geld braucht.«

»Geld, das sie für ihre Tochter zurückgelegt hat.«

Artur stellt sein Glas ab. »Noch ein Hinweis, dass sie unter Druck steht. Sie mietet einen Wagen für fünf Tage, obwohl sie ungern fährt. Sie nimmt Geld mit, das sie jahrelang für ihre Tochter aufgespart hat!«

Nun sieht auch Ksenia klarer. »Sie ist in einer Notlage.«

Artur räuspert sich. »Ich helfe Ihnen, Heddy und das Geld zu finden. Wir machen fifty/fifty.«

»Der Deal war 70 zu 30.«

»Das ist unfair.«

»60 für mich, 40 für Sie.«

Er guckt verletzt. Matilda hebt den Kopf.

Ksenia schaut aus dem Küchenfenster. Draußen schneit es. Sie wählt Karinas Nummer.

»Karina? Hier ist Ksenia. Hast du von deiner Mutter gehört?«

»Nein, leider nicht, gar nichts. Ich habe bei einer Freundin übernachtet, aber irgendwie will ich jetzt allein sein. Ich kann mich auf gar nichts mehr konzentrieren, mache mir wahnsinnige Sorgen!«

»Hör zu, vor zwei Jahren wart ihr doch in der Fränkischen Schweiz, nicht?«

»Ja, wieso?«

»Was war das für ein Urlaub?«

»Ach, Papa hat sich den Urlaub gewünscht, er hat im Unterricht deutsche Literatur in den 1960er-Jahren durchgenommen. *Gruppe 47*, Günter Grass und so. Die haben sich in der Fränkischen Schweiz das letzte Mal getroffen, bevor die Gruppe sich aufgelöst hat. Dort wollte er unbedingt hin.«

»Okay, und wo habt ihr übernachtet?«

»In einem Hotel. Ziemlich spießig. Warum fragst du, Tante Ksenia?«

»Ist während des Urlaubs irgendwas Ungewöhnliches vorgefallen?«

Stille in der Leitung. Ksenia spürt Arturs gespannten Blick auf sich. Matilda erhebt sich von ihrem Lager und geht auf Artur zu. Der beachtet die Katze gar nicht. Sie maunzt. Er schaut nicht hin.

Schließlich sagt Karina: »Was meinst du mit ›Ungewöhnliches‹?«

»Ist irgendwas passiert, was die Stimmung gehoben oder verhagelt hat? Hattet ihr Streit? Habt ihr jemanden kennengelernt, mit dem ihr Adressen ausgetauscht habt?«

»Nein, eigentlich … Streit gab es nicht. Nur …«

»Ja?«

Matilda setzt zum Sprung an, maunzt. Sie kann ihr eines Hinterbein nicht belasten. Artur reagiert nicht.

»Der Haussegen hing ein bisschen schief. Ich glaube, Mama hat dieses Literaturzeug gelangweilt. Papa hat Tage gebraucht, um Leute kennenzulernen, die diese Zusammenkunft der *Gruppe 47* mitbekommen hatten. Ein Typ, der Student in Erlangen war in den 60ern und …«

»Und?«

»Eine Frau, die damals in der *Pulvermühle* als Kellnerin

gearbeitet hatte. Dort, wo das Treffen stattfand. Das ist ein einsam gelegenes Wirtshaus am Fluss, also …«

»Hat er diese Leute getroffen?«

»Ja, noch mindestens einen weiteren, glaub ich.«

»Wo?«

»Die Kellnerin hat später das Hotel gekauft, in dem wir wohnten.«

»Wie hieß das? Weißt du das noch?«

»*Wiesenttal.* Oder so ähnlich.«

»Wart ihr bei den Treffen mit den Leuten dabei? Du und Heddy?«

»Ich war nur bei einem dabei. Die anderen Male war ich im Schwimmbad in einem Ort in der Nähe.«

»Und deine Mutter?«

»Sie war nur einmal noch mit Papa unterwegs. Weiß nicht mehr genau. Was hat das zu bedeuten, Tante Ksenia?«

»Du bist sicher, dass deine Eltern nicht gestritten haben?«

»Nein, ich glaube nicht, und wenn, habe ich es nicht mitbekommen.«

»Du sagtest, der Haussegen hing schief.«

»Weil Papa seine Pläne durchgedrückt hat. Mama wollte wohl ursprünglich ganz woanders Urlaub machen. Bloß, als Streit würde ich das nicht bezeichnen. Es war einfach eine gereizte Stimmung.«

»Was hat Heddy gemacht, als Peter mit diesen anderen Leuten zusammensaß?«

»Ich weiß nicht mehr.«

»Gut, wenn dir was einfällt, ruf mich an.«

»Tante Ksenia, was …«

»Tschüss.« Ksenia legt auf.

# 17.

»Sie wollen jetzt noch los?« Entgeistert starrt Artur Ksenia an.

Die packt ungerührt ein: Vorräte, einen Gaskocher, Schlafsack, Katzenfutter und die Medikamente vom Tierarzt. Sie legt ein paar Decken bereit, schwingt den Rucksack über die Schulter und marschiert ins Schlafzimmer. Wechselwäsche, Hauptsache, warm.

Artur kommt ihr nach. Sie spürt, wie er in der Schlafzimmertür lehnt. In diesem winzigen Zimmer hat Ksenia sofort das Gefühl, eingesperrt zu sein.

»Wollen Sie jetzt das Geld oder nicht?«, fragt sie genervt.

»Schon, aber …«

»Wenn wir noch eine klitzekleine Chance haben wollen, an die Summe ranzukommen, müssen wir uns sofort auf die Socken machen.«

»Also, ich …«

»Ihr Gestotter können Sie sich schenken. Ich fahre sowieso lieber allein.«

Er starrt sie an. Während sie Leggings und Wäsche in den Rucksack stopft, spürt sie seinen Blick auf sich.

»Sie sind ganz schön indiskret«, faucht sie ihn an, als sie sich aufrichtet.

»Also, ehrlich gesagt, ich habe noch nie eine Frau wie Sie kennengelernt. Es …«

»Wovor haben Sie Angst? Dass ich Ihnen den Hals umdrehen könnte? Das Auto in einen Graben setze? Ihnen das Geld vor der Nase wegschnappe? Sehen Sie, Sie kennen die Antwort genau. Ihnen ist klar, was Sie wollen. Die Kohle.«

Unwirsch drängt Ksenia sich an Artur vorbei. Sie löscht das Licht. Konzentration jetzt. Sie plant diese Tour wie eines ihrer längeren Trekkings in freier Natur. In der Küche stellt sie einen Topf mit Wasser auf den Herd.

»Ich muss was essen. Wird eine lange Nacht.«

Artur ist ihr nachgekommen, er betrachtet sie mit einem Blick, in dem sich eine seltsame Mischung aus Bewunderung, Amüsiertheit und der klaren Meinung spiegelt, dass er Ksenia für durchgeknallt hält.

»Wir könnten in meinem Wagen fahren, der ist größer«, schlägt er vor.

»Viel zu auffällig. Dank Ihrer Werbeaufschrift habe ich Sie sofort entdeckt. Jemand hat Sie gesehen, auf dem Parkplatz, und sich die Aufschrift gemerkt, schon vergessen?«

Artur guckt traurig.

»Ich fahre Sie zu Ihrer Rösterei, da steht Ihr Wagen ja noch, wartet brav auf Sie. Falls Sie doch nicht mitkommen wollen.«

Das Wasser kocht, sie wirft Spaghetti hinein. »Käse dazu?«

»Ja, gern«, antwortet er überrumpelt. »Soll ich der Katze eine Dose aufmachen?«

»Keine schlechte Idee. Aber geben Sie ihr nicht die ganze, sonst kotzt sie uns unterwegs das Auto voll.«

Artur lockt Matilda zu sich, streichelt sie, öffnet eine Dose Futter und kratzt die Hälfte auf eine Untertasse. Matilda macht sich über die Mahlzeit her.

»Sehen Sie, Matilda hat Hunger«, verkündet Artur, als wäre diese Erkenntnis ein neues Forschungsresultat aus dem Weltraum.

Ksenia verdreht nur die Augen. Gerade, als sie die Nudeln abgießt, klingelt es an der Tür.

»Verdammt«, entfährt es Artur. »Wer kann das sein?«

»Warten Sie hier.« Leichtfüßig läuft Ksenia die Treppen hinauf. Im ersten Stock zieht sie das Fenster auf, das im Treppenhaus direkt über der Eingangstür liegt. Schnee vom Sims fällt ihr vor die Füße. Es ist stürmisch draußen. Wenigstens hat es aufgehört zu schneien. Die Wolken treiben in schneller Folge über den Himmel. Ab und zu linst der Mond durch eine Lücke, dabei glänzt die verschneite Landschaft. Ksenia beugt sich hinaus. Die Außenbeleuchtung hat sich eingeschaltet. Ein Auto steht da. Und eine Frau. Vor ihrer Tür. Es klingelt erneut.

Wütend schlägt Ksenia das Fenster zu. Im Sturmschritt nimmt sie die Treppen nach unten, reißt die Tür auf.

»Verdammt, Karina, was tust du hier?«

»Tante Ksenia, es tut mir leid, ich habe … Mir ist was eingefallen, du hast mich doch nach dem Urlaub gefragt.«

»Hast du kein Telefon?«

Eine Windbö fegt heran. Karina zieht die Kapuze über ihren Kopf.

»Komm rein.«

Ksenia geht ins Haus. Karina kommt ihr nach.

»Zieh die Schuhe aus.«

Karina gehorcht.

»Magst du Pasta?«

»Schon, ja. Oh!« Karina folgt Ksenia in die Küche, wo sie Artur sieht. Und Mathilda.

»Ist die süß!«

Matilda liegt wieder in ihrer Bettenburg und putzt sich ausgiebig. Karina hockt sich neben sie. Die Katze würdigt sie keines Blickes. »Die Arme! Was ist mit ihr passiert, Tante Ksenia?«

»Nenn mich nicht Tante!« Ksenia ist genervt. Das alles

passt ihr nicht. Sie ist es nicht gewöhnt, von Menschen umgeben zu sein, keinesfalls von mehr als einem. Karina mit ihren rosa Fingernägeln, den blonden Löckchen, der schwarzen Wimperntusche, die ihr immer den Anschein gibt, als habe sie zwei blaugeschlagene Augen, macht sie mit einem Mal aggressiv.

Ich war selbst nie so, denkt Ksenia selbstkritisch, während sie die Pasta auf drei Teller verteilt. Seit sie denken kann, trägt sie das Haar lang, bindet es zu einem Pferdeschwanz oder flicht einen Zopf. Sie trägt nie Röcke, am liebsten Trekkinghosen und Stiefel. Im Wald ist sie am glücklichsten. Allein.

Interessanterweise hat Heddy immer eine Ausnahme dargestellt. Deren Anwesenheit fühlte sich nie wie eine Bedrohung an. Wobei, nachdem sie den Rucksack gefunden hatten …

Wie oft haben sie und Heddy über die Herkunft des Geldes nachgedacht. Eine missglückte Übergabe? Drogen? Die ersten Wochen nach dem Fund fürchtete Ksenia noch, sie seien beobachtet worden. Sie traf Vorkehrungen. Doch nichts tat sich. Nach zwei Monaten schaffte sie den ersten Teil beiseite, ließ ihn ins Geschäft wandern. Auch Heddy fiel nichts auf. Niemand tauchte auf, um die Riesensumme zurückzuholen. Als habe niemand das Geld vermisst.

Sie sprachen nie am Telefon über die Sache. Auf ihren Wanderungen mieden sie den Weg, der an dem einen speziellen Jägerstand vorbeiführte. Sie besprachen das nicht, die Entscheidung traf sich sozusagen von selbst.

Karina hockt neben der Katze, Artur steht daneben. Beide halten den Mund, als hätte ihnen jemand Redeverbot erteilt, und sehen Matilda beim Putzen zu.

»Jetzt kommt, essen wir. Nehmt euch Wasser vom Hahn. Ich habe nichts anderes.« Ksenia ist hungrig, sie spürt es erst jetzt. Gierig streut sie Parmesankäse direkt aus der Tüte über ihre Nudeln. »Das ist übrigens Artur. Artur, das ist Karina.«

Die beiden nicken einander zu und essen. Artur weiß, wer Karina ist, aber Karina hat keine Ahnung, dass dieser massige Mann schon zweimal in das Haus eingedrungen ist, wo sie mit ihren Eltern wohnt. Eine Weile hört man nur das Kratzen der Gabeln im Teller, das Knistern der Parmesantüte, und einmal bittet Artur um Salz. Erst, als alle satt sind, fragt Ksenia:

»Also, was ist dir eingefallen?«

»Wegen dem Urlaub in der Fränkischen Schweiz. Ich habe … na ja, vielleicht …«

»Himmel, rede!« Ksenia schiebt ihren Teller weg.

Karina kaut auf ihrer Unterlippe. »Also, Mama und Papa hatten da gerade keine leichte Zeit. Irgendwas passte nicht zwischen ihnen.«

»Wieso nicht?«

»Ich glaube, es war so, dass Mama es satt hatte, immer zurückstecken zu müssen, wenn es um ihre Wünsche und Pläne ging. Papa bestimmte, welches Auto wir kauften, und sie sagte ja. Er legte den Urlaubsort fest, und sie fuhr mit. Nachdem das anscheinend viele Jahre geklappt hatte, wollte sie plötzlich nicht mehr alles abnicken. Sie hatte keinen Bock auf die Fränkische Schweiz, und das sagte sie ihm auch.«

»Und?«

»Es gab etliche Diskussionen. Papa meinte, wenn Mama nicht mitwollte, sollte sie doch einen anderen Vorschlag machen. Er brachte sogar dich ins Spiel, Tante Ksenia.«

»Mich?«

»Er sagte, deine Busenfreundin hat doch ein Reisebüro, wieso lässt du dir nichts empfehlen?«

»Sie war nie bei mir. Nicht, um eine Reise zu buchen, auch nicht, um sich ein Ziel vorschlagen zu lassen.«

»Sonderbar«, mischt Artur sich ein.

Eine Windbö heult im Kamin. Karina schreckt zusammen.

»Das ist nicht die *Wilde Jagd*, Karina, keine Panik!«, sagt Ksenia, um Freundlichkeit bemüht. »Hat Heddy Peter seine Rücksichtslosigkeit heimgezahlt? Ist es das, was du sagen willst?«

»Die Stimmung war gedrückt, als wir losfuhren. Die ersten Tage nervig. Wir waren in einem schönen Hotel, aber Mama war unzufrieden. Papa hatte eine Art Wochenplan, was wir wann machen sollten, und er wollte unbedingt zu dieser *Pulvermühle*. Wir fuhren mit, wir waren ja nur mit einem Auto da. Und dort …« Karina blickt in die Ferne.

Ksenia zügelt ihre Ungeduld. Sie ballt die Hände zu Fäusten und drückt ganz fest. Atmet und zählt. Bei 14 spricht Karina weiter.

»Papa traf da einen Typen. Einen, der damals, als diese Literaten ihr Treffen dort hatten, Student in Erlangen war. Er demonstrierte damals gegen die Gruppe. Ich habe den Zusammenhang vergessen. Mit dem sprach Papa ziemlich lange. Die *Pulvermühle* ist eine Pension und zugleich ein Café, Mama und ich saßen in dem großen Garten, aßen Eis und versuchten, so zu tun, als fänden wir den Tag unvergleichlich schön.«

»Aber so fühlte der Tag sich nicht an«, sagt Artur.

»Nein. Irgendwas war faul und traurig. Es war ein gezwungenes Gespräch.«

»Was habt ihr sonst so gemacht?«

»Wir waren im Schwimmbad, gingen essen, einmal mieteten wir ein Kanu und fuhren den Fluss runter.«

»War dabei die Stimmung auch gedrückt?«

»Ich weiß nicht … irgendwie … es hatte was von einem Theaterstück. Wir taten so, als hätten wir den tollsten Urlaub aller Zeiten.«

»Und du und deine Mutter, ihr wart also immer zusammen?«

»Nein, sie … ungefähr jeden zweiten Tag war sie allein unterwegs. Weil … ich lernte einen Jungen kennen, im Schwimmbad, und … sie wollte mich in Ruhe lassen, wollte, dass ich mit ihm Zeit verbringen konnte.«

Ksenia schließt die Augen. Ihr Kopf brummt, Fetzen des Gesprächs kreisen in ihrem Schädel. Heddy und ihre innere Wut, ein Zustand, den man der heiteren Frau kaum zutrauen würde. Peter, der sein Ding durchdrückt. Ein Junge, der Karinas Aufmerksamkeit beansprucht.

»Hattest du den Eindruck, dass deine Mutter auch jemanden kennengelernt hat?«, fragt Artur einfühlsam.

Karina senkt den Kopf.

»Also ja.« Ksenia steht auf, räumt das Geschirr ab. »Lief da länger was? Oder war die Angelegenheit mit dem Urlaub zu Ende?«

»Nein, ich bin mir sicher, dass es weiterging. Zu Hause hat Mama oft am Handy gechattet, und einmal hat Papa gefragt, mit wem sie da eigentlich immer so angeregt schreibt. Sie hat gesagt: ›Mit Ksenia‹.«

»Das hat er gelten lassen?«

Karina zuckt nur die Achseln.

»Und das begann während des Urlaubs in der Fränkischen Schweiz und lief – bis jetzt?«

»Ja, kann man so sagen.«

Ksenia lässt heißes Wasser ins Becken und spült das Geschirr. Während Artur und Karina weiterreden, baut sich vor ihren Augen eine Szenerie auf. Heddy, verliebt. Ein Urlaub mit einem unerwarteten Kick, danach Alltag, Absturz ins Gewöhnliche, die altbekannten Zwänge, keine neuen Ziele, nichts, was sie und Peter noch besonders verbindet außer der Tochter. Ksenia schrubbt die Käsereste von den Gabeln. Kann Heddy noch einmal neu angefangen haben? In diesen *Rauhnächten*, in denen Peter im Krankenhaus ist? Schmerzgeplagt und wartend auf eine Operation, die erst im neuen Jahr stattfinden wird? Ksenia trocknet ihre Hände ab. Es gab einen Bruch in Heddys Leben, vor gut zwei Jahren, und möglicherweise hat der etwas mit ihrem Verschwinden zu tun.

»Wir müssen los, es ist schon nach neun.« Ksenia hängt das Handtuch auf.

»Wohin wollt ihr?«, fragt Karina.

»Wir fahren nach Franken, deine Mutter suchen«, erläutert Artur treuherzig.

»Ich komme mit.« Karina springt auf. »Tante Ksenia, ich komme mit!« Sie stemmt die Hände in die Hüften.

Das Kämpferische, das so unvermittelt aufflammt, steht ihr, findet Ksenia.

»Vergiss es. Du bleibst hübsch zu Hause.«

»Nein!« Karina schreit fast. »Sie ist meine Mutter!«

Ksenia zuckt die Achseln. Solche Diskussionen sind ihr zuwider. Des Menschen Wille ist sein Himmelreich, auch wenn Letzteres sich als Hölle entpuppt. »Also, Abmarsch.« Sie beugt sich zur Katze hinunter. Die faucht, will sich nicht hochnehmen lassen.

»Ich mache das.« Artur lockt Matilda. Sofort hinkt die Katze auf ihn zu. Er spricht leise auf sie ein.

»Sie mag dich«, sagt Karina lächelnd zu ihm.

Ksenia spürt, wie ihr etwas Saures aufstößt. Sie schlüpft in Stiefel und Anorak, hievt den Rucksack hoch, drückt Karina die übrigen Decken in die Arme. Löscht das Licht in der Küche. Artur trägt die Katze zum Wagen. Karina stapft hinter ihm her, frierend in dem eisigen Wind.

Ksenia verstaut ihre Sachen im Kofferraum. Setzt das Auto aus der Garage und weist Karina an, ihren Wagen hineinzufahren. Während das junge Mädchen rangiert, beugt Ksenia sich zu Artur, der es sich mit der Katze auf dem Rücksitz gemütlich macht, und flüstert:

»Kein Wort zu Karina über das Geld, klar?«

## 18.

Es schneit, ganz regelmäßig. Dünne Flocken segeln aus einem schwarzen Himmel herab. Im Licht der Scheinwerfer wirkt das nicht, als sei es viel. Doch auf den Straßen liegen bald fünf Zentimeter Schnee, dann zehn. Ksenia fährt. Es ist still im Wagen, nur das Radio spielt leise. Nachtprogramm. Artur sitzt hinten, die Katze auf dem Schoß, vertieft in sein Handy. Auf dem Beifahrersitz hat Karina sich in eine Decke gekuschelt.

Der Schnee ist nicht Ksenias einzige Sorge. Als sie die Garage öffnete, lag eine Plastiktüte direkt davor. Beschwert mit einem Stein. In der Tüte ein Zettel:

*Ich weiß, was du getan hast.*

Sie hat den anderen nichts gesagt. Sich auf das Fahren konzentriert. Bis sie die Autobahn erreicht, verbietet sie sich jeden Gedanken an den Absender. Doch sobald sie auf dem geräumten Asphalt Gas gibt Richtung Süden, kann sie sich nicht länger ablenken. Was hat sie getan? Die Tatsache, dass sie in dem Büro war – beweist das irgendwas? Sie hat Micha kein Haar gekrümmt. Wobei sie natürlich auch nichts sonst unternommen hat. Vermutlich liegt Michas Leiche immer noch da. Ein Schauder kriecht ihr über das Rückgrat.

Silvia? Die abgeblitzte Logistikfrau. Eifersüchtig, verletzt, wütend. Ksenia hat gestern am späten Abend beobachtet, wie Silvia mit ihrem Auto wegfuhr. Kann sie geblufft haben? Ist sie Ksenia unbemerkt gefolgt? Besonders clever wirkte sie nicht, denkt Ksenia, was nur bedeutet, dass man sich allzu oft täuscht. Unterschätze niemals einen Gegner.

»Tante Ksenia?«, kommt es von Karina.

Sie ist wirklich ölgetränkt und wasserdicht, findet Ksenia, das »Tante« ist ihr einfach nicht abzugewöhnen.

»Was ist?«

»Bist du … ich meine …«

»Was denn!«

»Nimm es mir nicht übel. Mama sagte neulich, dass du …«

»Spuck es aus, Karina!«

»Dass du bald pleite bist.«

Ksenia gibt mehr Gas. Vor ihnen taucht ein Schneepflug auf. Schnell kommen die Rücklichter näher. Sie setzt den Blinker und überholt. Schnee und Matsch platschen gegen die Windschutzscheibe. Die schwere Maschine scheint gefährlich nah. Ksenia gibt mehr Gas.

Letztlich spielt es keine Rolle, wenn Karina es weiß.

»Das Geschäft läuft nicht besonders gut, leider.« Sie setzt ihr Auto vor den Schneepflug auf die rechte Spur.

»Mama meint, du hättest dich besser aufs Internet konzentrieren sollen.«

»So, meint deine Mutter das.« Ksenia geht zum Angriff über. »Hast du dich mal gefragt, warum ihr den Urlaub auf Fuerteventura nicht bei mir gebucht habt?«

»Papa hat ein günstiges All-in-one-Angebot im Netz gefunden.«

»Aha. Merkst du was?«

»Alle müssen sparen.«

»Denk mal nach.«

Trotzig verschränkt Karina die Arme.

»Du bist 18. Was hast du nach der Schule vor?«

»Studieren. Jura vielleicht.«

»Vielleicht?«

»Es gibt mehrere Sachen, die mich interessieren. Buchhändlerin wäre auch toll, aber als Juristin verdient man besser.«

Beide verfallen in Schweigen. Im Radio laufen Nachrichten. Mitternacht. Vom Rücksitz tönt leises Schnarchen. Artur schläft. Die Autobahn liegt dunkel da. Ab und zu fährt ein Fahrzeug vom Winterdienst vor ihnen oder ein Schneepflug. Sonst herrscht kaum Verkehr. Im Radio wird dazu aufgerufen, zu Hause zu bleiben, da für Mittel- und Süddeutschland deutlich mehr Schnee erwartet wird. Ksenia hofft, dass sie rechtzeitig ankommen. Da, wo sie hinwollen. Sie werden einen Plan brauchen, um Heddy aufzuspüren. Bis jetzt wollte sie nur schnell losfahren. Keine Zeit mehr verplempern.

Eine Affäre in der Fränkischen Schweiz? Warum eigentlich nicht? Heddy ist Ende 40, manche Menschen stellen neue Weichen. Unzufrieden mit dem Ehemann, unerfüllt im Job …

Ksenia stößt immer wieder an dieselbe Grenze aus Zweifeln: Einfach zu verschwinden, passt nicht zu der zuverlässigen Heddy. Letztlich ist es auch gleichgültig, denkt Ksenia. Ich brauche die Kohle. Und ich will wissen, wozu Heddy das Geld abgegriffen hat. Wo es doch für Karina bestimmt ist, die von einem Studium träumt.

»Ich glaube, wenn Papa mitbekommt, dass Mama was mit einem anderen Mann hat, verzeiht er ihr das nie.«

»War er immer treu?«

»Ganz bestimmt.«

Ksenia nickt nachdenklich. Peter ist ein Mann mit Prinzipien, einer, der klare Vorstellungen von richtig und falsch hat. Und er ist nicht sonderlich attraktiv. Er hat wenig an sich, das eine Frau auf die Idee bringen könnte, mit ihm eine Affäre anzufangen.

»Du wirst ihm nichts sagen, von dem, worüber wir jetzt geredet haben, und nichts von unserem Ausflug?«, fragt Ksenia.

»Nein.«

»Garantiert fragt er sich, wo du bleibst, wenn du ihn morgen nicht besuchst.«

»Ich habe ihm vorhin eine Nachricht geschickt. Dass ich mit einer Freundin bis Silvester zum Skifahren in Österreich bin.«

»Durchtrieben bist du!«, grinst Ksenia. »Hätte ich dir nicht zugetraut.«

## 19.

**29.12.**

Hinter Kassel halten sie an einer Raststätte. Es ist weit nach Mitternacht. Fortwährend fällt Schnee, dünne, eisige Flocken. Karina schläft. Ksenia allerdings braucht einen Kaffee, wenn sie durchhalten soll. Die letzte Viertelstunde musste sie sich extrem konzentrieren, um nicht einzuschlafen. Selbst der Gedanke an den Drohbrief vor ihrer Garage sorgt nicht mehr für ausreichend Adrenalin. Immer wieder hat sie sich in den vergangenen Stunden gefragt, wer sie in dem Bürohaus gesehen haben könnte. Natürlich, der Aufzug hielt auf dem Stockwerk von Michas Büro, und ja, jemand blickte in den Raum, aber wer? Silvia? Ksenia nahm es zuerst an, doch nun ist sie nicht mehr sicher. Die Frau, die ihr auf dem Parkplatz von ihrer Affäre mit Micha erzählte, wirkte nicht wie jemand, der hintenrum Drohbotschaften aussendet. Silvia Roos ist eher eine, die direkt auf Leute zugeht, sie betextet und sich dann trollt.

Artur wacht auf.

»He, wo wollen Sie hin, wo sind wir?«

»Klo und Kaffee. Machen Sie nicht so einen Krach. Karina schläft.«

»Warten Sie, ich komme mit.«

Ksenia steigt aus, drückt vorsichtig die Tür zu, geht auf die Raststätte zu. Sie mag solche Orte nicht, Orte des Durchgangs, von Kameras bewacht. Sie zieht die Mütze tief in die Stirn. Ohne auf Artur zu warten, geht sie zur Toilette. Niemand befindet sich in dem Waschraum, dessen kalte Ausstrahlung sie mit 70 Cent bezahlen muss. Als sie in die Cafeteria kommt, hat Artur bereits zwei Becher Kaffee am Automaten gefüllt.

»Mit Milch und Zucker?«, fragt er.

»Schwarz.«

»Habe ich mir fast gedacht.«

Ksenia zuckt die Achseln. Sie weiß nicht einmal mehr, wann ihr zuletzt jemand einen Kaffee spendiert hat. Eigentlich ist ihr unangenehm, dass Artur bezahlt. Doch sie sagt nichts, nur ein knappes »danke«, als er ihr den Becher gibt.

»Lassen Sie uns rausgehen.« Ksenia erträgt die fast menschenleere, grell erleuchtete Cafeteria nicht. Die Nacht scheint von außen gegen die Panoramascheiben zu drücken. Irgendwie ist ihr mulmig, sie fühlt sich beobachtet. Ein Observationsobjekt. Draußen geht sie ein paar Schritte zu einem Picknicktisch. Zentimeterhoch liegt der Schnee darauf. Sie lehnt sich gegen die Sitzbank. Genießerisch trinkt sie den Kaffee. Die bleischwere Müdigkeit von eben verfliegt ein wenig. Der Wind frischt heulend auf. Trotz der Kälte nimmt Ksenia die Mütze ab. Legt den

Kopf in den Nacken. Nichts zu sehen da oben am Himmel. Kein Mond, keine Wolken, kein säbelrasselndes Heer. Keine *Wilde Jagd*.

»Ich habe vorhin gegoogelt. Nach dem Hotel *Im Wiesenttal*, wo Karina mit ihren Eltern gewohnt hat. Ganz interessant, die Eigentümerin heißt Veronika Bach. Es gibt ein Chronik des Hotels auf der Webseite, und darin steht, dass diese Frau schon früh ins Gastrofach einstieg, erst als Kellnerin aushalf, als sie noch jung war. Zum Beispiel beim legendären Treffen der *Gruppe 47* in der *Pulvermühle*. Später hat sie dann das Hotel gekauft.«

»Also eine, die reingewachsen ist.«

»Die haben jedenfalls eine bessere Webpräsenz als wir beide«, grinst Artur.

»*Pulvermühle* ...«

»Ja, dieses Literatentreffen damals ... heute würde man sagen, es ging viral. Mit Demos von Studenten, Zank zwischen den Schriftstellern und Pressehype. Klingt jedenfalls ziemlich nach bösem Blut, und die Regionalzeitungen waren begeistert, dass sie mal was Spannendes zu berichten hatten.«

»Ich dachte, Sie hätten da hinten auf der Rückbank geschlafen«, sagt Ksenia lächelnd.

»Habe ich auch. Aber vorher ein wenig recherchiert.«

Sie schweigen, trinken den Kaffee. Die Kälte beißt Ksenia ins Gesicht.

Artur hält ihr eine Zigarettenschachtel hin. Sie greift zu.

»Eigentlich mag ich Nächte«, sagt Artur. »Kennen Sie das? Wenn man manchmal nicht schlafen kann und aus dem Fenster sieht, auf die Stadt und die Häuser, die Lichter, und wenn man sich dann fragt, was all die Menschen dort tun, wo sie sind, in den Wohnungen, den Autos?«

Ksenia murmelt irgendwas. Er gibt ihr Feuer.

»Dabei denke ich oft darüber nach, warum ich bin, wo ich bin, an genau diesem Ort. In dieser Wohnung, in diesem Zimmer. Wo könnte ich stattdessen sein? Was hat mich hergeführt, was hält mich?«

»Sie sind ein Feingeist. Ehrlich, es erscheint mir immer unwahrscheinlicher, dass Micha ausgerechnet Sie gefragt hat, ob Sie den Tresor ausrauben.« Genüsslich saugt sie den Rauch ein.

Artur tritt von einem Fuß auf den anderen. »Also … die Not ist wirklich groß.« Er steckt sich ebenfalls eine an.

»Ach ja?«

»Glauben Sie, ich würde mit Ihnen hier stehen, nachts, an der Autobahn, mit einer unreifen 18-Jährigen im Wagen, wenn es nicht dringend wäre?«

»Ja, ja. Ihre Rösterei.«

Artur hält Ksenia den Becher hin. »Gar nicht schlecht, dieser Kaffee. Meiner wäre besser, das verspreche ich. Stärker, ohne dabei so säuerlich zu schmecken. Nein, es geht nicht um den Kaffee. Ich habe … Geld aufgenommen.«

»Was?«

»Spielen Sie jetzt bloß nicht Richterin. Sie stecken in keiner angenehmeren Position, glaube ich.«

»Sitzt die Bank Ihnen im Nacken?«

»Schlimmer.«

Ksenia bricht der Schweiß aus. Ihr Instinkt ahnt das Problem, noch bevor der Verstand das ganze Bild rekonstruiert hat. »Sie haben sich Geld bei einem Kredithai geliehen? Ist es das, was Sie mir sagen wollen?«

Betreten guckt Artur zu Boden.

»Von welcher Summe reden wir?«

»Knapp 10.000.«

»Verdammt.« Ksenia trinkt ihren Kaffee aus, zerdrückt den Becher. »Wir fahren sofort weiter.«

»Ich nehme nicht an, dass …«

»Wie knapp sind Sie dran mit der Rückzahlung?«

»Stichtag wäre der 27.12. gewesen.«

»Ich glaub's nicht.« Ksenia wirft den Becher in einen Mülleimer, drückt die Kippe aus und entsorgt sie ebenfalls. »Los. Fahren wir.«

## 20.

Als es hell wird, stehen sie bereits zwei Stunden auf dem Parkplatz eines Hotels, das *Im Wiesenttal* heißt. Ein schönes Gebäude, das sich perfekt in die Landschaft schmiegt, viel Holz, Weihnachtsbeleuchtung, geschmackvoll. So gut wie alle Plätze sind belegt. Autos mit Dachsärgen, alle zugeschneit, durch den Schnee zu weichen, runden Formen verändert. Die meisten Gäste scheinen bereits gefrühstückt zu haben, kommen mit Skiern, Schlitten und bunten Winterklamotten aus dem Hotel. Manche kehren ihre

Wagen ab, lassen die Motoren an, die meisten aber folgen zu Fuß ein und demselben Pfad weg vom Hotel.

»Die sind auf dem Weg zum Rodelhang, ganz klar.« Artur lacht. »Oder zur Loipe. Rodeln würde ich jetzt auch gern.«

Karina, die eben erst aufgewacht ist, jammert. »Mir ist kalt.«

»Ich lasse den Motor jetzt nicht laufen. Nimm dir noch eine Decke.«

»Ich glaube, Matilda muss mal«, bemerkt Artur.

»Setzen Sie sie halt kurz raus.« Ksenia ist zu vielem bereit, aber ganz bestimmt nicht dazu, sich um jedes Bedürfnis ihrer Mitreisenden zu kümmern. Sie ist besorgt. Die Sache mit dem Kredit gefällt ihr nicht. Solche professionellen Geldverleiher machen keine Fehler, und sie verzeihen auch nichts.

Artur schnappt sich Matilda, die unruhig maunzt, und steigt aus dem Auto.

»Ich habe Hunger, Tante Ksenia.«

»Im Rucksack sind Energieriegel. Bedien dich. Wir warten, bis die Leute alle ausgeflogen sind. Dann herrscht im Hotel Ruhe, und ich versuche, die ehemalige Kellnerin zu finden.«

Karina gähnt. Ksenia sieht demonstrativ in die andere Richtung. Wenn sie Glück haben, ist Heddy hier abgestiegen. Ksenia kann die Motive ihrer Freundin nachfühlen, irgendwie. Heddy führt ein Leben, in dem alles fertig ist. Erledigt. Ehe, Kind, Eigenheim. Nichts Neues, keine Ziele mehr, keine Risiken.

Sie denkt an Arturs Rechercheresulate. Veronika Bach. Das ist die Frau, mit der sie zuerst sprechen wird.

Als Artur Matilda in den Wagen zurückbringt, steigt sie

aus. »Ihr wartet. Kommt bloß nicht auf dumme Gedanken!«

Am Eingang klopft sie sich die Schuhe ab.

»Kommen Sie nur rein«, ruft eine heitere Stimme von der Rezeption.

»Guten Morgen.«

»Grüß Gott. Womit kann ich Ihnen helfen?«

Der junge Mann hinter dem Empfangstresen lächelt Ksenia freundlich an. Er trägt sportliche Kleidung, einen roten Troyer und schwarze Hosen. Die Einrichtung ist in dezenten Farben gehalten, helles Holz, wenig Schnickschnack.

»Ich würde gern mit Frau Bach sprechen.«

»Mit der Chefin? Ist etwas nicht in Ordnung?«

»Darum geht es nicht. Ich bin kein Gast hier. Ksenia Karolek mein Name. Mich interessiert etwas anderes: Frau Bach hat vor vielen Jahren in der *Pulvermühle* gearbeitet …«

»Ach, Sie sind von der Zeitung?«

»Es ist schon mehr als 50 Jahre her, dass Deutschlands wichtigste Schriftsteller hier tagten, aber sie erinnert sich doch bestimmt noch an viele Dinge …«

Der Mann beugt sich zu Ksenia. »Niko Lorin« steht auf seinem Namensschild. »Und sie spricht gern über diese Zeit. Kommen Sie, ich bringe Sie zu ihr.«

Ksenia folgt Niko, der mit federnden Schritten einen Korridor entlanggeht und an eine Tür klopft. Auf ein harsches »herein« öffnet er.

»Chefin, eine Dame von der Presse. Frau Karolek. Thema *Pulvermühle*.«

Ksenia betritt das Büro. An einem Schreibtisch aus Glas sitzt eine Frau in den 70ern hinter einem Laptop. Kurzes, graues Haar. Ihr Blick klebt am Bildschirm, energisch scrollt sie mit der Maus. Auch sie trägt legere Kleidung, einen dunkelblauen Pulli mit gewagtem Ausschnitt und eine grüne Hose. Ihr Dekolleté schmückt ein Bernsteinanhänger von beeindruckender Größe.

»Guten Morgen«, sagt Ksenia. »Ich komme unangemeldet, dafür muss ich mich entschuldigen. Aber wenn Sie mir 15 Minuten Ihrer Zeit …«

Endlich sieht die Hotelchefin auf. »In 15 Minuten kann ich Ihnen unmöglich darlegen, wie ich den hohen Herren der Literatur Kaffee über die Knie und Wein über die Manuskripte gegossen habe.« Sie streicht ein paar fedrige Strähnen hinter ihr Ohr. »Niko, bringen Sie uns ein kleines Frühstück. Und Sie, Frau Karolek, machen Sie es sich auf dem Sofa bequem. Legen Sie ab.« Veronika Bach kommt um ihren Schreibtisch herum. »Geben Sie mir Ihre Jacke. Was für ein herrliches Wetter, finden Sie nicht? Unsere Gäste sind ganz aus dem Häuschen. Seit Weihnachten haben wir Schnee, wie bestellt. Für welche Zeitung schreiben Sie?«

»Für keine.« Ksenia räuspert sich.

»So?«

»Niko nahm das an, ich habe mich nicht als Journalistin vorgestellt. Dennoch brauche ich Ihre Hilfe. Dabei wird auch die *Pulvermühle* ins Spiel kommen.«

»Da bin ich gespannt.«

Niko kommt zurück. Auf einem Servierwagen stehen zwei Teller bereit, Kaffee, Orangensaft, Eier, Brötchen, Aufschnitt, Marmelade.

»Danke, mein Lieber.« Veronika Bach öffnet ein Klapptischchen. »Also, greifen Sie zu, ich gehöre nicht zu den fürsorglichen Frauen, die ständig um ihre Gäste herumschwänzeln und ›nimm dies, probiere das‹ rufen. Was Sie verpassen, haben Sie verpasst.«

»Sie meint, was sie sagt«, lacht Niko, bevor er das Zimmer verlässt.

Hungrig macht Ksenia sich über das Frühstück her. »Ihr Hotel hat eine fantastische Lage.«

Veronika gießt sich ein Glas Orangensaft ein. »Was möchten Sie über die *Pulvermühle* wissen?«

»Sie hatten vor zwei Jahren Besuch von einem Mann aus Norddeutschland. Der sich für Ihre Zeit dort interessierte. Mit seiner Frau und seiner Tochter wohnte er in diesem Hotel. Das er sich offenbar ausgesucht hat, weil Sie es führen.«

Die Chefin trinkt von ihrem Saft, ehe sie das Glas abstellt. »Peter Volkmann. Deutschlehrer.«

»Genau.«

»Was haben Sie mit Peter Volkmann zu schaffen?«

»Seine Frau, Heddy, ist meine Freundin. Und sie ist verschwunden. Seit ein paar Tagen.«

»Sie denken, Ihre Freundin wohnt in meinem Hotel?«

»Möglich wäre es, ich halte es jedoch für unwahrscheinlich. Nein, ich frage mich, weshalb sie von zu Hause flüchtete, ohne ihrem Mann oder ihrer Tochter etwas von ihren Plänen zu sagen.«

»Sich selbstständig zu machen, ohne die eigene Familie einzuweihen, dafür hat jede Frau auf diesem Planeten ihre Gründe. Ich weiß, wovon ich rede.«

Ksenia grinst, während sie ein Ei köpft.

»Worüber haben Sie damals gesprochen?«

»Wenn ich mich recht erinnere, vor allem über das legendäre Treffen der Literaten in der *Pulvermühle* im Jahr 1967. Ich war damals 17, lebte bei meinen Eltern in

Waischenfeld, das jüngste Kind von fünf Geschwistern. Damals wurde herumgefragt, wer aushelfen kann. Auf dem Land ist das immer noch so, die Wirtschaften haben einen Pool an Aushilfen, die je nach Bedarf angerufen werden. Weihnachten, Fasching, Ostern, Geburtstagsfeiern, Hochzeiten – es gibt genug Anlässe. Peter Volkmann interessierte sich für die *Gruppe 47*, die damals bei uns in Franken zusammenkam. Damals ging es hoch her, müssen Sie wissen. Studenten aus Erlangen kamen zum Demonstrieren, und die Dichter und Schriftsteller sprangen miteinander auch recht rüde um.«

»War Heddy bei dem Gespräch dabei?« Ksenia bestreicht ein Brötchen mit Butter und beginnt zu essen.

»Nein. Herr Volkmann bat mich sehr dringend. Ob es mir möglich wäre, zwei Stunden meiner Zeit für ihn bereitzuhalten. Ich erzähle gern. Also sagte ich ja. Wir saßen hier im Büro zusammen.«

»Ohne Frau Volkmann also.«

»Ohne Frau Volkmann. Dennoch kann ich mich gut an sie erinnern. Wir haben uns öfter unterhalten, auf der Terrasse, nach dem Frühstück, wie es sich eben ergab. Allerdings immer nur kurz und spontan.«

»Hat Heddy sich auch für die *Pulvermühle* interessiert?«

»Ich glaube nicht.« Veronika Bach sieht Ksenia neugierig an. »Sie meinen, Heddy Volkmanns Verschwinden hat mit dem Aufenthalt der Familie hier zu tun?«

»Die Tochter, Karina, sagt, der Haussegen hing schief in dem Urlaub.«

»Nun, das mag sein. Als Gastronomin habe ich meine Antennen für so etwas.«

»Was fiel Ihnen auf?«

Veronika trinkt ihr Glas leer. »Sie langweilte sich.«

Gespannt wartet Ksenia ab.

»Ich hatte den Eindruck, sie war offen für eine Veränderung.«

»Hatte sie … jemanden kennengelernt?«

»Kann ich Ihnen trauen?«

Überrumpelt starrt Ksenia die Frau vor ihr an. Diese Hotelchefin ist mit allen Wassern gewaschen, denkt sie, und sie ist keine, die sich hinters Licht führen lässt. Jede Art von Ausflüchten wird sie in der Luft zerreißen.

»Können Sie.«

»Sind Sie im Auftrag von Herrn Volkmann hier?«

»Nein, aber die Tochter und ein Freund der Familie sind mit mir hergefahren.«

Veronika Bach verschränkt die Arme. »Na, Sie gefallen mir.«

»Hören Sie, Heddy ist der zuverlässigste Mensch, den ich kenne. Ihr Mann liegt mit üblen Bandscheibenproblemen im Krankenhaus. Die Tochter ist zwar mittlerweile 18 Jahre, aber alles andere als erwachsen. Es passt nicht zu Heddy, die beiden wichtigsten Menschen ihres Lebens zurückzulassen. Einfach so. Ohne eine Nachricht.«

»Im Leben jeder Frau kommt der Moment, wo sie keine Rücksichten mehr nimmt.«

Veronika mustert Ksenia ungeniert, und die fragt sich, was die Hotelchefin in ihr sieht: eine Frau, die sich nicht um ihr Äußeres bemüht, übermüdet, genervt, hoffnungslos? Letzteres trifft nicht zu, Ksenia hat Hoffnung, Hoffnung auf das Geld, das Heddy mitgenommen hat, wohin auch immer. »Offen für eine Veränderung« – das ist Ksenia selber auch. Nur steht sie mit dem Rücken zur Wand. Da ist kein Polster mehr, nicht so wie Heddy eines im Rücken hat, um ohne große Einbußen über die Runden zu kommen. Geschweige denn noch einmal neu anzufangen.

»Sie hat jemanden kennengelernt, und Sie wissen davon«, schießt Ksenia aus der Hüfte.

»Bringen Sie mich nicht zum Lachen. Ich weiß überhaupt nichts, sie hat sich mir auch nicht anvertraut, aber ich bin eine gute Beobachterin, und ich hatte den Eindruck, Frau Volkmann sei von einem Tag auf den anderen wie verwandelt gewesen. Aus einer mürrischen, frustrierten Dame, die die Nase recht hoch trug, wurde ein Wirbelwind.«

Ksenia beugt sich vor. »Wer könnte mehr wissen?«

Veronika Bach mustert Ksenia aufmerksam. Schließlich fegt sie einige Krümel von ihrer Hose und steht auf.

»Ich weiß es nicht, tut mir leid.«

## 21.

»Ich will, dass du jetzt noch einmal gut nachdenkst, Karina«, sagt Ksenia. »Bei welchen Treffen deines Vaters mit Leuten hier aus der Gegend war Heddy dabei?«

Sie sitzen im Auto, auf einem Wanderparkplatz, wo sie gehalten haben, nachdem Artur für alle Kaffee und Sandwiches an einer Tankstelle besorgt hat. Die Wolken haben sich verzogen, die Sonne strahlt, ein Wintertag wie aus dem Bilderbuch. Die Hügel rechts und links der Bundesstraße sind verschneit, der Fluss glitzert in der Sonne, an den Rändern friert er bereits zu.

Karina hockt auf dem Beifahrersitz, die Arme um sich geschlungen, und starrt missmutig vor sich hin.

»Ich weiß es nicht.«

»Pass mal auf, Miss Mimöschen. Kann ja sein, dass diese Nacht nicht besonders gemütlich war, und die Tage, die vor uns liegen, das ebenso wenig sein werden. Hat auch niemand behauptet, dass das hier ein Erholungsurlaub wird. Deine Eltern mögen dir allerlei Annehmlichkeiten geboten haben, ohne dass du was dafür tun musstest, und sie haben auch noch die Rechnungen bezahlt und dir zusätzlich ein hübsches Taschengeld auf einem Silberteller überreicht. Nur läuft das mit mir nicht. Wir sind hier, um Heddy zu finden. Du selbst hast entschieden mitzukommen. Also arbeite endlich mal mit!«

Karina zieht eine Schnute. »Schon gut, ich habe aber wirklich keine Ahnung.«

Artur meldet sich von der Rückbank. »Du hast von einem Mann gesprochen, der in den 1960ern Student in Erlangen war. Mit dem hat dein Vater sich getroffen. War er allein bei dem Mann, oder war deine Mutter dabei?«

Ksenia betrachtet Artur im Rückspiegel. Der hat die Ruhe weg, denkt sie, Wahnsinn, sitzt total gechillt da, als hätte er das Wort »Schulden« noch nie gehört. Von wegen hoher Blutdruck! Er verliert seine Rösterei und noch einiges anderes, wenn wir nicht an die Kohle kommen. So sieht es aus.

»Papa ist allein zu ihm gefahren, und Mama und ich sind ins Schwimmbad.«

»Wie hieß der Mann?«

»Der hatte so einen komischen Nachnamen. Paltsik oder Peltschik oder so.«

»Los, google den Namen!«, befiehlt Ksenia.

»Warum benutzt *du* dein Handy denn nicht, Tante Ksenia?«, mault Karina, während sie zögerlich ihr Telefon aus der Tasche zieht.

Ksenia steigt aus. Ihr platzt gleich der Kragen. Eine kurze Gesprächspause hilft vielleicht, sich wieder etwas zu beruhigen. Sie stapft über den verschneiten Parkplatz. Nur wenige andere Wagen stehen hier, anscheinend liegen keine Loipe und kein guter Rodelhang in der Nähe, aber zum Fluss sind es nur 50 Meter. Sie steigt den Hang runter, schnürt durch den pulvrigen Schnee. Das glitzernde Weiß blendet, sie kneift die Augen zusammen. Atmet ein, atmet aus. Am Ufer ragen ein paar Binsen aus dem Schnee. Sie bleibt stehen, schaut auf den Fluss, das Eis, spürt die kalte Luft auf ihrem Gesicht. Schon fühlt sie sich frischer. Gemächlich geht sie am Ufer entlang, genießt es, eine erste Spur in dieser Unberührtheit zu ziehen, spürt, wie sie wacher wird, entspannter. All ihre Sinne finden zurück zu ihren Welten. Die Augen nehmen die Weite dieses Tals wahr, die Ohren das Plätschern der Wiesent. Ein Eisvogel zischt knapp vor ihr über das Wasser, ein türkiser kleiner Kobold der Lüfte, und verschwindet aus Ksenias Blickfeld, so schnell, dass sie sich fragt, ob sie ihn wirklich gesehen hat. Im Wald jenseits des Flusses knacken Zweige. Sofort ist die Wachsamkeit zurück. Zweige knacken nicht von selbst.

»Ksenia!«, hört sie Artur rufen. »Wir haben ihn.«

Sie wartet ein paar Augenblicke, ehe sie sich umdreht. Artur steht neben dem Wagen und winkt.

Langsam kehrt sie um. Dieser stille Flecken Erde zieht sie an, und es fällt ihr schwer, sich aus seinem Kraftfeld zu lösen.

Sie muss das alles hinter sich bringen. Jetzt. Sie wird keine zweite Chance bekommen. So stehen die Dinge nun mal.

»Wir haben den Mann. Lothar Pältschik.«

»Rufen wir ihn an!« Ksenia stapft den Hang hinauf.

»Habe ich schon gemacht.« Artur grinst. »Er wohnt nicht mehr in Erlangen, sondern in Muggendorf, hier in der Nähe. In einer Wohngemeinschaft für Ältere.«

»Sagen Sie mir nicht, er ist dement oder so.«

»Sein Sohn sagt, er ist hellwach und freut sich über Besuch. Ich habe die Ausrede von der *Pulvermühle* und Pältschiks Studentenzeit bemüht. Darüber redet er wohl besonders gern, behauptet der Sohn.«

Ksenia hätte nicht gedacht, dass Artur die Initiative ergreift. Matilda hüpft aus dem Auto. Trotz ihres verletzten Beins tollt sie wie ein Quirl in der weißen Pracht herum, schlägt mit den Tatzen nach dem Schnee.

Artur lacht. Auch Ksenia muss lächeln. Der Katze wenigstens geht es gut.

# 22.

»Unsere Köpfe waren voller Ideologie damals!« Lothar Pältschik, schwarze Anzughosen, weinroter Pullover über dem weißen Hemd, blaue Fliege, lächelt verschmitzt. »Für uns war alles Politik, verstehen Sie? Der Klassenkampf bestimmte unser Weltverständnis. Ich gehörte dem *Sozialistischen Deutschen Studentenbund* an. Wir waren der Meinung, den Dichtern in der *Pulvermühle* stünde ein bisschen mehr politischer Kampfgeist gut zu Gesicht.«

Ksenia und Artur sitzen dem Mann in einem schlicht eingerichteten Wohnzimmer gegenüber. Sofaecke, Schrankwand, ein Fernseher, ein Bücherregal. Die Vorhänge sind beiseitegezogen und geben den Blick frei auf ein Fachwerkhaus mit Dachgauben und Wetterfahne.

Karina ist im Auto geblieben, die offizielle Legende besagt, sie wolle auf die Katze aufpassen. Ksenia kann es nur recht sein, Karina wäre hier keine große Hilfe. Sie lächelt Pältschik an. Sein weißes Haar ist frisch geschnitten, noch nicht schütter, seine Wangen und sein Kinn glatt rasiert.

»Sie wirken nicht allzu links, Herr Pältschik.«

»Nicht mehr. Wenige Jahre nach unserem Auftritt bei der *Pulvermühle* zerfiel der *Sozialistische Deutsche Studentenbund*. Wir waren ein Haufen Chaoten, irgendwie, zwar mit redlichen Absichten, klugen Ideen, das wohl. Aber insgesamt ziemlich verblendet. Da mischten sich zu viele Hardliner unter uns und sogar Leute, die der Gewalt alles andere als abgeneigt waren. Trotzdem, glauben Sie nicht, die Dichter in der *Pulvermühle* wären ein Herz und eine Seele gewesen. Du liebe Zeit, nein, die haben einander zerfleischt! Mit uns Studenten vor ihren Toren drang mit einem Mal die Außenwelt in ihren Zirkel vor. Das haben sie nicht verkraftet, sie wussten nicht, wie sie reagieren sollten. Tja, das ist immer so eine Sache, nicht wahr? Urplötzlich scheinen die Zeichen auf Sturm zu stehen, dabei ist das Zerwürfnis schon da, noch bevor wir uns dessen bewusst sind.«

»Denken Sie gern an diese Zeit zurück?«, fragt Artur.

Er scheint wirklich fasziniert von diesem alten Mann, der so angeregt plaudert.

»Natürlich tue ich das, allerdings nicht, weil ich die Grabenkämpfe von damals wiederhaben will, sondern deshalb, weil das Leben damals so intensiv war. Verstehen Sie? Es ging um etwas. Sagen wir so: Etwas war wirklich wichtig für uns. Wir waren eine Gruppe. Ein Team. Wir zogen an einem Strang, zumindest dachten wir das am Anfang. Dadurch erhielt alles Bedeutung, jede Äußerung, jeder Blick, jeder Moment. Ich hatte das Gefühl, das Weltgeschehen anzutreiben, wie eine Maschine. Wir kamen uns sehr wichtig vor.«

»Wahrscheinlich kommen heute immer noch ab und zu Leute vorbei, um an Ihren Erinnerungen teilzuhaben, oder?« Ksenia beugt sich vor.

»Nein, nicht allzu oft. Vor zwei Jahren war mal ein Mann da, ein Lehrer, glaube ich, der hatte Interesse, wollte mit seinen Schülern sogar eine Exkursion hierher nach Franken machen. Die kam jedoch nicht zustande, warum auch immer.«

»Tatsache? Erinnern Sie sich an diesen Lehrer?«

»Liebe Ksenia, sehe ich so senil aus?« Pältschik lacht. »Ich bin knapp 80, das ist doch kein Alter! Da fällt mir auf, ich habe Ihnen noch gar nichts angeboten. Möchten Sie etwas trinken? Einen Tee? Kognak?«

»Danke, aber …«, fängt Ksenia an, doch Artur fällt ihr ins Wort.

»Kognak? Warum nicht!«

Pältschik steht schmunzelnd auf, fördert eine Flasche und Gläser aus der Schrankwand zutage. »Na bitte, keine gute Unterhaltung ohne ein volles Glas.« Behände gießt er drei Gläser voll. »Bitteschön. Also, an den Lehrer erinnere ich mich sehr gut, er schrieb mir noch einige Male. Die Mails habe ich noch. Ich besitze nämlich sogar ein Notebook, stellen Sie sich vor.« Er zwinkert Ksenia zu, hebt sein Glas. »Zum Wohl!«

Sie prosten sich zu.

»Haben Sie seine Frau auch kennengelernt?«

»Seine Frau? Ja, habe ich. Eine nette Dame. Weltgewandt, muss ich sagen.«

»Weltgewandt?«

»Ja, sehr schick gekleidet, eigentlich gar nicht die Kragenweite dieses Pädagogen. Sie war auch deutlich älter. Hätte insofern eher zu mir gepasst.«

Ksenia spürt Arturs verwirrten Blick auf sich.

»Haben Sie Herrn Volkmann in seinem Hotel getroffen?«

»Nein. Er kam hierher. Mit Begleitung.«

Ksenia verbeißt sich das »sind Sie sicher?«, das ihr auf der Zunge liegt. Sie mag diesen fröhlichen Mann vor ihr, der es genießt zu erzählen und in Erinnerungen zu schwelgen, und möchte ihn nicht herabwürdigen, indem sie seine geistigen Kapazitäten infrage stellt.

»Diese elegante Dame – das war seine Frau?«, fragt Artur, dessen Gesichtsausdruck immer noch seine Ratlosigkeit spiegelt.

»Ich muss sagen, er hat sie nicht als seine Frau vorgestellt. Ich ging davon aus, sie wäre es. Sie wusste eine Menge über die Vorgänge in der *Pulvermühle*, war gut im Futter, wie man so sagt.«

Ksenia trinkt ihr Glas leer. Der Alkohol fährt ihr sofort in den Kopf. »Haben Sie Herrn Volkmann mit Adressen versorgt? Von anderen, die über die Ereignisse damals gut informiert waren?«

»Nur die von Erich Schmidt-Reichart. Der war damals auch im *SDS*. Von den Seinerzeitigen ist er der einzige, der heute noch mit den alten Ideen konform geht.«

## 23.

»Ich kapier's nicht.« Artur zündet sich eine Zigarette an, kaum dass sie das Haus verlassen haben. »Volkmann war mit einer anderen Frau bei Pältschik, nicht mit Heddy.«

»Das ist an sich nichts Sonderbares. Karina kann sich getäuscht haben, als sie sagte, Heddy hätte Peter begleitet.«

»Sie meinen, Heddy ist bei einer anderen Zusammenkunft dabei gewesen? Eventuell bei der mit diesem Erich Schmidt-Reichart?«

»Anzunehmen.« Ksenia blickt auf den Zettel, den Pältschik ihr zum Abschied in die Hand gedrückt hat. Die Handynummer seines früheren Kampfgenossen. »Wir müssen schleunigst Kontakt aufnehmen. Verdammt, kann das sein?« Sie eilt die Straße hinunter zum Parkplatz, wo sie Karina mitsamt Katze zurückgelassen haben.

»Was meinen Sie?« Hastig kommt Artur nach.

»Die Beschreibung dieser Frau, die mit ihm hier war, schick und weltgewandt, älter als Peter – die passt perfekt auf Veronika Bach, die Hotelchefin.«

»Sie machen Witze!«

»Wenn ich es doch sage!« Aufmerksam lässt Ksenia den Blick über die Straße schweifen. Vor einer Bäckerei stehen zwei Kundinnen und unterhalten sich. Wolken treiben jetzt über den Himmel, der helle Sonnenschein wird bald vorbei sein. Neuer Schnee kündigt sich an. Ein Mann mit einer Zeitung unter dem Arm kommt ihnen entgegen, grüßt freundlich.

»Womöglich hat sie die Verbindung zu Pältschik hergestellt. Wäre doch nicht zu weit hergeholt, dass sie ihn zu dem alten Mann begleitet«, versucht Artur, Ksenias Aufmerksamkeit für sich zu gewinnen.

»Passt die Raucherei zu Ihrem hohen Blutdruck?«

Verdutzt schaut er sie an. »Nein, warum?«

Ksenia zuckt die Achseln. »Karina ist eine Null. Sie weiß gar nichts.«

»Das ist doch nicht so wichtig.«

»Nein? Sie ist ein verwöhntes Gör.«

»Warum irritiert Sie das so?«

Ksenia schwillt der Kamm. Sie ballt die Hände zu Fäusten und spürt, wie ihre Fingernägel in die Handballen drücken. Vor Artur will sie sich keine Blöße geben.

»Es irritiert mich nicht, es hilft nur nicht wirklich weiter.«

»Wobei? Dabei, das Geld zu finden? Es ist Karinas Geld, vergessen Sie das nicht.«

»Pah! Sie wollen doch was davon haben, oder? Nein, ich komme mit solchen verhätschelten Teenies schlecht zurecht.«

Artur legt den Kopf schief. Umständlich kramt er einen Taschenaschenbecher hervor und drückt die Kippe aus.

»Sie haben sicher nicht allzu oft mit Teenagern zu tun.« Er lächelt beinahe entschuldigend. »Was waren Sie denn für einer?«

»Wie bitte?«

»Wie waren Sie mit 16, 17?«

»Da will ich gar nicht dran denken.« Ksenia blickt in die Ferne. Die schmale Straße engt sie ein. Als die Wolken die Sonne verdunkeln, riecht sie den Schnee, der im Anzug ist. »Ich bin viel gereist. Schule und Abschlussprüfung. Reisen. Ausbildung. Reisen. Nur weg.«

»Hatten Sie es so hässlich zu Hause?«

Ksenia bohrt die Fäuste in die Anoraktasche. Sie würde jetzt gern zum Auto gehen und zu diesem Schmidt-Reichart fahren. Weg von hier. Das alte Motiv. Raus, weg.

»Meine Eltern wollten mich immer sehr behüten, aber das engte mich ein«, bricht es aus ihr heraus. »Ich wehrte mich gegen ihre Fürsorge. Sie schien mir übertrieben, ich fühlte mich eingesperrt und bevormundet. Ich suchte das Risiko und die Gefahr. Das konnten sie nicht verstehen, sie versuchten stets, mich abzuhalten von allen Arten von Abenteuern. Irgendwann ist der Mensch zum Glück volljährig und tut, was er will, und das habe ich auch getan. Ich suchte mir die Ausbildung zur Reisekauffrau, weil ich selbst viele Angebote der Branche ausprobieren konnte. Im Prinzip habe ich die ganze Welt gesehen in meinen 20ern. Asien, Afrika, USA, Kanada … Nur Südamerika fehlt mir noch, der ungelebte Traum.« Ksenia kickt mit dem Fuß gegen einen mit Splitsteinchen versetzten Schneehaufen. »Ich war im Dschungel in Malaysia, als meine Eltern einen Autounfall hatten. Sie wurden in die Klinik geflogen, starben aber kurz darauf an ihren Verletzungen. Es gab keine Hoffnung. Bis man mich erreichte, waren sie schon tot.«

»Das tut mir leid.«

»Den Rest können Sie sich denken. Seitdem fühle ich mich schuldig, obwohl ich nicht schuld an dem Unfall bin. Was ich getan habe, könnte man als Lieblosigkeit bezeichnen: Ich habe ihre Freundlichkeit und Fürsorglichkeit abgelehnt, als Druck empfunden, und nun konnte ich ihnen nicht mehr sagen, dass sie mir trotz allem so viel bedeuteten.« Ksenia hasst es, wenn ihr die Tränen kommen. Lange hat sie nicht an diese Katastrophe gedacht, diesen schwarzen Schatten in ihrem Leben.

»Es ist kein Fehler, dass Sie auf eigenen Beinen stehen wollten.«

Das trifft es nicht ganz. Ksenia weiß das. Sie spürt den starken Wunsch, jetzt aus dem Ort herauszukommen. In den Wald zu laufen. Zu laufen, bis sie ihre Füße nicht mehr spürt. Allein zu sein.

Artur steht mit hängenden Armen da.

»Glauben Sie, man hat Micha inzwischen gefunden?«, fragt Ksenia, um das Thema hinter sich zu lassen.

»Ich kann es nur hoffen. Ehrlich.«

# 24.

Sie fahren in einen Erlanger Vorort. Alter Baumbestand, ein Gasthof, Villen.

»Kann ich mitkommen?«, fragt Karina, als Ksenia den Motor abstellt.

»Wir können nicht zu dritt dort einfallen! Vergiss es. Pass auf Matilda auf.«

Die Atmosphäre im Auto knistert. Artur, der auf der Rückbank sitzt, murmelt etwas. Karina wendet den Blick ab. Vor Kurzem hat es angefangen zu schneien. Schon bedeckt eine neue weiße Schicht die Straße. In diesem Wohngebiet wird der Schneepflug nicht allzu bald für freie Fahrt sorgen.

Ksenia steigt aus. Sie will mit diesem Schmidt-Reichart reden. Schnell. Etwas macht sie unruhig. Der Drohbrief und Arturs Geständnis, dass er einem Kredithai Geld schuldet, geistern durch ihren Kopf. Sie haben nicht mehr viel Zeit. Also Konzentration auf das, was vor ihnen liegt.

Sie öffnet die Gartenpforte und stapft zur Haustür. Die Außenbeleuchtung schaltet sich ein, beginnt zu flackern. Ksenia grinst schief, solche elektrischen Aussetzer sind ihr nicht neu. Artur kommt ihr nach, sie hört, wie er die Autotür zuwirft. Hinter ihr knirschen seine Schritte im Schnee. Niemand hat hier den Weg freigeschaufelt. Als Erich Schmidt-Reichart öffnet, wird klar, weshalb. Er sitzt im Rollstuhl.

»Sind Sie die Leute, die der alte Pältschik mir auf den Hals gehetzt hat?«, knurrt er, als Ksenia die Treppen zur Haustür hinaufsteigt.

»Genau die. Dürfen wir reinkommen?«

»Wenn ich schon mal Besuch kriege, sollte ich nicht wählerisch sein. Sie schreiben für irgendein wissenschaftliches Magazin, nehme ich an? Die normalen Journalisten trauen sich an uns Altlinke nämlich nicht mehr ran.«

»Kein Magazin.« Ksenia tritt die Schuhe ab.

»Ziehen Sie die Stiefel aus«, befiehlt Erich Schmidt-Reichart, während er in einem geschickten Manöver den Rollstuhl wendet und davonrollt.

Ksenia wirft Artur einen Blick zu, der zuckt die Achseln. Auf Socken folgen sie dem Mann ins Wohnzimmer. Kerzenlicht, ein strohiger Weihnachtsbaum, auf dem Boden ein Teppich von abgefallenen Nadeln. Auf einer schmalen Anrichte stehen Fotos in eleganten Rahmen. Ein Hochzeitspaar, er im Dreiteiler, sie in einem weißen Kleid mit Blumen im Haar, der Mann muss Schmidt-Reichart sein. Daneben mehrere Aufnahmen eines anderen Paars, modischer gekleidet, der Frau fallen dunkle Locken auf die schmalen Schultern, der Mann grinst frech. Schließlich das Foto eines noch ziemlich jungen Mannes mit einem Doktorhut.

Auf dem niedrigen Sofatisch warten eine Kanne Tee und drei Tassen.

»Bitte, setzen Sie sich.« Schmidt-Reichart gießt die Tassen voll. »Pältschik hat mir eine halbe Stunde die Ohren vollgequatscht, vorhin am Telefon.«

»So?« Artur lässt sich auf dem Sofa nieder. Ksenia setzt sich neben ihn.

»Die alte Quasselstrippe!«, murrt Schmidt-Reichart zärtlich. »Fit wie Lederstrumpf, dabei ist er viel älter als ich. Mir hat eine Fahranfängerin den Garaus gemacht. Ist beim Ausparken einfach über mich drüber gerollt. Jetzt hocke ich in meinem Pseudoferrari und kann schauen, wie ich mit meiner Behinderung fertig werde. Ist vor fünf Jahren passiert. Seitdem bin ich Alteisen.«

»Das ist schlimm«, sagt Artur. »Darf ich?« Er deutet auf die Teetasse.

»Zum Anschauen habe ich den Tee nicht aufgebrüht. Also, was wollen Sie wissen?«

Ksenia beugt sich vor. »Wie gesagt: Wir sind keine Journalisten.«

»Ja, ja, habe ich verstanden. Was wollen Sie dann von mir?«

»Vor zwei Jahren wandte sich ein Mann an Sie. Er war auch bei Lothar Pältschik, ein Lehrer, der sich für die *Gruppe 47* und das letzte reguläre Treffen in der *Pulvermühle* interessierte.«

»Stimmt, wie hieß er doch gleich …«

»Peter Volkmann«, hilft Ksenia aus.

»Exakt. Und, was weiter?«

»Können Sie sich an das Gespräch erinnern, das Sie mit ihm führten?«

»Klar kann ich das. Sie werden es nicht glauben, aber ich bin immer noch Sozialist. Halte den demokratischen Sozialismus nach wie vor für die beste Weltordnung. Man kichert über mich, wenn ich etwas dazu sage, also spreche ich selten darüber. Dieser Volkmann hat sich für meine Argumente interessiert. Saß hier mit seiner Frau und diskutierte.«

»Seiner Frau?«, fragt Ksenia atemlos. »War sie … ich meine, hatte sie etwa sein Alter?«

»Ziemlich genau, warum fragen Sie?«

»Sie war nicht zufällig deutlich älter?«

»Unsinn. Eine verhuschte Person, wenn Sie mich fragen, sie saß da und ließ die Männer reden. So ein Verhalten an Frauen hat mich immer geärgert. Meine Frau war ganz anders, eine echte Xanthippe, die hat mir zu raten aufgegeben, das kann ich Ihnen versichern. Was für Debatten wir hatten! Belebend war das, wirklich. Leider starb sie viel zu früh, seitdem fühlt sich das Dasein nicht mehr so echt an.« Er senkt den Blick.

Ksenia kann sich des Eindrucks nicht erwehren, dass ihm eine Träne über die Wange rinnt und er sich Mühe gibt, nichts von seiner Trauer zu zeigen.

»Jedenfalls, Frau Volkmann …«

»Na, ich will der Frau nicht ans Bein pinkeln. Wahrscheinlich waren Sozialismus und Literatur einfach nicht ihre Themen. Sie langweilte sich. Zum Glück waren mein Sohn Leo und seine Frau an dem Tag bei mir, die kümmern sich im Sommer um den Garten, nun ja, ich kann es leider nicht mehr selber tun, und die unterhielten sich dann mit ihr.«

»War das ein längeres Treffen mit Volkmann?«, erkundigt sich Artur.

»Oh ja!« Schmidt-Reichart hebt den Blick. »Ich habe noch Fotos von damals, Schriftstücke, Korrespondenz. Ich hatte einen Briefwechsel mit Günter Grass, stellen Sie sich vor, auch mit Reinhard Lettau. Die beiden waren im Clinch seinerzeit. Ich muss dazusagen: Ideologisch waren damals alle ziemlich verseucht. Ich meine, es fiel schwer, einander unvoreingenommen zu begegnen. Man hatte sofort im Sinn, welche politische Einstellung ein anderer vertrat, und dadurch schlich sich eine latente Aggressivität in den Umgang miteinander.«

»Das ist heute nicht unbedingt anders«, sagt Artur.

»Doch, ist es.« Schmidt-Reichart klopft auf die Armlehnen seines Rollstuhls. »Heute ist es lächerlich, politisch zu sein. Heute sind alle Kapitalisten. Nehmt euch, was ihr wollt, aber gebt nichts ab! Das ist die Devise, mein Freund.«

Ksenia trinkt einen Schluck Tee. »Ist das Ihr Sohn?« Sie zeigt auf das Foto des jungen Mannes mit dem Doktorhut.

»Das ist Leo, ja. Ein Überflieger. Nein, wirklich, der hat was im Kopf. Physiker ist er geworden, ruckzuck hatte er einen Doktortitel. Du meine Güte, meine Frau und ich konnten nur staunen. Eben noch hatte er aufgeschlagene Knie, im nächsten Moment war er promoviert. Inzwischen ist er Professor in München.« Wieder scheint Schmidt-Reichart aufgewühlt, wendet den Blick ab.

»Sicher sind Sie sehr stolz auf ihn«, wagt sich Artur vor.

»Eltern sind immer stolz, wenn aus den Sprösslingen was wird. Ist das bei Ihnen anders?«

»Meine Tochter geht noch zur Schule.«

Artur hat eine Tochter? Ksenia kriecht ein Schauder über den Rücken. An eine Familie hat sie noch keinen Moment gedacht, seit sie Artur Uhl über den Weg gelaufen ist. Und er hat nichts gesagt, nur von der Freundin erzählt, die ihn und insbesondere seine Rösterei im Stich gelassen hat.

»Umso besser, dann haben Sie die Kleine im Auge.«

»Wie alt ist Ihr Sohn?«, fragt Ksenia.

»Gute 40, wieso?«

»Ach, nur so.« Sie überlegt, ob ihre Eltern mit dem gleichen Stolz in der Stimme von ihr sprechen würden, wenn sie noch könnten.

»Mit Politik hatte er nie was im Sinn. Ich habe das respektiert. Man kann die eigene Vita nicht den Kindern aufdrängen, außerdem ist er in einer anderen Zeit großgeworden als ich. Ich bin 1946 geboren, habe das Nachkriegschaos erlebt, habe mitbekommen, wie meine Eltern, die einfache Arbeiter waren, schufteten, um meine Schwestern und mich zur Schule zu schicken. Bildung galt etwas, und so habe ich es auch gehalten. Es hat mich schockiert, wie die Nazis in der Bundesrepublik weiter mitmischten, keinen hat das groß gestört, wissen Sie! Doch von all dem wollte mein Leo nichts hören. Naturwissenschaftler durch und durch, der Junge! Ich schätze, die Physik war von Kindesbeinen an sein Rückzugsraum. Schwerkraft ist Schwerkraft, da kann keiner kommen und alles infrage stellen wie in der Politik.«

»Und Leos Frau?«, erkundigt sich Artur. »Ist sie auch Physikerin?«

»Anabel ist Ergotherapeutin. Sie und Leo zeigten Frau Volkmann damals den Garten und die ganzen Beete. Akkurat sind sie beide, haben hier alles ordentlich angelegt, damit ich im Sommer eigenes Gemüse habe, Kräuter, Obst. Sie kommen vorbei und ernten, und eine Nachbarin hilft gelegentlich. Die Marmelade koche ich selbst ein, das schaffe ich.«

Ksenia erstaunt es nicht weiter, dass Heddy in ein Gespräch übers Gärtnern verwickelt wurde. Zu Hause sorgt sie auch für den Garten, und sie tut es mit Leidenschaft. Ksenia ist überzeugt: Beim Gespräch mit Schmidt-Reichart war Heddy an Peters Seite. Bei Pältschik nicht. Und wenn Veronika Bach, die Hotelchefin, Peter zu Lothar Pältschik begleitet hat – kann es dafür einen logischen Grund geben? Außer, dass sie den Kontakt herstellte?

Ksenias Gedanken beginnen zu kreiseln, immer wilder. Irgendwo gibt es einen problematischen Punkt, etwas, das nicht passt, aber sie kann es nicht greifen. Mit halbem Ohr wohnt sie dem Gespräch weiter bei, das nun zwischen Artur und Schmidt-Reichart hin und her plätschert.

»… nein, es ist zu unglücklich, aber noch habe ich Hoffnung, dass die beiden wieder zusammenfinden«, sagt Schmidt-Reichart gerade. »Gegensätze ziehen sich an, nicht wahr?«

»Davon bin ich überzeugt.« Artur wirft Ksenia einen Blick zu. »Bestimmt ist es eine vorübergehende Krise.«

»Anabel wollte nicht mit nach München ziehen, also blieben sie hier in Erlangen wohnen, und Leo pendelt.«

»Sie glauben doch nicht, dass er seine Frau betrügt?«

»Nie im Leben. So einer ist er nicht.«

## 25.

»Also, was wissen wir jetzt?« Artur lässt sich ins Auto plumpsen.

Matilda maunzt. Es ist mittlerweile dunkel. Die Straßenlaternen werfen ein mattes Licht auf die verschneite Straße, auf den Gehwegen türmen sich Schneehaufen. Bisher wurde nicht geräumt. Die Windschutzscheibe ihres Wagens ist voller Schnee. Ein klaustrophobisches Gefühl steigt in Ksenia hoch. Unwillkürlich fühlt sie sich an die

Minuten in Michas Büro erinnert, unter dem Schreibtisch. Sie spürt die Blicke der unbekannten Person auf sich. War es Silvia? Oder jemand anders?

»Ja, erzählt schon! Hat der Alte was gewusst?«, drängt Karina.

Mit aller Anstrengung überhört Ksenia Karinas Wortwahl. Sie greift nach der Zigarettenschachtel in der Ablage, aber die ist leer. Ksenia zieht die Finger zurück, als hätte sie sich verbrannt.

»Deine Mutter hat ein Ehepaar kennengelernt. Sie war hier bei Erich Schmidt-Reichart, zusammen mit deinem Vater. Erichs Sohn Leo und seine Frau Anabel versorgten gerade den Garten, und weil sich Heddy langweilte, während Peter und Erich sprachen, nahm das Paar sie unter seine Fittiche.«

Stille im Wagen. Im Rückspiegel sieht Ksenia, wie Artur die Katze streichelt.

»Okay, und, was heißt das jetzt?« Karina schaut erst Ksenia an, dann Artur. »Sagt schon.«

Niemand antwortet. Ksenia starrt auf das Lenkrad. Artur streichelt die Katze.

»He, hat er noch was gesagt? Stimmt was nicht?« Nun scheint Karina alarmiert. »Jetzt redet endlich.«

»Es ist so«, beginnt Ksenia, während Artur zeitgleich sagt: »Wie mir scheint …«

Beide lachen. Karina verdreht die Augen. »Ihr habt doch eine Idee. Irgendwas wisst ihr, was ihr mir nicht sagt.«

»Selbst wenn du davon überzeugt bist, Karina, du bist nicht der Mittelpunkt der Welt«, schnauzt Ksenia. »Nein, wir wissen nichts, aber eine Lösung ist im Schwange. Wenn Heddy tatsächlich vor drei Tagen hierhergefahren ist, und wenn sie das tat, um jemanden zu treffen, müssen wir wohl bei Leo Schmidt-Reichart ansetzen. Er und seine Frau haben ein Ferienhaus bei Pottenstein, wo sie traditionell nach Weihnachten hinfahren. Womöglich finden wir Heddy dort, und damit ist der Spuk vorbei.«

Sie glaubt es selbst nicht. Denkt an das Geld. Wozu sollte Heddy so eine Summe mitnehmen? Ihnen fehlt ein Puzzleteil. Nein, nicht nur eines. Etliche.

»Warum sollte Mama bei diesem Typen sein?«

»Weil sie vielleicht mit ihm eine Affäre angefangen hat«, erläutert Artur so geduldig, als würde er die Funktionsweise eines Motors erklären. »Mit dem jungen Schmidt-Reichart.«

»Mama? Eine Affäre?«

»Wäre das so abstrus?«, fragt Ksenia zurück. »Denk mal an die letzten Wochen zu Hause. Wie lief es da?«

»Chaotisch. Weil Papa mit seinen Rückenschmerzen Mama an den Rand des Wahnsinns brachte. Seit dem Herbst schleppte er diese Probleme mit sich rum, wollte aber nicht zum Arzt, obwohl Mama sogar einen Termin für ihn ausgemacht hat. Sie diskutierten endlos. Papa wollte in der Schule nichts verpassen, aber dann konnte er sich kaum noch bewegen. Zuerst hat Mama ihn massiert und ihm Umschläge gemacht, bis ihr das alles auf den Geist ging.«

»Solche Dinge gehen Heddy nicht auf den Geist«, widerspricht Ksenia. »Sie ist unermüdlich, wenn sie sich für jemanden einsetzen kann, der schwächer ist als sie. Oder krank.«

Karina zieht einen Flunsch, den Ksenia tunlichst nicht beachtet. Plötzlich gibt die Stimmung im Hause Volkmann ein ganz anderes Bild ab. Statt vorweihnachtlicher Vorfreude herrschten Stress und Verbissenheit, mühevoll verdrängt.

»Mama war richtig froh, als er ins Krankenhaus kam. Die in der Notaufnahme haben gesagt, es wäre höchste Eisenbahn gewesen.«

»Und trotzdem ist er noch nicht operiert worden, obwohl es so dringend ist?«

»Wegen Weihnachten, da sind nicht genug Ärzte im Dienst.«

Artur lacht auf. »Ich glaub's nicht. Unser super Gesundheitssystem.«

»Hör mal, Karina.« Ksenia schaltet die Zündung ein, betätigt die Scheibenwischer. »Ist dir sonst was an Heddy aufgefallen? Hat sie mit jemandem telefoniert, häufiger als sonst, oder war sie nervös …«

»Telefoniert? Ich weiß nicht.« Karina knibbelt an ihrem Daumennagel. »Sie hat ziemlich viel gechattet. Und dabei hat sie drauf geachtet, dass ich nicht hingucke. Oder Papa. Wenn eine Nachricht kam, ist sie raus, um zu antworten. Papa hat das genervt. Habe ich doch schon erzählt. Mama hat behauptet, sie chattet mit dir. Das war noch, bevor er ins Krankenhaus kam. Nachdem er gemeckert hat, kamen keine Nachrichten mehr. Vielleicht hat sie das Handy auch nur auf stumm geschaltet.«

Ksenia startet den Motor. Langsam rollen sie durch den Vorort, an der Gaststätte vorbei. Bunte Lichterketten schmücken den Biergarten, werfen farbenfrohe Punkte in den Schnee. Ein paar Leute stehen vor der Tür, rauchen.

»Glaubt ihr wirklich, dass Mama eine Affäre hat?«

»Sieht ganz so aus.« Ksenia beschleunigt. »Kommt in den besten Familien vor, also freunde dich mit dem Gedanken an.«

»Meine Mutter haut nicht mit einem anderen ab!« Karina schreit fast. »Das ist doch der totale Scheiß!«

Die Katze miaut vernehmlich.

»Mach das Tier nicht verrückt«, sagt Artur streng. »Natürlich ist das kein Scheiß. Und das weißt du auch. Menschen verlieben sich eben. Manchmal verlieben sie sich, obwohl sie gebunden sind. Dadurch entsteht Chaos, trotzdem passiert's.«

Er scheint seine eigenen Erfahrungen in dieser Sache zu haben, denkt Ksenia. Sie programmiert das GPS und folgt den Anweisungen; die automatische Stimme ist lange Zeit das Einzige, das sie im Wagen hört. Bis ihr Handy klingelt.

Sie hat es lange Zeit ausgeschaltet gelassen, um nicht geortet werden zu können. Doch schließlich kam sie auf den Gedanken, dass es im Hinblick auf den toten Micha in seinem Büro sogar günstig sein könnte, weit weg von zu Hause unterwegs zu sein. Sie nimmt das Gespräch an.

»Wer ist da?«

»Ich bin es, Lorena!«

»Hallo, Lorena.«

»Wollte nur mal wissen, wie geht es Matilda? Ist sie brav?«

»Natürlich, es geht ihr sehr gut, sie mag den Schnee.«

»Hast du sie schon rausgebracht?«

»Nur mal kurz, sie ist gut versorgt, du musst dir keine Sorgen machen.«

»Mache mir aber Sorgen, hörst du, Ksenia! Ich war vorhin auf Achse, hier und da was einkaufen, organisieren und so, du verstehst, da kam ich bei dir ganz in der Nähe vorbei. Dachte, gute Idee, gucke ich nach Matilda. Dein Haus war dunkel, davor stand ein Wagen. Dickes Ding. Bin ich gleich auf die Bremse, weil, wenn dein Haus dunkel ist, kannst du keinen Besuch haben, was?«

Ksenias Magen zieht sich schmerzhaft zusammen.

»Und dann?«

»War gespenstisch, Ksenia. Ich hatte den Eindruck, jemand stand vor deiner Tür, bin gewendet, zurückgefahren, und der Wagen kam mir nach.«

»Demnächst rechts abbiegen«, befiehlt die Automatenstimme.

»Verdammt, Lorena!«

»Brauchst du mich nicht anschreien, ich hatte selber Angst, habe ich immer noch. Ich war wie versteinert, bin rumgefahren, irgendwann musste ich heim.«

»Hast du das Nummernschild erkennen können?«

»Nein, war alles voller Schnee.«

»Fuck.« Ksenia atmet tief durch. »Hör mal, kannst du das für dich behalten? Ich bin in Süddeutschland.«

»Und Matilda?«

»Ist bei mir.«

»Na gut, schön, und, was heißt das, was machst du da, Skilaufen vielleicht?«

»Ein bisschen Urlaub.«

»Du lügst mich an. Du machst nie Urlaub.«

»Wenn es morgen hell ist – schaust du dann mal raus zu mir und checkst, ob das Auto wieder auftaucht?«

Lorena zögert. »Verlangst du wirklich viel von mir.« Ihr Akzent wird immer stärker, ein sicherer Hinweis darauf, wie aufgewühlt sie ist.

»Halte mich einfach auf dem Laufenden, ja?« Ksenia verabschiedet sich und beendet das Gespräch.

Weder Karina noch Artur sagen etwas. Sogar die Katze verhält sich still. Alle scheinen zu spüren, dass etwas im Schwange ist, etwas Unheilvolles.

»Sagen Sie mal, Artur, was hat Schmidt-Reichart noch gesagt? Meine Gedanken sind vorhin leider abgeschweift.

Irgendetwas über Sohn und Schwiegertochter. Sie haben eine Krise?«

»Er hat den Eindruck, dass Leo und Anabel nicht mehr so glücklich miteinander sind, bezieht das aber darauf, dass Leo nach München pendelt, was das eheliche Leben durcheinanderbringt.«

»Hat er darüber geredet, wie lange das schon so geht?«

»Na, den Professorenjob hat er laut seinem Vater seit gut fünf Jahren.«

»Insofern könnte vor zwei Jahren der Haussegen schief gehangen haben, wie?«

»Was …«

»Und Heddy ist daher im richtigen Augenblick im Hause Schmidt-Reichart erschienen.«

»Sie meinen, Leo hat sich von seiner Frau entfremdet und die Chance genutzt?«

»Wir wissen alle, dass es solche Dinge gibt. Liebe auf den ersten Blick. Man wird quasi vom Blitz getroffen, wenn man dem oder der Richtigen begegnet.«

Karina schnaubt. »Ihr spinnt ja.«

»Sagen Sie«, fragt Artur süffisant, »sprechen Sie aus Erfahrung?«

»Ehrlich gesagt, weiß ich nur eines: Diese Spur ist im Augenblick unsere einzige.«

# 26.

Nach einer halben Stunde Fahrt halten sie in dem Ort Streitberg vor einer Metzgerei.

»Karina, sei so nett, besorg uns was zu essen.« Ksenia deutet auf den hell erleuchteten Laden.

»Ich? Warum …«

»Kannst du es vielleicht einfach machen?« Ksenia ist so gereizt, dass sie sich zusammenreißen muss, um nicht zu schreien. Der Drohbrief geht ihr nicht aus dem Kopf, jetzt auch noch angeheizt von Lorenas Anruf. Dieser Wagen vor Ksenias Haus – das ist nicht Silvias Kleinwagen gewesen!

Augenrollend steigt Karina aus und wirft die Tür so heftig zu, dass das ganze Auto wackelt und Matilda aufgeregt maunzt.

»Sie treffen wirklich immer den richtigen Ton.«

»Unken Sie nur.« Ksenia steigt aus. An der Ecke hat sie ein Zeitschriftengeschäft gesehen. Dort kauft sie zwei Packungen *Dunhill.*

Als sie wieder ins Auto steigt, sagt Artur:

»Wer war das am Telefon? Keine Ausflüchte, Karina kommt gleich zurück.«

»Lorena, die Frau aus dem Dorf, die mir Matilda vorbeigebracht hat. Als sie heute bei mir vorbeifuhr, um Hallo zu sagen, stand ein Wagen vor meinem Haus, ein Mann vor der Tür. Lorena kam das eigenartig vor. Sie fuhr weg, woraufhin dieser Mensch sie verfolgte.«

»Um Gottes willen.«

Ksenia sieht im Rückspiegel, dass Artur blass wird. Sie reicht ihm eine Zigarette, zündet sich eine an und hält ihm das Feuerzeug hin. »Irgendwie hat sie ihn abgehängt, behauptet sie jedenfalls. Wobei ich mir bei Lorena nicht sicher bin. In solchen Dingen ist sie nicht sehr bewandert.« Sie lässt das Fenster an ihrer Seite ein Stück herunter.

»Wer ist schon bewandert darin, Verfolger abzuschütteln! Sie vielleicht. Ich nicht.«

Ihre Blicke treffen sich im Rückspiegel.

»Kann mich jemand beobachtet haben?«, fährt er fort, wendet den Blick ab und sieht hinüber zu der Metzgerei. »Schon bei meiner Firma? Und dann gesehen haben, wie ich in Ihr Auto stieg?«

»Ich habe niemanden bemerkt. Das ist aber auch noch nicht alles.«

»Noch ein Problem?« Er raucht gierig.

»Bevor wir gestern abfuhren, fand ich einen Drohbrief an der Garage. Jemand muss mich in Michas Büro gesehen haben.«

»Verdammt! Sie hielten es selbstverständlich nicht für notwendig, Ihren Mitreisenden von dieser zusätzlichen Gefahr zu berichten.«

»Wozu sollte das gut sein?« Ksenia massiert sich den Nacken. Sie denkt an die Legende von den *Rauhnächten* und der *Wilden Jagd*. Mittlerweile fühlt sie sich selbst wie eine Gejagte. »Sie hätten nichts tun können, Karina schon gar nicht.«

»Aber wenn jemand Sie gesehen hat, wird er oder sie daraus Kapital schlagen wollen. Gab es keine Forderung?«

»Nichts. ›Ich weiß, dass du in seinem Büro warst. Ich habe dich gesehen.‹ Das steht auf dem Zettel. Der steckte in einer Plastiktüte, die war mit einem Stein beschwert.«

Artur atmet hörbar aus. »Das klingt nicht nach den Kredithaien.«

»Da kommt Karina. Kein Wort!«

»Hier bin ich wieder. Leberkäsbrötchen sind das Mittel gegen den Hunger, was anderes gab es nicht. Und für Matilda habe ich Tatar.« Sie wedelt mit der Hand vor ihrem Gesicht herum. »Wisst ihr eigentlich, wie gefährlich Passivrauchen ist?«

Schuldbewusst lässt Artur seine Kippe in den Aschenbecher wandern. Ksenia tut es ihm nach.

Sie reicht die Tüten herum. Köstlicher Duft überlagert den Zigarettendunst. Die Katze stürzt sich ausgehungert auf ihre Portion. Für eine Weile sitzen sie einmütig da und essen. Ksenias Blick ruht auf der Uhr am Armaturenbrett. Sie haben nicht mehr viel Zeit.

Als sie gerade die fettige Alufolie zusammenknüllt, klingelt ihr Handy. Wieder Lorenas Nummer.

»Ja? Lorena?«

»Hörst du, Ksenia, du musst mir helfen!« Lorenas Stimme überschlägt sich.

»Was ist denn?« Alarmiert hebt Ksenia den Arm, schnippt mit den Fingern, um die Aufmerksamkeit der anderen zu erregen.

»Du musst mir jetzt sagen, wo du bist. Sonst …« Ein keuchendes Geräusch folgt.

»Lorena, um Himmels willen, was ist los?« Ksenia stellt das Handy laut.

»Er will wissen, wo du bist. Ich muss es ihm sagen. Er wird mich nicht … nein!« Ein Schmerzensschrei hallt durch die Leitung.

Ksenia spürt die entsetzten Blicke der beiden anderen auf sich. »Lorena! Rede mit mir! Ich gebe durch, wo ich bin, aber ich brauche eine Garantie, dass du in Sicherheit bist.«

Lorena antwortet nicht. Ksenia hört nur Scheppern und einen Knall.

»Lorena!«

Eine männliche Stimme erklingt. »Sagen Sie mir, wo Sie sind.«

Ein eiskalter Schauer rieselt über Ksenias Rücken.

»Was haben Sie mit Lorena gemacht?«

»Wo. Sind. Sie.«

Ksenia ist sich sicher: Sie kennt diese Stimme, hat sie schon einmal gehört. Nur wo, weiß sie nicht.

»In Streitberg.«

»Schicken Sie ein Foto des Ortsschilds an dieses Telefon. Jetzt.«

Stumm dreht Ksenia den Zündschlüssel. Wie ferngesteuert erreicht sie das Ortsende, hebt das Handy und fotografiert das Ortsschild. Sie sendet es an Lorenas Nummer.

»Hören Sie, lassen Sie Lorena in Frieden. Ich weiß nicht, wer Sie sind und was Sie wollen, aber …«

»Sie wissen sehr genau, was ich will.«

Lorena schreit etwas, was Ksenia nicht versteht. Dann bricht die Verbindung ab.

Im Dorf fangen die Kirchenglocken an zu läuten.

# 27.

Im Auto knistert das Schweigen. Alle stehen unter Schock. Ksenia steuert aus Streitberg heraus, folgt der gewundenen Bundesstraße wie in Trance.

Jemand ist hinter ihnen her. Die *Wilde Jagd*. Dieser Mann hat mit Micha zu tun, nicht mit Arturs Schulden. So viel scheint ihr sicher. Doch wer ist er? Die Stimme hat in ihr etwas ausgelöst, eine entfernte Erinnerung, aber sie kommt nicht drauf, woher sie sie kennt. Der Typ muss sie gesehen haben, als sie in Michas Büro war. Und zwar nicht beim zweiten Mal, als sie später auf Silvia traf, sondern schon vorher. Vermutlich ist er ihr gefolgt – oder war bereits vor ihr in dem Bürohaus im Industrieviertel. Vielleicht auch auf dem Parkplatz.

Dutzende Szenarien spielen sich zeitgleich in Ksenias Kopf ab. Sie umklammert das Steuer. Im Lichtkegel treiben die Schneeflocken auf den Wagen zu. Die Scheibenwischer laufen auf Hochtouren. Ein Schneepflug kommt ihnen entgegen, die grellgelb blinkenden Lichter irritieren sie, sie verreißt kurz das Steuer. Spürt, wie Karina neben ihr den Atem anhält.

Wenn dieser Mann in Michas Büro war – ist er der Mörder?

Ksenia hat ein durchaus realistisches Bild von ihrem Leben. Nie hat sie sich eingebildet, ein großes Licht zu sein, und längst weiß sie, wie weit sie von dem weg ist, was sie sich einmal für sich gewünscht hat. Aber so herunterzukommen, so abzustürzen! Einen Toten in seinem Blut liegenzulassen, wegen Geld. Eine junge Frau in Gefahr zu bringen, die nun hier neben ihr sitzt und nicht aus kann, wegen Geld. Lorena in eine Geschichte hineinzuziehen, die sie sich nicht erklären kann, wegen Geld. Geld für ihr Geschäft. Die Wahrscheinlichkeit ist hoch, dass sie es auch mit einer weiteren Finanzspritze nicht wird halten können. Sie hat schon zu viel Geld dem schlechten hinterhergeworfen. Ihr Atem kommt hektisch und stoßweise aus ihrem Hals. Ihr Mund ist trocken.

»Tante Ksenia, bist du okay?«, flüstert Karina.

Ksenia steigt auf die Bremse. Der Wagen bricht hinten aus, rutscht ein Stück, dann steht er.

»Mein Gott! Was ist?«, brüllt Artur.

»Nenn mich nicht Tante«, schreit Ksenia. »Ich bin nicht deine Tante, ich bin einfach eine Frau, die in der Scheiße sitzt, verstanden? Ich kann nicht auf dich aufpassen, so gern ich das täte, und so sehr Heddy erwarten würde, dass ich auf dich achtgebe. Verdammt, werde erwachsen, Karina!«

Entsetzt starrt Karina sie an. »Ich wollte nicht …«

»Wir stecken alle bis zum Hals in der Scheiße. Wahrscheinlich schon bis zur Unterlippe. Geht das in dein Spatzenhirn?«

»Ich …«

»Deine Eltern haben alles von dir ferngehalten, was widerlich und gehässig ist, all die Gier und das tödliche Streben nach Geld und Erfolg. Du träumst noch von einem Studium und einer Arbeit, die dich erfüllt, aber ich kann dir eines versichern: Erfüllung wirst du nicht finden. Ab und zu entdeckt man mal die Antwort auf eine wirklich wichtige Frage des Lebens. Da kann man sich freuen. Doch sofort tut sich der nächste Abgrund auf. Ist wieder Moral gefordert. Muss man sich entscheiden. Gut oder böse?«

»Aber T… aber Ksenia, du kannst doch nichts dafür, dass Mama abgehauen ist«, flüstert Karina.

»Ist dir nicht längst klar, dass es um mehr geht als um Heddy? Glaubst du, nur weil deine Mutter eine Affäre hat, fahre ich bei diesem verdammten Wetter Hunderte von Kilometern? Interessieren mich die Bettgeschichten anderer Leute?«

Karina starrt Ksenia mit offenem Mund an.

»Worum geht es denn dann, wenn es nicht um Mama geht?«

Plötzlich zuckt ein Blitz durch den schwarzen Himmel, gefolgt von einem gewaltigen Donnerschlag. Hinter ihnen tauchen Scheinwerfer auf. Sie nähern sich langsam, als könne der Fahrer sich nicht entscheiden, ob er vorankommen will oder bei diesem Wetter lieber umkehren sollte. Ksenia dreht am Rückspiegel.

»Ich bringe dich in Gefahr, das tut mir leid«, presst sie hervor. »Ich möchte, dass du das weißt, Karina. Wahrscheinlich tue ich dir Unrecht. Du bist jung und unverdorben, du bist noch in keine Falle getappt. So wie ich. Irgendwann wird es geschehen. Zum ersten Mal, zum zweiten Mal. Menschen machen Fehler. Aber einige machen zu viele. Ich fürchte, bedauerlicherweise gehöre ich zur zweiten Gruppe.«

Wieder donnert es. Alle zucken zusammen. Eine Bö erwischt das Auto von der Seite. Der Schnee, der sich auf der Windschutzscheibe gesammelt hat, wird weggefegt.

»Wintergewitter«, wispert Ksenia. Im Stillen fügt sie hinzu: die *Wilde Jagd*. Das Heer, das ein Opfer sucht. Das erste haben die Seelenjäger bereits in ihre Macht gebracht: Lorena.

»Deine Mutter und ich, wie haben Geld gefunden. Bei einem Spaziergang im Wald. Es lag dort auf einem Hochsitz. In einem Rucksack.« Ksenia spricht nun schnell.

»Einfach so?«

»Einfach so. Wir sahen uns um, niemand in der Nähe. Der erste Gedanke war, die Beine in die Hand zu nehmen. Wer konnte auf diesem Jägersitz 100.000 Euro abgelegt haben? Das stank alles zum Himmel. Aber ich brauchte Geld. Mein Geschäft lief schon damals nicht gut.«

»Wann war das?«

»Vor 20 Jahren. Wir schnappten den Rucksack und teilten das Geld. Ich pumpte die 50.000 in mein Geschäft, da drin ist es verdampft, weg. Heddy hat ihres gespart. Sie wollte ein Kind, und ihr Anteil sollte das Startkapital sein für all die vielen großen und kleinen Bedürfnisse und später für ein Studium. Dein Startkapital, Karina. Sie hat es bis heute nicht angefasst.«

Karinas rechte Hand tastet über die Fensterscheibe, als suche sie einen Fluchtweg. Ihr Blick klebt wie erstarrt auf der Straße, auf den Schneeflocken, die dicht an dicht fallen.

»Vor Weihnachten habe ich im Pub einen Mann kennengelernt«, fährt Ksenia fort. »Micha. Ich habe ihm meine finanzielle Situation geschildert. Ich hatte was getrunken, ziemlich viel sogar, sonst hätte ich mir wohl eher die Zunge abgebissen. Er schlug vor, Heddy ihren Teil des Geldes abzuluchsen.«

»Was?« Karina fährt herum. Ihre Hand rutscht quietschend von der beschlagenden Scheibe ab.

»Ein unfairer Plan, ich weiß. Deine Mutter hat das Geld nie zur Bank gebracht, wie hätte sie erklären können, woher es stammte? Deshalb verwahrte sie es in einem Tresor zu Hause, was sie mir freimütig erzählte.«

»Sie hat dir vertraut.«

Ein neuerlicher Vorwurf. Einer von vielen. Nur, dass Ksenia sich die Vorwürfe meist selbst macht.

»Micha sagte, er kennt jemanden, der weiß, wie man in ein Haus einsteigt und Tresore öffnet.«

»Das bin ich«, meldet sich Artur von der Rückbank.

Karina schüttelt nur den Kopf. »Ihr spinnt ja. Das denkt ihr euch doch aus.«

»Aber Artur fand nichts in dem Tresor, und ich auch nicht.«

»Du auch nicht? Heißt das, du warst … als ich heimkam, und du standest im Keller …? Aber … wenn du selbst in unser Haus eingedrungen bist, wieso brauchtest du noch einen Mann als Tresorknacker? Wolltest du dir die Finger nicht schmutzig machen?«

»Es kommt noch schlimmer. Micha, der den Kontakt zu Artur herstellte, ist tot. Ich habe seine Leiche in seinem Büro gefunden!«

»Oh Gott!« Karina schreit auf. »Wer …«

»Ich weiß nicht, wer ihn umgebracht hat. Aber jemand muss mich gesehen haben, als ich dort war. Dieser Jemand hat jetzt …«

»… deine Freundin Lorena in seiner Gewalt?«

Lorena ist keine Freundin, nur eine Bekannte, denkt Ksenia zerknirscht. Menschen wie ich haben keine Freunde. Bis auf Heddy vielleicht. Die hat zu mir gehalten, egal, was war.

»Wir müssen die Polizei rufen.«

»Um was zu melden, Karina? Denk mal nach.«

»Um zu melden, dass sie dich angerufen hat, ein Hilferuf. Alles andere brauchen die doch nicht zu wissen. Wir sind hier, wir machen Urlaub …«

»Vielleicht wäre das genau das Richtige«, lässt sich Artur von hinten vernehmen. »Wir können doch nicht so weitermachen, als wüssten wir nicht, dass Ihre Freundin in Schwierigkeiten ist.«

»Die Polizei würde so oder so zu spät kommen. Bis eine Streife bei Lorenas Haus ist ...«

»Ich kann das nicht glauben!« In Karinas Stimme schwingt Empörung. »Du lässt zu, dass deine Freundin von einem üblen Kerl in die Zange genommen wird, und unternimmst nichts? Ich kann nicht begreifen, wie du so was machen kannst!«

Lorena ist keine Freundin, wiederholt Ksenia im Stillen, während sie spürt, wie ihre Selbstverteidigung bröckelt. Es ist eine irre Ausrede, sonst nichts. Inhaltslos. Herzlos. »Er wird ihr nichts tun. Er braucht sie noch. Ansonsten kommt er an mich nicht ran. Besser gesagt an das Geld.«

»Und woher weiß der überhaupt von dem Geld?« Karina rudert mit den Händen. »Ich denke, er hat dich bei dem Toten gesehen. Vielleicht will er dich erpressen. Aber das macht keinen Sinn! Wieso schnappt er dann deine Freundin und fährt in der Gegend herum?«

Bleischweres Schweigen macht sich zwischen ihnen breit. Im Rückspiegel sieht Ksenia, wie der Wagen hinter ihnen wieder Fahrt aufnimmt.

Ich bin am Ende, denkt Ksenia, ein egoistisches Arschloch, und mein Selbstmitleid habe ich als Vorwand genutzt, um diese Katastrophe anzuzetteln. Ich möchte nur noch eine Chance bekommen: die Chance, alle diese Unbeteiligten wieder heil nach Hause zu bringen.

Artur wird nervös. »Fahren Sie weiter, Ksenia!«

# 28.

Ksenia fährt wie der Teufel, ihr rechter Fuß gibt gerade so viel Gas, dass sie im Schnee nicht ins Schleudern geraten. Der Wagen rutscht ab und zu, aber sie bleiben in der Spur, rollen die Straße entlang, die sie nur noch an den Begrenzungspfählen erkennen. Sogar die scheinen allmählich im Schnee zu versinken, nur das obere Drittel ragt noch heraus. Sie haben den nachfolgenden Wagen abgeschüttelt, seine Scheinwerfer sind nicht mehr zu erkennen. Überhaupt ist niemand unterwegs. Diese Fahrt ist ein Todesritt, begleitet von vereinzelten Donnerschlägen, die laut durch das enge Tal hallen wie das übellaunige Gebrüll eines wilden Tieres.

Zu früh gefreut. Wieder entdeckt Ksenia im Rückspiegel die Lichter eines Pkws. Sie beschleunigt.

»Wir werden verfolgt«, stößt sie hervor. »Haltet euch fest, ich sehe zu, dass ich ihn abhänge.«

Je schneller sie fährt, desto häufiger bricht der Wagen aus, schlingert. Obwohl Ksenia das Steuer so fest umklammert, dass ihr die Hände schmerzen, lenkt sie so behutsam wie möglich. Als sie um eine ausgedehnte Biegung kommen, verschwinden die Scheinwerfer hinter ihnen.

»Vielleicht können wir in der nächsten Ortschaft in eine Seitenstraße abbiegen«, schlägt Artur vor.

»Vielleicht«, gibt Ksenia knapp zurück.

Ein Schild weist auf einen Campingplatz. In 500 Metern links. Ksenia nimmt Gas weg, schaltet auf Standlicht, biegt ab. Der Wagen schlittert. Ksenia bremst, sie holpern über den Schnee. Unter dem Auto knarzt es laut. Karina schreit auf.

»Was wird das denn!«, stöhnt Artur.

»Klappe halten!« Konzentriert fährt Ksenia die Zufahrtsstraße entlang, gibt Gas. »Passt auf, ob der andere Wagen uns nachkommt.«

»Da ist nichts, nirgendwo ein Auto!« Artur umklammert Ksenias Kopfstütze, berührt ihr Haar.

»Lassen Sie los!«, schreit Ksenia.

»Entschuldigung, keine Absicht.«

Sie dreht hart das Steuerrad, der Wagen schleudert herum. Rasch schaltet sie die Scheinwerfer ganz aus, ist froh um ihren altmodischen Wagen, der noch nicht jede Funktion automatisch steuert. Die Dunkelheit scheint vollkommen. Nichts ist zu sehen. Sofort beschlägt die Scheibe. Ksenia lässt ihr Fenster ein Stück herunter. Gierig atmet sie die frische Luft. Ihr Kopf schmerzt, ein dumpfes Hämmern macht sich bemerkbar.

»Da kommt er!«, flüstert Karina.

Sie ziehen all drei den Kopf ein, unwillkürlich. Der Wagen ist langsam unterwegs, tastend, suchend.

»Fuck. Er hat gemerkt, dass er uns verloren hat.« Arturs Stimme ist heiser.

»Mag sein.«

»Meint ihr, es ist der Mann, der Lorena in seiner Gewalt hat?«

»Dann hätte er mit dem Überschallflugzeug herfliegen müssen.«

»Es kann auch irgendwer sein. Ein Unbeteiligter. Der gar nichts von uns will.«

»Das ist doch alles Wahnsinn. Es ist schweinekalt, sollen wir hier auf dem Campingplatz pennen oder was?«, jammert Karina.

»Wartet!«, flüstert Artur. »Sieht so aus, als fährt er an der Einfahrt vorbei.«

Tatsache. Ksenia atmet tief durch. Steigt aus. Rasch drückt sie die Tür zu. Der Wind ist schneidend, eisig prickeln die wirbelnden Schneeflocken auf ihrem erhitzten Gesicht. Tief atmend geht sie ein paar Schritte. Lässt ihre Füße einen Rhythmus finden. Spürt dem Moment nach, der Angst, die tief in ihrer Kehle sitzt, sich befreien will und es zugleich nicht vermag. Ihr Herz pocht hektisch, doch nach und nach beruhigt es sich, mit jedem Atemzug nimmt es Tempo raus. Der andere Wagen ist wirklich weg.

Langsam kehrt die Konzentration zurück, die sie braucht, um einen Plan zu schmieden.

Wer auch immer Lorena in seiner Gewalt hat – er ist hinter dem Geld her. Er weiß, wo sie sind, und er wird sich wieder melden, um sie genauer zu orten. Zudem wird er Lorena als Geisel mitnehmen.

Sie, Ksenia, muss einfach schneller sein. Heddy finden, das Geld an sich bringen, und dann diesen Mann austricksen. Lorena darf auf keinen Fall ein Haar gekrümmt werden. Sie stapft zurück zum Wagen. Erst jetzt fällt ihr auf, wie hoch der Schnee liegt. Sie reißt die Tür auf.

»Hört zu! Könnt ihr rausfinden, wie weit es nach Pottenstein ist?«

»Es ist das nächste Dorf.« Artur zeigt auf die Landkarte, die er auf seinem Schoß ausgebreitet hat. Matilda gefällt das Knistern des Papiers, mit den Tatzen schlägt sie nach den Zipfeln. Als Artur sie packt und entschlossen neben sich setzt, faucht sie. »Schmidt-Reichart sagte, das Sommerhäuschen seines Sohnes liegt gleich am Ortseingang, aber abseits der Straße, ein kurzes Stück nach Norden, den Hang hoch. Keine richtige Zufahrtsstraße, eher ein Feldweg.«

»Gut, sehen wir zu, dass wir das noch schaffen.« Ksenia schwingt sich hinter das Steuer.

Als sie den Rückwärtsgang einlegt und Gas gibt, sitzt der Wagen auf. Sie probiert es vorwärts. Dasselbe. Ein lautes Krachen unter dem linken Kotflügel lässt alle aufschreien.

»Was war das?«, flüstert Karina.

»Nichts Besonderes.« Ksenia würde am liebsten lachen, stattdessen schluckt sie ein paarmal und sagt: »Sieht aus, als hängen wir fest. Also, raus, alle Mann. Es geht zu Fuß weiter.«

## 29.

Die Lage eskaliert, als Artur Matilda mitnehmen will. Sie stehen zu dritt neben dem Wagen, der allmählich zuschneit. Vorn an der Motorhaube geht der Schnee schon bis zum Kühler. Karina hat Ksenias alten Parka über ihre Jacke gezogen. Sie zittert vor Kälte.

»Wir können sie doch nicht im Auto lassen!« Artur ist

außer Atem vor Empörung. »Das geht auf keinen Fall, und das wissen Sie, Ksenia.«

»Was für ein Schwachsinn!« Ksenia fühlt sich taub vor Wut. »Wollen Sie die Katze durch dieses Wetter schleppen, noch dazu mit dem verletzten Bein?«

»Wir können sie nicht hierlassen.«

»Wir legen ihr Futter hin, ein paar Stunden hält sie schon aus!«

»Aber sie bekommt Angst, allein in dieser Einöde und eingesperrt im Wagen. Das geht nicht, und das mache ich nicht mit!« Artur wird fuchsteufelswild. »Zudem, wer weiß, ob wir nach ein paar Stunden zurück sind? Bei dem Wetter? Und was noch passiert?«

Ksenia, die ihren Rucksack aus dem Kofferraum genommen hat und abmarschbereit dasteht, zuckt die Achseln. »Na gut, ich habe eine Einkaufstasche hier, setzen Sie die Katze rein.« Sie hält ihm eine alte Plastiktasche aus einem Möbelmarkt hin.

Bedächtig verstaut Artur eine Decke darin und öffnet dann die hintere Wagentür. Matilda maunzt kläglich. »Keine Angst, meine Hübsche, du musst nicht allein bleiben«, murmelt er beruhigend.

Tatsächlich lässt Matilda sich in die Tasche setzen.

Ksenia schüttelt nur den Kopf. Sie denkt an Lorena. Der Mann, der sie als Pfand benutzt, wird sich bald wieder melden. Er muss davon ausgehen, dass sie weiterfahren. Und bei dem Wetter braucht er Stunden für die Fahrt von Norddeutschland hierher. Sie sieht auf die Uhr. Kurz vor halb sieben. Vor knapp anderthalb Stunden hat er angerufen. Die Zeit läuft.

»Gehen wir!« Sie schlägt den Kofferraumdeckel zu. Dumpf hallt der Knall in der Dunkelheit. Bevor sie den

Wagen abschließt, nimmt sie den Schlagring von der Ablage und streift ihn über. Man weiß nie.

Einmütig setzt sich die kleine Schar in Bewegung. Ksenia, die Taschenlampe in der Hand, geht voraus, hinter ihr folgt Karina und als Schlusslicht Artur mit Matilda. Sie will sich an der Straße orientieren und dennoch Abstand halten, falls Fahrzeuge kommen.

»Ich glaube, wir haben uns getäuscht, Ksenia!«, ruft Karina von hinten. »Das Auto vorhin, wer sollte das gewesen sein? Bestimmt war es nur zufällig auf der Strecke unterwegs.«

»Mag sein.« Ksenia hat den Gedanken auch schon gehabt, doch sie ist lieber auf der Hut. Auffälligerweise ist bislang kein anderer Pkw vorbeigekommen. Gut, man kann immer das Wetter anführen. Wer genug Grips im Kopf hat, bleibt, wo er ist. Dennoch – ihr Instinkt sagt ihr, dass etwas mit diesem Wagen nicht stimmte. Schmidt-Reichart weiß, wo sie hinwollen. Kann man ihm trauen? Spielt er ein falsches Spiel? Gibt es da noch etwas anderes, wovon er ihnen wohlweislich nichts sagte? Hat Peter womöglich mit Schmidt-Reichart, dem ehemaligen Sozialisten, ein Geheimnis geteilt, das ihnen jetzt vor die Füße fallen könnte? Und weshalb suchte er Lothar Pältschik zusammen mit der Hotelchefin auf? Es wäre nur logisch, wenn Veronika Bach den Kontakt hergestellt hätte, aber warum stellte sie sich nicht mit ihrem Namen vor, sondern ließ zu, dass Pältschik annahm, sie sei Peters Frau? Oder hat Pältschik etwas verwechselt? Sich nicht mehr richtig erinnert?

Das Grübeln versetzt Ksenia in Unruhe. Lieber konzentriert sie sich auf ihre Füße. Sie schaffen es, Distanz zur Straße zu halten und im Schutz des Waldes zu bleiben, der sich neben der Straße erstreckt. In seinem Schatten liegt außerdem weniger Schnee und das Gehen ist nicht so anstrengend. Bald allerdings wird der Streifen, auf dem sie sich fortbewegen können, immer schmaler, denn hohe Felsen ragen beinahe direkt neben der Straße auf. Ksenia wendet sich um.

»Hört zu. Wenn ein Wagen kommt, wenn ihr Scheinwerfer seht – ab zwischen die Bäume. Werft euch auf den Boden, klar? Wir dürfen auf keinen Fall gesehen werden, niemand soll sich an uns erinnern können.«

Sie hört, wie Karina Luft holt, um zu Widerspruch anzusetzen, es jedoch bleiben lässt. Wahrscheinlich sind sie alle zu erschöpft für Widerworte, neue Pläne, Zweifel und Forderungen.

Kein Auto wird sichtbar. Der Wind lässt etwas nach, dennoch spürt Ksenia Wangen und Nase kaum noch, so kalt ist es. Sie stapfen hintereinander her, erreichen den Ort, hoch oben auf den Hängen sehen sie die Lichter von Häusern, in denen Menschen jetzt beim Abendessen sitzen und ein Feuer im Kamin brennen haben.

»Artur?«, ruft Ksenia halblaut nach hinten. »Was genau hat Schmidt-Reichart gesagt?«

»Nach dem Ortsschild den Hang hoch.«

»Verdammt, warum sagen Sie nichts? Wir sind längst am Ortsschild vorbei.«

»Sorry. Ich habe nicht aufgepasst, nur auf eure Spuren geschaut, um nicht abgehängt zu werden.«

»Wie geht es Matilda?«, fragt Karina mitfühlend.

Artur wirft einen Blick in die Tasche. Die Augen der Katze glühen grünlich in der Dunkelheit. »Ich denke, ihr geht's besser als uns.«

»Wartet hier.« Ksenia leuchtet kurz jedem ins Gesicht, dann entfernt sie sich schnell, wandert zurück zum Ortsschild. Dort sieht sie sich aufmerksam um. Tatsächlich führt wenige Meter hinter dem Schild ein Weg den Hang hinauf. Sie hätte ihn nicht einmal als Weg wahrgenommen, zugeweht wie er ist, wenn nicht neben einem Busch ein amerikanischer Briefkasten auf einem Pfahl stehen würde. Erst beim zweiten Hinsehen bemerkt sie das blaue Holz mit der Schneehaube im Licht ihrer Lampe. Sie geht ein paar Schritte. Tatsächlich führt eine schmale Öffnung zwischen den Büschen hindurch.

»Artur! Karina!«, ruft sie nach vorn. »Hier geht es weiter.«

Die beiden kommen angestolpert, Artur bemüht sich, die Tasche nicht allzu sehr zu schlenkern. Beide sehen aus wie Schneemenschen, die Kleidung weiß, in Karinas Pony hängen Schneekristalle.

»Ist das der Weg?«, fragt sie hoffnungsvoll.

»Sieht so aus.« Ksenia geht voran. Sie legt Tempo vor. Ihr ist kalt, dabei ist sie das Wetter gewohnt, wandert jeden Tag durch den Wald, anders als Karina, die den Winter vermutlich hauptsächlich in wohltemperierten Räumen verbringt. Und Artur ist zwar ein Riese von einem Mann, aber komplett unsportlich und stehend k. o.

Immer wieder wendet Ksenia sich um, checkt, ob die beiden nachkommen. Nach einer Viertelstunde macht der Weg eine Biegung. Und durch die schneebedeckten Sträucher, die ihr jetzt idyllisch und beschaulich vorkommen, liegt tatsächlich ein Blockhaus. In einem Fenster ist Licht.

»Wir haben's geschafft!« Neben Ksenia im Gebüsch knackt etwas, kurz sieht sie glühende Augen, die knapp über dem Boden zu ihr herüberschauen, im Lampenlicht reflektieren. Sie schaudert, als sie hört, wie Matilda in ihrer Tasche faucht.

»Ich kann echt nicht mehr, mir ist total kalt«, stöhnt Karina.

»Wartet hier. Ich gehe nachschauen, ob es das richtige Haus ist.« Ksenia stapft auf das Blockhaus zu. An der Tür hängt ein Holzschild, rot angemalt. »Herzlich willkommen bei Anabel und Leo«

Obwohl Ksenia eine derart zur Schau gestellte heile Welt der Gemütlichkeit verachtet, ist sie dennoch froh, dass es endlich eine Tür gibt, an die sie klopfen kann.

»Hallo?«, ruft sie. »Ist jemand zu Hause? Mein Name ist Ksenia, ich bin eine Freundin von Anabel.«

Im Haus rumort es. Ein Mann öffnet, gleichzeitig wird das Licht über der Eingangstür angeschaltet. Seine Arme hängen kraftlos neben seinem schmalen Oberkörper. Das Haar hängt ihm zerzaust in die Stirn.

»Guten Abend, Herr Schmidt-Reichart. Leo, nicht wahr?«

»Wer sind Sie?«

»Ksenia Karolek. Eine Freundin ...«

»Meine Güte!« Der Mann starrt Ksenia wie vom Donner gerührt an. »Wie sind Sie denn hier rausgekommen? Das ist doch Wahnsinn bei dem Wetter.«

Ksenia winkt Artur und Karina zu sich.

»Genau genommen sind wie zur dritt. Hören Sie, es tut mir wirklich leid, dass wir Sie stören. Aber wir müssen ganz dringend mit Anabel reden.«

Der Mann stöhnt auf. Ksenia riecht seine Fahne. Angewidert vom säuerlichen Atem des Mannes fährt sie zurück.

»Sie sind eine Freundin von Anabel?« Er greift in seine Hosentasche. »Ich kenne Sie gar nicht.«

»Ich ...«

»Sonst wüssten Sie nämlich, was Sache ist.« Tränen laufen ihm über die Wangen. »Oder wissen Sie womöglich Bescheid?«

Ksenia spürt Artur hinter sich, und zum ersten Mal, seit diese irre Expedition begonnen hat, ist sie froh, ihn bei sich zu haben.

»Was meinen Sie?«

»Sie haben gar keine Ahnung, was Anabel mir angetan hat?«

»Was Anabel Ihnen angetan hat?« Verdattert starrt Ksenia ihn nur an. Hinter sich hört sie Karina schluchzen.

Der Mann zieht ein Taschentuch hervor und schnäuzt sich ausgiebig.

»Anabel hat mich verlassen.«

## 30.

Das Blockhaus besitzt genauso einen Kamin mit einem knisternden Feuer, wie Ksenia ihn sich von draußen vorgestellt hat, davor liegt ein dicker Teppich. An den Holzwänden hängen bunte Webtücher. Auf dem niedrigen Couchtisch steht ein Topf mit einem Weihnachtsstern. Zwei Sofas laden zum Herumlümmeln ein. Leo deutet darauf.

»Setzen Sie sich.«

Ksenia fühlt sich unwohl. Sie stehen alle da, in Socken, und rücken so nah wie möglich an das Feuer, um sich aufzuwärmen. Die nassen Jacken und Schuhe haben sie neben dem Kamin abgelegt. Karinas Gesicht ist ganz blass. Fehlt noch, dass sie krank wird, denkt Ksenia.

»Was zu trinken? Ich habe Rotwein da. Leider kein Bier, falls Sie Biertrinker sind.« An der rückwärtigen Wand befindet sich eine Küchenzeile mit Kühlschrank, Spüle und einem Büffet. Leo holt Gläser und eine Flasche, stellt alles auf den Couchtisch. »Bitte.«

Sie setzen sich, nur Karina bleibt vor dem Kamin stehen. Artur stellt die Einkaufstasche vor seinen Füßen ab. Matilda verhält sich ganz still. Kein Mucks dringt aus der Tasche. Draußen heult der Wind ums Haus. Er scheint noch stärker zu werden. Ksenia ist mehr als erleichtert, dass sie alle ein Dach über dem Kopf haben.

»Anabel hat mir nie von Ihnen erzählt«, beginnt Leo. Nach seinem kleinen Schwächeanfall eben an der Tür scheint er sich gefangen zu haben.

»Nun, die Geschichte ist etwas schräger, als Sie sich vorstellen können. Sie hat mit Heddy Volkmann zu tun, die Sie vor zwei Jahren im Haus Ihres Vaters zufällig kennenlernten.«

»Was?« Leo, der eben Wein in die Gläser schenkte, beginnt zu zittern. Er verschüttet den Wein. Eine Rotweinlache breitet sich auf dem Tisch aus. »Sie kennen diese Frau?«

»Sie ist meine Mutter«, sagt Karina leise.

»Ihre Mutter?« Leo stellt die Flasche ab. Er starrt erst

Karina an, dann blickt er auf seine Hände, die ihm nicht mehr gehorchen wollen. »Was hat das alles zu bedeuten?«

»Genaugenommen kenne ich Ihre Frau nicht«, gibt Ksenia zu. »Ich bin eine Freundin von Heddy.«

»Um Himmels willen!« Leo springt auf. »Diese Person hat mein Leben zerstört.«

»Augenblick.« Artur geht dazwischen. »Wahrscheinlich sollten wir von vorn beginnen.« In beeindruckender Kürze bringt er die letzten beiden Tage auf den Punkt. Von dem Geld, das Heddy vermutlich bei sich hat, sagt er nichts, auch nichts von Micha. Er fokussiert sich auf die Ehefrau und Mutter, die verschwunden ist und von der man annimmt, dass sie in der Fränkischen Schweiz untergetaucht ist, während der Ehemann nichtsahnend in der Klinik liegt und die Tochter vor Sorge vergeht.

Als er geendet hat, starren alle auf Leo, der wiederum die Einkaufstasche zu Arturs Füßen beäugt.

»Was ist in dieser Tasche?«

»Eine Katze.«

»Eine Katze?«

»Ja. Sie ist verletzt.«

Wortlos steht Leo auf, geht zum Kühlschrank, nimmt eine Tüte Milch heraus und gießt ein wenig davon in eine Untertasse, die er anschließend neben Arturs linken Fuß stellt.

Matilda streckt den Kopf aus der Tasche.

»Sie hat ein weißes Ohr!«, stellt Leo staunend fest.

Karina fängt an zu kichern.

Rasch hebt Artur Matilda aus der Tasche.

»Was ist mit ihrem Bein passiert?«

»Sie wurde gebissen, wahrscheinlich von einem Hund. Wir wissen es nicht genau.«

»Anabel würde durchdrehen. Sie mag keine Katzen«, murmelt Leo, während er die Hand ausstreckt und Matildas Kopf streichelt. Die lässt sich die Liebkosung kurz gefallen, bevor sie an der Untertasse schnuppert. Genüsslich schleckt sie die Milch auf.

»Sie mag keine Katzen?«, staunt Artur.

»Nein, sie ist allergisch gegen sie. Gegen ihre Haare, meine ich. Sie ist allergisch gegen alles, was Dreck machen könnte. Was man wegsaugen oder abwischen muss. Und obwohl sie pedantisch ist, akkurat bis zum Erbrechen, liebe ich sie. Doch sie hat mich verlassen. Das kann ich nicht begreifen.« Tränen tropfen über seine Wangen. Matilda hebt den Kopf, leckt Milch von den Schnurrhaaren, hinkt auf drei Beinen zu Leo, reibt ihren Kopf an seinem Bein, bevor sie zu Artur zurückkehrt.

»Sie sagten, Anabel hätte Sie verlassen. Wann war das?«

»Vor drei Tagen. Sie ist … diese Frau ist bei uns in Erlangen aufgetaucht. Abends spät. Anabel hat eine Tasche gepackt, ist in ein fremdes Auto gestiegen und weg war sie.«

Ksenia braucht nun doch einen Schluck Wein. Sie greift nach einem Glas, trinkt, lauscht dem Wind, der ums Haus tobt. Die *Wilde Jagd*. Das Heer, das sich seine Opfer sucht. Die Erkenntnis kommt einem Granateneinschlag gleich.

»Wussten Sie, dass Ihre Frau …«

»… auf Frauen steht? Nein! Wir waren ein Traumpaar, verstehen Sie!« Leo schnappt sich ein Glas, leert es in einem Zug.

»Aber Sie haben es vermutet?« Wenn wirklich zutrifft, was Ksenia sich zusammenreimt, muss dieser Mann Tomaten auf den Augen gehabt haben. »Ich meine, zwei Jahre sind keine ganz so kurze Zeit, nicht wahr?«

Artur, der Matilda auf seinen Schoß genommen hat und sie zärtlich streichelt, hebt den Kopf. Sein Blick trifft Ksenias, und sie beide wissen, was Leo anscheinend immer noch mit reichlich Alkohol wegzuspülen versucht.

»Damals, im Garten Ihres Vaters, haben Sie und Ihre Frau sich mit Heddy bekanntgemacht«, fängt Ksenia an. »Heddy langweilte sich, weil ihr Mann Peter und Ihr Vater in aller Ausführlichkeit über Literatur fachsimpelten. Der schöne Garten erregte ihre Aufmerksamkeit. So kamen Sie drei ins Gespräch.«

Leo gießt sich mehr Wein ein. Er nickt. »Sie hatte die Nase voll von ihrem Urlaub. Es war für sie kein richtiger Urlaub, sagte sie. Wir hatten kaum über Rosen und Gerbera gesprochen, da legte sie schon los, wie unzufrieden sie war. Anabel sagte später zu mir, sie würde sich nie bieten lassen, von mir so in die Ecke gedrängt zu werden.«

»Tauschten Sie Adressen aus?«

»Ich … nun, ich ließ die Frauen plaudern, verstehen Sie. Ich wollte noch etwas erledigen, etwas aus dem Gartenschuppen holen, Pflanzen düngen, ich weiß nicht mehr genau, deshalb verzog ich mich, und die Frauen merkten es anscheinend nicht einmal. Ich war ganz froh, dass sie mich in Ruhe ließen. Ich hielt das für eine zufällige Bekanntschaft. Wer denkt denn schon …« Er schluchzt.

Karina kommt vom Kamin herüber, setzt sich neben Ksenia. Sie rückt so nahe, dass Ksenia ihre Wärme spürt.

»Also, ich kriegte nichts mit. Die ganze Zeit nicht. Erst vor ein paar Tagen, da zählte ich eins und eins zusammen. Ich entspreche dem Klischee, nicht wahr? Sicher finden Sie das auch. Der Professor, der sich nur in seinem Fachgebiet auskennt und alles andere nicht mitbekommt. Dass

Anabel von mir abrückte, das spürte ich, aber ich wollte es nicht wahrhaben. Und dann …«

Karina räuspert sich. »Sie meinen, meine Mutter und Ihre Frau haben ein Verhältnis angefangen? Stimmt das? Ist das wirklich wahr?«

Leo guckt Karina traurig an. »Ich kenne meine Frau und ich weiß, dass sie nie halbe Sachen macht. Das ist kein Strohfeuer. Das ist bitterer Ernst.«

## 31.

Ksenia steht in einem winzigen Badezimmer am Waschbecken, reibt ihr müdes Gesicht mit einem Handtuch trocken.

Jemand klopft an die Schiebetür.

»Ksenia?« Karina steckte den Kopf rein. »Kann ich reinkommen?«

»Klar. Ich bin sowieso fertig.«

»Was machen wir jetzt?«

»Sag mir, wie es dir geht.«

Karina zuckt die Achseln. »Jetzt, wo es raus ist, wo Leo es gesagt hat, fühle ich mich erleichtert.«

»Hast du etwas geahnt?«

»Na ja, im Nachhinein kann man immer leicht etwas interpretieren. Manches kam mir seltsam vor. Wenn Mama so viel chattete, dafür aus dem Zimmer ging, das … hat mich manchmal stutzig gemacht, aber dann auch wieder nicht. Ehrlich, ich chatte ja auch mit meinen Freundinnen. Ich dachte, sie will niemanden stören. Weißt du, ich kann sogar nachvollziehen, dass sie von Papa gelangweilt ist. Bestimmt war es nicht nur in diesem einen Urlaub so, dass er ihr seine Interessen aufdrängte und seine Anliegen für wichtiger hielt als ihre.«

Ksenia nickt. Der brave Peter Volkmann ist genau der Typ für so ein Verhalten. Er wirkt nach außen umgänglich, weich, vielleicht sogar lasch, doch im Endeffekt setzt er seinen Willen durch. Sie hätte selbst nie angenommen, dass Heddy sich auf eine Beziehung mit einer Frau einlassen könnte, aber so absurd ist es nicht. Es kommt letztlich immer nur darauf an, den richtigen Menschen zu finden.

»Und weißt du, weshalb Mama noch genervt war? Papa wird immer knickeriger. Er nennt es sparsam, dabei ist er einfach nur geizig. Neulich hat er einen Aufstand gemacht, weil Mama für 40 Euro einen Wasserkocher gekauft hat. Er meinte, der dürfte nur die Hälfte kosten.«

»Nicht zu fassen. Hätte ich nicht von ihm gedacht.«

»Es gibt noch ein Problem, Ksenia.« Karina dreht den Wasserhahn auf und trinkt.

»Was?«

»Ich habe eben unsere Lokalzeitung im Netz gelesen. Man hat Michas Leiche entdeckt.«

»Fuck.« Ksenia lehnt sich gegen die Duschwand. Für einen Moment wird ihr schwarz vor Augen.

»Hier.« Karina scrollt auf ihrem Handy herum.

»Blablabla … wurde kurz nach 13 Uhr am Mittag in einem Büro im Industrieviertel … blabla … der Leichnam eines Mannes von Arbeitern gefunden, die das Nachbarbüro renovierten. Es handelt sich offenbar um den Geschäftsführer … blablabla. Die Umstände sprechen für einen gewaltsamen Tod. Die Kriminalpolizei hat die Ermittlungen aufgenommen.«

Eine Sturmbö bringt das Blockhaus zum Erzittern.

»Verdammt.« Ksenia starrt in den Spiegel. Kämmt mit den Fingern durch ihr Haar und steckt es hoch.

»Was sollen wir tun?«

»Kriegsrat halten.«

»Was ist mit dem Typen, der Lorena …«

»Wir müssen uns schnell etwas ausdenken.« Ksenia stößt sich von der Duschwand ab. »Gut, dass du diese Nachricht im Netz gefunden hast, Karina. Aber das ist nichts, worüber du dir Sorgen machen musst.«

»Du machst wohl Witze. Was ist mit dem Drohbrief vor deiner Garage?«

»Ich frage mich, wer mich in Michas Büro gesehen haben kann, verstehst du? Es muss jemand gewesen sein, den ich überhaupt nicht bemerkt habe.«

»Vielleicht weiß einer, was du mit Micha ausgemacht hast. Dass ihr das Geld wolltet.« Karina wird rot. »Entschuldige, das ist alles so abgefahren. Mama ist plötzlich lesbisch, du hast versucht, sie zu bestehlen, hast einen Toten gefunden, ich bin hier in der Pampa in einem Schneesturm, auf der Suche nach Mama, und erfahre, dass wir sie wieder verpasst haben! Und von dem Geld wusste ich überhaupt nichts.«

Ksenia versucht, sich an den Abend mit Micha in *Rolands Pub* zu erinnern. Der Lärm, die fröhliche vorweihnachtliche Stimmung, Roland, der zapft, was das Zeug hält. Micha neben ihr auf dem Barhocker, die dunklen Haare, sein unverhohlenes Interesse. Roland, der die Visitenkarte von Christians Autowerkstatt verteilt, ehe er Bier serviert. Der Tisch mit den Kartenspielern.

»Dieses Abenteuer kommt mir allmählich auch surreal vor«, gibt Ksenia zu.

Draußen heult der Sturm auf.

»Wusstest du, dass die *Rauhnächte* als Unruhenächte gelten? So ähnlich wie die *Walpurgisnacht*? Nächte, in denen etwas Besonderes passiert?«

»Was denn, abgesehen von der *Wilden Jagd*?«

»Tiere sprechen. Funken fliegen. Wahrsagerei. Magie und Geister. Menschen betrügen den Teufel. Solche Sachen.«

»Im Ernst, Karina, glaubst du daran?« Ksenia wirft der jungen Frau einen geringschätzigen Blick zu.

»Und wenn?«

Ksenias Handy klingelt. Sie zieht es aus der Hosentasche. Lorenas Nummer.

»Lorena?«, ruft sie atemlos ins Telefon.

Keine Reaktion. In der Leitung ist es völlig still.

»Hallo? Wer ist da? Lorena?«

Es klickt, und die Leitung ist tot.

»War das …?« Karina zeigt auf das Handy.

»Niemand hat geantwortet. Hör zu, wir müssen uns aufteilen, Karina. Zwei von uns suchen Heddy und das Geld, zwei müssen Lorena helfen.«

»Du willst Leo einbeziehen?«

Blitzschnell geht Ksenia die Optionen durch, die sie haben. Um Kontakt zu Heddy aufzunehmen, zu ihr durchzudringen, brauchen sie Karina.

»Pass auf. Nimm Leo beiseite. Quetsch ihn aus. Drück auf die Tränendrüse. Du bist die Tochter, die von der Mutter aufs Übelste getäuscht wurde. Auch er fühlt sich gedemütigt, wenn du deine Rolle gut spielst, wird das eine Saite in ihm zum Klingen bringen.«

»Und was soll ich rausfinden?«

»Anabel und Heddy sind doch sicher nicht ins Blaue verschwunden. Gibt es noch eine andere Bleibe des Ehepaars, wo sie hingefahren sein könnten? Hat Anabel einen Lieblingsort?«

Karina nickt langsam. »Die Chancen stehen schlecht, nicht wahr? Im Grunde könnten sie überall sein. Womöglich haben sie schon vor Wochen ein Hotel gebucht oder eine Ferienwohnung. Sie könnten längst in Florida an einem Pool chillen.«

»Das ist mir klar, trotzdem, sorge dafür, dass Leo alles ausspuckt, was ihm in den Sinn kommt, okay?« Ksenia legt kurz eine Hand auf Karinas Schulter, bevor sie das Bad verlässt.

# 32.

»Ksenia?« Artur sitzt am Kamin, sein Handy in der Hand, als Ksenia zurück ins Wohnzimmer kommt.

Leo macht sich in der Küchennische zu schaffen. Es klappert und scheppert. Draußen stürmt es immer noch. Beim Gedanken an die Kälte draußen und an Lorena, die in der Gewalt eines Unbekannten ist, krampft sich Ksenias Magen zusammen. Sie stellt sich neben Artur und fragt halblaut: »Was ist?«

»Ich habe im Netz einen Artikel aus der hiesigen Lokalzeitung gefunden. 25 Jahre nach dem legendären Treffen in der *Pulvermühle*, also 1992, suchte ein Journalist einige der Personen auf, die im Oktober 1967 beteiligt waren. Nicht die Schriftsteller, sondern die Leute aus der Gegend, die mit ihnen zu tun hatten.«

»Die Studenten?«

»Die auch. Aber vor allem Leute aus Waischenfeld, der Ortschaft, zu der die *Pulvermühle* gehört. In dem Artikel sollte es um persönliche Erinnerungen gehen. Veronika Bach wurde auch interviewt.«

Karina kommt herein. Sie stellt sich zu Leo und beginnt ein Gespräch mit ihm. Ksenia ist zu angespannt, um auf die beiden zu achten.

»Ja, und? Was war da?«

Wortlos hält ihr Artur sein Handy hin. Ein Foto ist darauf zu sehen.

»Veronika und Anita Bach«, liest Ksenia die Unterzeile laut vor. Sie hebt den Kopf, sieht Artur an. »Wer ist Anita Bach?«

»Ihre Tochter.« Artur scrollt ein wenig und findet zu dem Artikel zurück. »Hier: ›Veronika Bach hat das Hotel *Im Wiesenttal* auch mit Blick auf ihre Tochter Anita übernommen, die bald in die Fußstapfen ihrer Mutter treten und dieser als Restaurantchefin unter die Arme greifen wird, sobald sie mit ihrer Hotelfachausbildung fertig ist. ›Kommendes Jahr ist es soweit‹, sagt die 24-Jährige stolz.‹«

»Okay. Mal langsam. 1992 war Anita 24? Dann ist die Tochter ein Jahr nach dem Treffen der Schriftsteller zur Welt gekommen. 1968.«

»Stimmt. Und ihre Mutter war ziemlich jung. Sie hat Ihnen doch erzählt, sie sei 17 gewesen, als sie als Kellnerin aushalf?«

»Dann stammt Anita womöglich …« Ksenia beißt sich auf die Lippen. »Ist Anita immer noch im Hotel beschäftigt?«

»Sie ist jetzt über 50, glauben Sie, dass sie in dem Alter noch mit der Mutter als Hoteleigentümerin kooperieren will?«

Ksenia schüttelt den Kopf. »Keine Ahnung, aber warum hat die Mutter das Hotel nicht längst an sie übergeben?«

Artur lässt das Handy sinken. »Im Impressum der Hotelhomepage ist nur Veronika Bach eingetragen, der Name Anita taucht nicht auf.«

»Geben Sie mir mal Ihr Handy«, bittet Ksenia kurz angebunden. Sie sucht nach der Nummer des Hotels *Im Wiesenttal* und wählt. Als sich eine ältere männliche Stimme meldet, stellt sie auf laut.

»Hier Karolek. Könnte ich mit Niko sprechen?«

»Natürlich, einen Moment.« Ein getragenes Musikstück flötet durch die Leitung, bis sich der fröhliche Niko meldet. »Ja, hier ist Niko?«

»Hallo, Niko, hier ist noch mal Ksenia Karolek, Sie wissen schon.«

»Die Journalistin?«

»Sagen Sie, wohin hat es eigentlich Anita verschlagen?«

Am anderen Ende bleibt es eine Weile still. Schließlich sagt Niko: »Sie hat sich mit ihrer Mutter überworfen. Eine komplizierte Geschichte.«

»Bildet eine unklare Vaterschaft die Grundlage für die komplizierte Geschichte?«

»Warum wollen Sie das wissen? Ich glaube, es ist besser, wenn ich nicht mit Ihnen darüber spreche.«

»Es ist wichtig, Niko, wirklich. Ich suche eine Frau, die vor zwei Jahren bei Ihnen im Hotel Urlaub machte. Mit Mann und Tochter. Sie ist verschwunden, und ich habe Grund anzunehmen, dass Anita eine wichtige Information dazu hat.«

»Anita hat das Hotel vor über drei Jahren verlassen.«

»Wo lebt sie jetzt? Hören Sie, Niko, manchmal rutscht einem ja einfach was raus.« Ksenia leckt über ihre rauen Lippen. »Sicher ist es nicht immer ganz leicht mit Veronika Bach als Chefin, das kann ich verstehen. Ich werde ihr gegenüber unser Gespräch überhaupt nicht erwähnen.«

»Anita hätte das Hotel übernehmen sollen. Frau Bach wollte übergeben, sobald sie 65 ist. Doch dann änderte sie ihre Absicht. Der Belegschaft wurde mitgeteilt, dass Anita doch nicht unsere Chefin wird. Sie soll sich was Eigenes zugelegt haben. In Portugal.«

»Wo da?«

»Sie hat sich in ein Resort an der Algarve eingekauft. *Alba Spa* heißt es.«

»Danke, Niko.« Ksenia legt auf.

»Manometer«, stöhnt Artur. »Also sind wir jetzt Anita auf den Fersen? Ich gäbe was drum, an der Algarve zu überwintern.«

»Wir beide werden das nie hinbekommen.« Ksenia gibt ihm das Handy zurück. »Finden Sie mal die Nummer vom Resort *Alba Spa*.«

»Ay, Käpt'n.«

## 33.

Ksenia liegt auf dem einen Sofa, zieht die Wolldecke fester um sich. Auf dem anderen hat Artur sich häuslich eingerichtet, Matilda auf seinem Bauch. Er schnarcht leise. Vor dem Kamin hat Karina ihr Lager auf dem flauschigen Teppich aufgeschlagen. Leo selbst ist betrunken und verzweifelt im Schlafzimmer verschwunden.

Sie sind nicht weitergekommen. Anita Bach war nicht zu erreichen, zu guter Letzt hat Ksenia eine Mail an die Info-Adresse der Webseite geschickt mit der Bitte, sich schnellstmöglich zu melden. Als Anlass für die Kontaktaufnahme hat sie lediglich geschrieben, sie interessiere sich für die *Gruppe 47* in der *Pulvermühle* im Oktober 1967.

Ksenia kann nicht einschlafen, trotz der bleiernen Müdigkeit. Wobei könnte Anita helfen? Immer noch will Ksenia nicht in den Kopf, dass Veronika Peter in dem Urlaub vor zwei Jahren zu Lothar Pältschik begleitet hat, ohne richtigzustellen, dass sie nicht Peters Ehefrau ist. Es kommt Ksenia sonderbar vor, unsinnig, es sei denn, Veronika hätte eine bestimmte Absicht mit genau dieser Strategie verfolgt. Die Hotelchefin ist mit allen Wassern gewaschen, da ist sich Ksenia sicher. Will heißen: Veronika hatte natürlich einen Plan, eine Intention. Ob Pältschik Anitas Vater ist? Ksenia dreht sich auf die Seite. Wenn Anita das Produkt einer einzigen Nacht ist, wäre es durchaus vorstellbar, dass Pältschik sich nach mehr als einem halben Jahrhundert nicht mehr an Veronika erinnert. Sofern sie ihn nie mit der Vaterschaft konfrontiert hat. Warum sonst hätte sie Peter begleiten sollen? Nur um ihm seine Recherchen zu erleichtern? Hätte eine vielbeschäftigte Hotelchefin in der Hauptsaison dafür überhaupt Zeit?

Matilda maunzt leise. Im Licht des Kaminfeuers sieht Ksenia, wie die Katze sich auf ihre drei gesunden Beine stellt und sich streckt. Die Katzenaugen glimmen grünlich, als das Tier zu Ksenia schaut.

»Matilda«, flüstert Ksenia. Die Katze macht Anstalten, von Arturs Bauch zu springen, legt sich dann aber wieder hin.

Mittlerweile ist es nach elf. Sechs Stunden ist es her, dass der Anruf kam. Seit sie weiß, dass Lorena in Gefahr ist. Seit sie das Ortsschild fotografiert hat. Mittlerweile könnte wer auch immer mit Lorena in der Nähe sein. Trotz des Wetters. Wenngleich Ksenia das nicht für sehr wahrscheinlich hält.

Artur hat vorhin die Wettervorhersage für ganz Deutschland auf dem Handy aufgerufen. Schnee und Glatteis von Norden bis Süden, nur ganz im Westen liegen die Temperaturen knapp über null Grad. Leos Außenthermometer zeigte vor einer Stunde minus 13 Grad an. In den Nachrichten hieß es, dass die Flughäfen München und Frankfurt ihren Betrieb für die nächsten Stunden komplett eingestellt haben.

Seit dem ersten Anruf hat ihr Handy noch zweimal geklingelt. Anrufer unbekannt. Beide Male reagierte niemand am anderen Ende. Ksenia ist froh, dieses Detail für sich behalten zu haben. Sie will niemanden mehr als nötig beunruhigen. Leo ist ohnehin hackedicht und durch den Wind. Dagegen hält Karina sich erstaunlich tapfer, und Artur erweist sich als geradliniger Denker, einer, der die relevanten Informationen im Netz rasch findet. Aber das Netz ist nur das Netz, denkt Ksenia. Das allein wird uns nicht helfen. Warum zum Beispiel ist Heddy nach so vielen Jahren bereit, das Geld, das sie für ihre Tochter gespart hat, zu verjubeln? Ist diese Anabel ihre große Liebe? Es gibt solche Menschen, denkt Ksenia, die durchknallen, wenn sie emotional entsprechend gepackt werden. Ein Gefühlsausbruch wie eine Supernova. Momente des Glücks, die man nicht mehr erwartet hat. Machtvolle Trigger, die das ganze Leben aus seiner Verankerung reißen, von einer Minute auf die andere. Umso mehr, je unzufriedener ein Mensch zuvor war. Und Heddy, da ist Ksenia sicher, war unzufrieden. Karinas Darstellung des Urlaubs damals im Sommer spricht Bände. Außerdem ist Peter nicht der Typ Mann, mit dem Heddy noch eine Überraschung erleben könnte. Jedenfalls keine positive. Und dann seine Knausrigkeit … Zu dumm, dass Leo, wegen des Schocks oder weil er zu viel Rotwein intus hatte, keine Hilfe war beim großen Rätselraten, wo Anabel und Heddy sein könnten. Ob Karina recht hat? Sind sie weggeflogen, einfach in einen Flieger und auf und davon, Florida, Kalifornien, Algarve?

Algarve … Ksenia zerbricht sich den Kopf, wohin es Heddy ziehen würde. Seltsam, sie als Reisekauffrau hat mit ihrer Freundin kaum über Traumziele gesprochen. Womöglich, weil das Reisen sie seit einigen Jahren nicht mehr besonders interessiert. Liegt es daran, dass ihre kleine Agentur in der Krise feststeckt? Oder kommt ihr Geschäft nicht voran, weil es sie langweilt, Menschen Destinationen zu verkaufen, von denen sie von vornherein weiß, dass sich dort die Sehnsüchte ihrer Kunden sowieso nicht erfüllen? Eine Reise ist immer ein Versprechen, und selten hält es, was es verheißt.

Eine Sturmbö bringt das Blockhaus zum Erzittern. Sie können hier nicht weg. Nicht heute Nacht, und wahrscheinlich auch morgen noch nicht. Sie wird ihr Auto freischaufeln müssen, braucht womöglich sogar jemanden, der sie mit dem Traktor aus der Schneewehe rauszieht. Stöhnend wälzt sie sich auf die andere Seite. Wer hat sie in Michas Büro gesehen? Und was will dieser Mensch? Weshalb braucht er Lorena, um seine Pläne umzusetzen, wenn er doch etwas gegen sie, Ksenia, in der Hand hat?

Im Kamin knackt ein Scheit. Sie fährt kurz hoch, legt sich aber schnell wieder hin. Das muss der Punkt sein. Der Mann hat nichts gegen sie in der Hand. Gar nichts. Mag sein, dass er sie gesehen hat, aber er kann es nicht beweisen. Deshalb kam ihm Lorena gerade recht. Sie war zur falschen Zeit am falschen Ort. Er hat sie gesehen und ist ihr gefolgt, ahnend, dass sie ihm nützlich sein wird.

Er kann nur Geld wollen, denkt Ksenia. Ein irrer Handel kommt ihr in den Sinn: Sie jagt Heddy das Geld ab, um damit Lorena freizukaufen.

Während der Schlaf herankriecht, hört sie ein leises Piepen. Ihr Handy meldet niedrigen Akkustand. Sie zwingt sich, aufzustehen und das Ladekabel aus dem Rucksack zu kramen. In der Küchenzeile stöpselt sie das Handy in eine freie Steckdose ein und wankt zurück zum Sofa. Als wieder ein Holzscheit knackt, ist Ksenia eingeschlafen.

## 34.

30.12.

Ksenia schreckt hoch. Sie hat wirr geträumt, ausgerechnet Karinas Unkenrufe von den Unruhenächten haben sie gejagt. Funkenflug? Sie blickt zum Kamin. Nur noch ein wenig Glut ist übrig. Karina liegt auf dem Teppich, zusammengerollt wie ein Igel, und schläft. Leise steht Ksenia auf.

Sie legt Holz nach und beobachtet, wie erste kleine Flammen an den Scheiten züngeln, bevor sie sich mit einem Mal gierig über ihre Beute hermachen.

Artur schnarcht, Matilda auf dem Bauch. Die Katze jedoch ist hellwach, Ksenia sieht es an ihren grünen Augen, die ihr aufmerksam nachsehen, als sie zur Küchenzeile geht und ihr Handy abkoppelt.

Sie hat eine Mail von Anita bekommen.

*Hallo Frau Karolek,*
*wenn Sie mich nach der* Pulvermühle *fragen, muss ich Ihnen sagen, dass dieses legendäre Literatentreffen vor meiner Geburt stattfand. Meine Mutter könnte Ihnen sicher sehr viel besser Auskunft geben, falls Sie sich mit ihr treffen wollen, sie leitet das Hotel* Im Wiesenttal *ganz in der Nähe. Ich selbst bin im Juli 1968 geboren. Insofern scheint es wohl eine Verbindung zu geben.*
*Ihre Anita Bach*

Unter dem Namen sind eine Festnetz- und eine Mobilnummer angegeben. Ksenia checkt die Uhrzeit. Kurz nach 1 Uhr. Kurz nach Mitternacht in Portugal. Sie steht auf, schleicht ins Bad. Dort wählt sie die Mobilnummer.

»Hallo?«, antwortet eine rauchige Stimme.

»Anita Bach? Hier ist Ksenia Karolek.«

»Ach. Ich dachte mir schon, dass Sie anrufen werden. Seltsame Anfrage, das muss ich sagen. Wer interessiert sich denn heute noch für die *Pulvermühle*?«

Ksenia fasst kurz zusammen, um was es ihr geht. Sie schildert die Suche nach Heddy, ihre Zweifel an der Tatsache, dass Veronika Bach Peter zu Pältschik begleitet hat und dabei ihre Identität für sich behielt. »Haben Sie eine Erklärung dafür?«

»Nein. Oder doch. Also, zunächst, ich habe das Hotel vor mehr als drei Jahren verlassen. Unüberbrückbare Differenzen zwischen meiner Mutter und mir.«

»Welcher Art?«

»Bis heute kenne ich meinen Vater nicht.«

»Jemand aus der *Pulvermühle*.« Ksenia lehnt sich gegen die Wand.

»Meine Mutter war 17. Beeinflussbar, wild, neugierig auf die Welt. Das hat mir meine Oma erzählt. Sie wollte endlich raus aus dem dörflichen Leben. Dann hatte sie mich im Bauch und musste bei ihren Eltern bleiben, bis ich auf der Welt war. Anschließend machte sie eine Hotelfachausbildung. Meine Oma zog mich groß.« Ksenia hört ein Feuerzeug klicken. »Natürlich bekniete ich meine Mutter immer wieder. Ich machte mir Hoffnungen, ein berühmter Schriftsteller könnte mein Vater sein. Doch sie winkte nur ab. ›Glaubst du, diese hohen Herren hätten sich mit einer Kellnerin vom Land abgegeben?‹, war eine ihrer typischen Rückfragen. Sie will mir bis heute nicht die Wahrheit sagen.«

»Warum nicht?«

»Ich habe keinen Schimmer.« Anita pustet Rauch ins Telefon. »Es gibt nur einen logischen Grund: Sie weiß es selbst nicht.«

»Wie kam Ihre Mutter dazu, Chefin des Hotels *Im Wiesenttal* zu werden?«

»Der frühere Eigentümer wollte aufgeben. Das war in den späten 80ern. Mit dem Fremdenverkehr war es so eine Sache. In der abgelegenen Fränkischen Schweiz wollten eben nicht viele Urlaub machen. Alle suchten nach der

Ferne und fanden sie am Mittelmeer, in Mexiko, Kenia, auf den Andamanen.«

»Sie hat das Hotel zu einer Oase umgebaut. Ich war dort. Es brummt.«

»Natürlich. Sie ist eine tüchtige Frau, extrem gut in ihrem Job. Außerdem haben sich die Zeiten geändert. Urlaub im eigenen Land ist wieder schick.«

»Warum sind Sie ausgestiegen?«

»Wie gesagt, unüberbrückbare Differenzen.«

»Können Sie sich zusammenreimen, warum Ihre Mutter Peter Volkmann bei seinen Recherchen half?«

Stille in der Leitung. Nur den Wind kann Ksenia hören, der ums Haus fegt, jaulend wie ein verletzter Hund. Endlich antwortet Anita:

»Sie musste mich auszahlen, als ich ging. Die Hälfte des Hotels gehörte mir. Das hat ein ziemliches Loch in ihre Finanzen gerissen.«

»Heißt?«

»Ich weiß nicht. Womöglich ist sie auf der Suche nach meinem Vater oder hat ihn längst gefunden und versucht, ihm Geld aus der Tasche zu ziehen.« Anita seufzt. »Entschuldigen Sie. Ich weiß gar nicht, warum ich Ihnen das alles erzähle. Aber Sie scheinen genauso verzweifelt wie ich zu sein.«

Ksenia lässt sich an der Wand nach unten rutschen und hockt sich auf den Boden. In ihrem Kopf ziehen sich Schmerzen zusammen. Sie sehnt sich nach einer Zigarette. Dummerweise hat sie die Schachteln im Auto vergessen.

»Haben Sie nie nach Ihrem Vater gesucht?«

»Natürlich habe ich das. Ich hatte sogar ein Register angelegt mit allen Männern, die 1967 im Oktober in der *Pulvermühle* waren. Soweit ich das rausfinden konnte.

Leute aus Waischenfeld. Aus der weiteren Umgebung. Und die ganz großen. Die Zwölfender der Literatur.«

»Ist der Name Lothar Pältschik drauf?«

»Ich weiß nicht mehr. Irgendwann habe ich mit der Sache abgeschlossen.«

»Danke, dass Sie so offen waren. Vielleicht fällt Ihnen ja noch was ein. Rufen Sie mich an.«

»Adéus.« Anita legt auf.

Ksenia lässt das Telefon auf den Badvorleger fallen und stützt ihren Kopf in die Hände. Die Schmerzen werden sekündlich heftiger. Magie und Geister. Menschen, die den Teufel betrügen. Unruhenächte …

Was soll sie von Anitas Geschichte halten? Hilft ihr das etwas? Kann Veronika Bach in Geldproblemen stecken und deshalb … was tun? Ksenia kämpft sich auf die Füße. Sie dreht den Wasserhahn auf und lässt eiskaltes Wasser über ihre Unterarme rinnen. Die Kopfschmerzen lassen etwas nach. Sie sieht auf die Uhr. Halb zwei. Der 30.12. Das Jahr lässt ihr nur noch etwas mehr als 24 Stunden. Bis morgen hat Heddy ursprünglich den Mietwagen übernommen. Ksenia dreht das Wasser ab. Hebt ihr Handy auf und wählt Heddys Nummer. Beinahe sofort wird abgehoben.

»Ja?«, haucht eine Stimme.

»Heddy? Bist du das?« Ksenia muss an sich halten, um nicht loszuschreien. »Wo bist du abgeblieben?«

»Ksenia?«

»Wir sind halb tot vor lauter Sorge um dich!«

»Ich … kann nicht sprechen.« Im Hintergrund ertönt ein Krachen, als würde eine Tür zugeschlagen.

»Sag mir, wo du steckst!«

Die Verbindung bricht ab.

Das nächste Geräusch, das Ksenia hört, ist ein Rumpeln draußen am Blockhaus. Die Wände erzittern. Es ist keine Windbö, so viel ist Ksenia klar. Sie löscht das Licht, verlässt das Bad. Im Wohnzimmer schlafen Karina und Artur noch friedlich. Nur Matilda sitzt an der Tür und schaut zu Ksenia herüber.

Tiere, die sprechen … Natürlich hat Ksenia irgendwann diese Legenden aufgeschnappt. Sie weiß theoretisch, dass es in vielen europäischen Kulturen die Vorstellung gibt, dass die Tiere in den *Rauhnächten* über die Menschen reden und manchmal sogar deren Zukunft orakeln. Nie hat sie in den Geschichten etwas anderes gesehen als Märchen. Aber jetzt, als sie Matilda anschaut, die wiederum Ksenia fixiert, starr und durchdringend, wünscht sie sich, die Katze könnte ihr ihre Gedanken mitteilen.

Ein neuerliches Krachen draußen – dann flammt Licht auf. Grelles Licht, das direkt durch das Fenster ins Wohnzimmer scheint. Kurz darauf bullert jemand an die Haustür. Matilda flitzt auf ihren drei gesunden Beinen in eine Ecke. Ksenia steht wie versteinert da. Bis sie Lorenas Stimme hört.

»Ksenia? Wenn du hier irgendwo bist …« Die Stimme bricht ab. In diesem Moment tappt Leo aus dem Schlafzimmer. Sein Blick unstet, die Augen blutunterlaufen.

»Was ist denn los? Warum machen Sie so einen Lärm?«

In Jeans und dem verknitterten Pullover sieht er nicht aus, als hätte er einen erholsamen Schlaf gehabt.

»Aufmachen!«, brüllt jemand.

Die Stimme kennt Ksenia. Der Mann, der Lorena in seiner Gewalt hat. Und mit einem Mal weiß sie auch, wo sie sie schon einmal gehört hat. In *Rolands Pub*, als sie mit Micha am Tresen saß. Da war dieser Glatzkopf, der neben ihnen an die Theke drängte und Schnaps bestellte.

»Aufmachen!« Etwas Schweres donnert gegen die Tür. Karina fährt hoch. Auch Artur hebt den Kopf.

»Ksenia!«, kreischt Lorena draußen. »Hilfe!«

Ksenia stürzt zur Tür.

## 35.

Lorena stolpert ins Zimmer. Sie trägt einen Anorak, einen Schal um den Hals. Ihr schwarzes Haar steht ihr wild um den Kopf.

Ksenia fängt sie auf, bevor sie zu Boden stürzen kann. »Bist du okay, Lorena?«

»Klappe halten!« Hinter Lorena materialisiert sich ein Mann in einem Parka. Er reißt sich die Mütze vom Kopf.

»Sie.« Ksenia hält Lorena weiter fest, die sich an sie klammert wie ein Äffchen. »Ich dachte mir doch, die Stimme kenne ich.«

Der Typ feixt. In der rechten Hand hält er eine Pistole. »Gutes Gedächtnis, Lady. Also, herhören: Ich will die Kohle. Und zwar sofort.«

»Welche Kohle?«

»Stell dich nicht dumm. Ich habe alles mitgehört. War ja nicht schwer. Der Typ hat dich angebaggert.«

»Micha.«

»Wenn er so heißt, dann eben Micha.«

Ksenia schiebt Lorena von sich und übergibt sie an Artur, der sie behutsam zu einem Sofa führt. Dort fängt Matilda zu maunzen an. Mit einem Aufschrei streckt Lorena die Arme nach der Katze aus.

»Micha«, bestätigt Ksenia. Wenn der Glatzkopf Michas Namen nicht kennt, kann er dann im Bürohaus gewesen sein? Hat er sie, Ksenia, dort gesehen? Was hat er beobachtet?

»Ihr habt eure Pläne in *Rolands Pub* ja nicht gerade leise besprochen. Habt euch sicher gefühlt. Der Typ hat dich angeschmachtet, da sind die Wörter wie von selbst aus deinem Mund gekommen, was?« Er grinst ein schmutziges Grinsen.

Leo holt tief Atem. »Wer, zum Teufel, sind Sie überhaupt?«

»Ich bin der Weihnachtsmann!«, schnauzt der Glatzkopf ihn an. »Also. Her mit dem Geld.«

»Wir haben das Geld nicht gefunden«, sagt Ksenia, erstaunt, wie ruhig sie sprechen kann.

»Was? Das war ein todsicherer Plan, wenn ich mich recht erinnere.«

»Der Tresor war leer«, erwidert Artur. Er stellt sich hinter Ksenia.

»Ist das dein Freund? Weiß er, dass du mit anderen bumst?«

»Da war kein Geld.« Ksenia hebt bedauernd die Hände.

»Und warum seid ihr hier?«

»Wir besuchen Leo.«

»Wer ist das?«

»Mein Schwager«, improvisiert Ksenia.

Der Glatzkopf kommt nah an sie heran. So nah, dass sie das Pfefferminzbonbon riechen kann, dass er vor Kurzem gelutscht haben muss. »Ich lass mich nicht verarschen. Wo ist das Geld?«

»Geiselnahme, Entführung, meine Güte, da kommt etwas zusammen«, sagt Leo nun und setzt sich neben Lorena auf das Sofa. Plötzlich scheint er nüchtern zu sein. Jedenfalls einigermaßen. »Hausfriedensbruch, Bedrohung mit einer tödlichen Waffe …«

Der Glatzkopf schwenkt die Pistole. Lorena schreit leise auf.

»Halt die Klappe, ja?«

»Einen zweiten Mord werden Sie sich nicht zumuten wollen«, sagt nun Artur.

»Einen Mord?« Die Stimme des Glatzkopfs kippt.

»Michas Leiche wurde im Bürohaus gefunden. So, wie Sie hier auftreten, habe ich den Eindruck, Sie haben es vorher bei Micha probiert und sind abgeblitzt.«

»Was ist das denn für ein Scheiß. Ich bin der Nutte hier nachgefahren. Sie musste diesen Tölpel ja unbedingt mit zu sich nach Hause nehmen. Ich habe das Haus im Auge behalten.« Der Typ starrt Ksenia an. »Du hättest nicht mal was merken müssen. Keine Gefahr für dich. Ich hätte die Knete genommen und wäre abgedampft. Das Ganze hat ewig gedauert, also musste ich mal einen Gang höher schalten.«

»Das war dann wohl der Brief an meiner Garage«, stellt Ksenia nüchtern fest.

»Ihr könnt mich doch alle mal. Ich dreh euch auf links, ihr Spacken!«

Ratlos sieht Ksenia zu Artur, der fixiert Leo.

»Wir haben das Geld nicht«, sagt Ksenia. »Hauen Sie ab. Wir kommen hier heute Nacht ohnehin nicht weg. Das ist Ihre Chance, aus der Nummer wieder rauszukommen.«

»Nein, das hast du dir so gedacht, Lady, aber da spiele ich nicht mit.« Er drückt den Lauf der Pistole gegen Ksenias Brust. »Ihr seid doch immer noch hinter dem Geld her. Habe ich recht?«

»Könnten Sie mir mal sagen, von welchem Geld eigentlich die Rede ist?«, schaltet Leo sich ein. Anscheinend hat er eine Weile gebraucht, um die Informationen zusammenzusetzen. »Und hat das was mit Anabel zu tun?«

»Wer ist Anabel?« Der Glatzkopf fährt herum. Schweiß rinnt ihm an den Schläfen herunter.

»Meine Frau«, murmelt Leo matt.

»Deine Alte hat das Geld?«

Ksenia spürt einen irren Lachreiz in sich hochsteigen.

»Und wo ist deine Alte?«

Leo starrt den Glatzkopf an. »Wenn ich das wüsste, wäre ich ein glücklicher Mensch. Sie hat mich verlassen.«

»Ich sorge dafür, dass du wieder mit ihr vereint wirst. Los, alle mitkommen.«

»Nein!«, schreit Lorena. »Keine zehn Pferde bringen mich wieder in diesen Schnee raus. Keine.«

»Halt doch einfach deine Klappe.«

»Jetzt warten Sie doch mal, Herr ... wie war doch gleich Ihr Name?«, sagt Leo ungeduldig. »Müller? Meier? Schmidt?«

»Mein Name geht dich nichts an.« Der Glatzkopf zeigt nun mit der Pistole auf Leo. »Also, wo ist deine Alte?«

»Ich weiß es nicht.«

»Du bist ein Jammerlappen. Streng dein Gehirn an. Irgendwo wird sie ja sein.«

»Sie kann überall sein«, klagt Leo. »Mit dem Flugzeug weg …«

»Und dem Geld?« Der Glatzkopf wird blass. Fahrig zerrt er an seinem Schal, wischt den Schweiß von seinem Gesicht.

Er muss etwas eingenommen haben, denkt Ksenia. Um die lange Fahrt durchzuhalten. Um wach zu bleiben.

»Das befürchte ich.«

Der Glatzkopf lässt die Waffe sinken. Ksenia spürt so etwas wie Hoffnung aufkeimen. Womöglich sieht er ein, dass sein Überfall gänzlich nutzlos ist, und verschwindet in der Nacht?

Artur meldet sich zu Wort. »Passen Sie mal auf, Mister Billardkugel. Wie wäre es mit einem Deal? Wir schmeißen zusammen. Wenn wir das Geld finden, teilen wir gerecht auf.«

»Du hast ja einen Dachschaden!« Dennoch scheint der Glatzkopf seine Chancen zu berechnen. »Okay. Du da.« Er deutet auf Leo. »Nenn mir drei Orte, wo wir sie finden können.«

Leo öffnet und schließt den Mund wie ein Karpfen. Ksenia rasen 1.000 Gedanken durch den Kopf. Der Glatzkopf hat Heddy nicht auf dem Schirm. Trotz der Aufputschmittel wird er irgendwann zusammenbrechen, und bis dahin kann er ihnen sogar nützlich sein.

»Wie haben Sie uns eigentlich gefunden?«, unterbricht sie.

Der Glatzkopf fährt herum. »Du stellst Fragen. Du hast doch ein Handy, oder?«

»Er hat eine App, mit der er andere Telefone orten kann«, sagt Lorena.

»Halt dein scheiß Maul.«

»Moment.« Artur macht ein paar Schritte, positioniert sich zwischen dem Angreifer und Lorena. »Warten Sie. Dann können Sie damit Anabels Handy orten?«

Auf dem schweißüberströmten Gesicht des Typs leuchtet so etwas wie eine Erkenntnis auf. »Gib mir die Nummer von deiner Alten«, raunzt er Leo an.

Ksenia nickt ihm rasch zu. Die Idee ist gar nicht so schlecht. Der Typ hat eine Pistole, aber sie sind genug Leute, um ihn zu überwältigen, sobald er schlappmacht. An ihrem Finger steckt noch der Schlagring. Harmlos im Vergleich mit einer Schusswaffe, aber besser als nichts.

Leo diktiert die Nummer.

Ksenia beißt sich auf die Lippen. Warum ist Heddy vorhin ans Telefon gegangen? Und warum konnte sie nicht sprechen? Wäre es nicht sinnvoller, Heddys Handy zu orten? Die Ereignisse rauschen mit einer derartigen Geschwindigkeit über sie hinweg, dass sie nicht dazu kommt, Ordnung in alles zu bringen. Zudem ist sie müde, so groggy, dass sie nicht einmal viel Angst empfinden kann. Doch etwas anderes fällt ihr jetzt auf. Karina ist nicht mehr da. Auch nicht ihre Schuhe und die Jacke, die sie neben den Kamin gelegt hat.

Anscheinend hat Karina es geschafft, das Tohuwabohu zu nutzen, um zu verduften.

# 36.

Sie hocken im Geländewagen des Glatzkopfs. Hinten Ksenia in der Mitte, rechts und links Leo und Lorena. Vorne neben dem Glatzkopf Artur. Die gute Nachricht ist die, dass Anabels Handy tatsächlich eingeschaltet ist und von der App in einem Ort namens Igensdorf geortet wurde. Ksenia lugt über Arturs Schulter, der das Handy des Glatzkopfs gut sichtbar in der Hand hält, während dieser den Motor anlässt und den verschneiten Weg zurück zur Straße hinuntersteuert. Der Wagen ist absolut wintertauglich, schlingert nicht und bricht nicht aus. Der Schnee knarrt unter den schweren Reifen. Am Rückspiegel baumelt ein metallenes Schild, auf dem etwas eingeprägt ist. Ein Name vielleicht. Ksenia spürt, wie Lorena sich an sie lehnt.

»Werden wir sie finden?«, flüstert Lorena.

»Ich denke schon.« Ksenia sehnt sich danach, dass dieser Trip vorbei ist. Der Glatzkopf mutiert in ihrem Kopf zu einem Verbündeten. Wenngleich sie die gleiche schreckliche Vermutung hegt wie Artur zuvor. Der Mann hat es bereits bei Micha versucht. Aber da der das Geld nicht hatte … »Du wirst sehen, Lorena, wir kriegen das hin.« Sie strengt ihre Augen an. Liest vier Buchstaben auf dem baumelnden Schild. R-I-C-K. Rick.

»Du lässt ihm doch das Geld? Er hat eine Pistole, Ksenia, vergiss nicht.«

»Haltet die Klappe!«, raunzt der Mann von vorn.

Ksenia zuckt nur die Achseln, drückt Lorenas Hand.

Mit der anderen tastet sie ihre Anoraktaschen ab. Aber da ist nichts drin. Kein Autoschlüssel.

Hat Karina vielleicht ...

Karina hat den Absprung geschafft. Rick kam gar nicht auf die Idee, das Blockhaus zu durchsuchen. Clevere Karina, hätte Ksenia ihr nicht zugetraut, blitzschnell und unbemerkt zu fliehen. Die Frage ist nur, wo sie steckt. Hoffentlich hat sie sich im Haus verkrochen und sitzt jetzt nicht in der Kälte draußen. Ksenia tastet nach ihrem Handy, bis ihr wieder einfällt, dass Rick alle Mobiltelefone einkassiert hat. Sie liegen im Handschuhfach. Nicht dranzukommen, nicht während der Fahrt. Nur Artur hat das vom Glatzkopf in der Faust.

Auf dem Display des Navigationsgeräts sieht sie, dass sie nach Süden fahren. Rechts und links der Straße ist nur Wald zu sehen, an den Baumstämmen sind Katzenaugen befestigt, wahrscheinlich, um Wild vom Überqueren der Straße abzuhalten. Vor Kurzem muss ein Schneepflug geräumt haben, an den Straßenrändern türmt sich Schnee. Die Begrenzungspfähle haben von Messlatten Verstärkung bekommen. Nur noch die oberste Spitze schaut heraus. Ab und zu kommen sie durch ein Dorf. Weihnachtsbäume, bunt funkelnde Dekorationen in den dunklen Fenstern, Heimeligkeit. Der Eindruck, in einem Paralleluniversum gelandet zu sein, drängt sich Ksenia auf. In diesem Geländewagen unter Ricks Regiment befinden sie sich nicht mehr in der Glitzerweihnachtswelt der beleuchteten Rentiere, Sterne und Christbäume. Und dennoch verstärkt sich ihre Hoffnung mit jedem Kilometer, den sie zurücklegen. Sie kommen voran. Sie werden Anabel finden, und die wird sie zu Heddy führen.

Heddy. Die tagelang nicht reagiert und sich beim ersten Anruf, der sie erreicht, sofort aus der Affäre zieht. Ksenia gibt ehrlich zu, dass sie nicht damit gerechnet hat, Heddy könnte etwas zugestoßen sein. Sie ging die ganze Zeit davon aus, dass sie freiwillig abgetaucht ist. Trotz ihres sonst üblichen Pflichtbewusstseins. Wer will das nicht: einfach mal raus? Ohne sich lange zu erklären? Für ein paar Tage ein anderes Leben ausprobieren? Weg aus dem Familienidyll?

Es passt nicht, denkt Ksenia sofort. Es passt nicht. Heddy ist eine Gluckenmutter, und ganz bestimmt will sie trotz aller Sehnsüchte Peter nicht allein im Krankenhaus schmachten lassen. Dennoch hat sie einen Wagen gemietet, um Anabel zu besuchen.

»Ich verstehe das nicht«, murmelt Ksenia in Leos Richtung. »Hat diese Affäre zwischen Anabel und Heddy wirklich vor zwei Jahren begonnen? Haben sich die beiden oft getroffen?«

»Ich weiß nicht.« Leos Stimme klingt schläfrig. Trotz des nächtlichen Schocks wird sein Organismus noch vom Alkohol beherrscht. »Ich weiß wirklich nicht. Allerdings war sie schon immer ein unabhängiger Geist.«

»Was meinen Sie damit?« Ksenia sieht, wie Rick sie im Rückspiegel mustert, doch er unterbindet das Gespräch nicht.

»Na, ich pendle zwar täglich nach München, komme also abends nach Hause, aber alle drei, vier Wochen fahre ich für ein paar Tage auf eine Konferenz oder zu einem Meeting, übernachte also woanders. Dann bin ich außen vor, kriege nicht mit, was zu Hause los ist.«

»Mag sein, dass sich auch Heddy ihre Freiräume geschaffen hat«, sagt Ksenia nachdenklich.

Aus der Gegenrichtung kommt ihnen ein Fahrzeug entgegen. Rick tritt sogar noch aufs Gas, dass der Schnee spritzt.

»Passen Sie auf!«, schreit Lorena.

Die Scheinwerfer des anderen Autos leuchten grell zu ihnen herein. Ksenia sieht Ricks irren Blick, seine um das Steuer gekrallten Hände. Den Schweiß auf seinem Kopf. Der entgegenkommende Fahrer hupt, doch Rick rast weiter, hält ein Stück auf die Gegenfahrbahn zu.

»Um Himmels willen!«, entfährt es Artur.

Lorenas Hand klammert sich um Ksenias. »Er wird uns umbringen!«

»Haltet doch die Klappe, verflucht!«, brüllt Rick.

Der andere Fahrer verreißt das Steuer und wird kurz vor dem Zusammenprall nach rechts auf ein Feld geschleudert. Ksenia dreht sich um. Der Wagen liegt auf dem Dach, die Scheinwerfer leuchten in ihre Richtung.

»Halten Sie an, Rick!«, schreit sie.

»Fuck!«, blafft Rick. »Seid endlich ruhig, ihr Idioten!« Mit einer Faust hämmert er auf das Lenkrad ein, während seine andere Hand weiter lenkt, als ließe sie sich von seinen überkochenden Emotionen nicht beeinflussen. Artur hat das Handy fallen lassen und bückt sich jetzt, um es im Fußraum wiederzufinden.

Lorena beginnt leise zu weinen. »Wo ist Matilda?«, wispert sie zwischen Schluchzern.

»Im Blockhaus. Artur hat ihr Wasser und Futter hingestellt. Sie kommt durch!«, beruhigt Ksenia.

# 37.

An der Steigung gerät selbst Ricks Geländewagen ins Rutschen. Lorena unterdrückt einen Aufschrei. Die Straße führt so steil bergab, dass sie alle in ihre Gurte gedrückt werden. Ksenia spürt, wie Lorenas Hand sich in ihren Oberschenkel krallt. Links scheint der Hang tief unter ihnen in Schwärze zu versinken.

»Wo sind wir hier?«, stöhnt Leo.

»Weißenohe«, antwortet Artur brav. »Anabels Handy ist stabil an einem Ort geblieben.«

»Niemand, der bei Verstand ist, verlässt in so einer Nacht sein Haus.« Leo ist wacher und nüchterner geworden durch die Fahrt.

Ksenia kommt es vor, als seien sie schon Stunden durch die Dunkelheit gefahren, doch es kann höchstens eine gute halbe Stunde gewesen sein. Sie steuern durch einen Ort, in dem selbst die Straßenbeleuchtungen ausgeschaltet sind. Nur der Christbaum in der Ortsmitte leuchtet hell. Rechts und links der Straße türmt sich der Schnee. Die Flocken rieseln vom Himmel, und auf dem Thermometer am Armaturenbrett kann Ksenia die Temperatur ablesen. Minus zehn Grad.

Wo steckt Karina? Hoffentlich hat sie das Haus nicht verlassen! Mürrisch stellt Ksenia fest, dass sie sich um die junge Frau Sorgen macht. Karinas Stimme hallt noch in ihrem Ohr: »Du lässt zu, dass deine Freundin von einem üblen Kerl in die Zange genommen wird, und unternimmst nichts?« Sie hat ja recht, bloß hat Ksenia keine andere

Chance gesehen, als einfach mit der Suche nach Heddy weiterzumachen.

Nun sitzt Lorena neben ihr, der üble Kerl ist mit von der Partie, einer mit einer Waffe, die er, wenn Ksenia sich nicht täuscht, zwischen seine Schenkel gesteckt hat. Im Moment wirkt Rick nicht sehr gefährlich, er braucht sein ganzes Potenzial, um sich auf die Straße zu konzentrieren. Irgendwann wird ihn die Erschöpfung umhauen. Es kommt nur darauf an, diesen Moment klug zu nutzen. Sie würde gern mit Artur einen Schlachtplan entwerfen, doch in Ricks Hörweite darüber zu sprechen, ist natürlich utopisch. Das Gespräch mit Anita geht ihr durch den Kopf. Anita schilderte, dass ihre Mutter sie auszahlte, als sie nach Portugal ging. Bedeutet das, dass Veronika Bach in Geldschwierigkeiten steckt? Wie vielen Menschen steht eigentlich noch das Wasser bis zum Hals?, fragt sich Ksenia.

Mittlerweile haben sie das Dorf verlassen und rollen wieder über die Landstraße. Niemand kommt ihnen entgegen.

»Da vorn ist es«, sagt Artur schließlich.

Ein neuer Ort kommt in Sicht. Verblüffenderweise führt sie die App zu einem Gebäude am Rand des Dorfes. Dort blinkt Anabels Handysignal.

Rick hält an, dreht den Zündschlüssel. Das Motorengeräusch erstirbt. Schlagartig ist es so still, dass Ksenia den Atem anhält. Behutsam legt sie eine Hand auf Lorenas, die sich immer noch an ihrem Bein festhält.

»Also. Ich gehe da jetzt rein«, verkündet Rick.

»Um was zu tun?« Ksenia ist sofort alarmiert.

»Lage sondieren.«

»Sie wissen doch gar nicht, in welcher Wohnung Anabel sich aufhält!«

Rick dreht sich um, deutet mit dem Kinn auf Leo. »In welcher Wohnung ist deine Alte?«

»Ich habe keinen Schimmer.«

»Verkauf mich nicht für blöd!« Plötzlich taucht die Mündung der Pistole neben Ricks kahlem Kopf auf.

»Es tut mir leid, wirklich«, winselt Leo, »aber ich kenne dieses Haus überhaupt nicht. Ich war auch noch nie in diesem Dorf, keine Ahnung, was Anabel hier tut und bei wem sie sich aufhält.«

»Du da!« Die Mündung der Waffe zeigt jetzt auf Lorena. »Steig aus und lies die Namen von den Schildern ab. Dann kommst du zurück, ansonsten glaubt deine Freundin dran, klar?«

Zitternd kriecht Lorena aus dem Wagen. Kaum öffnet sie die Tür, schießt die Kälte herein. Ksenia sieht Lorena aufmerksam hinterher. Sie stapft durch den Schnee auf das Haus zu. Drei Parteien, nimmt Ksenia an, leben hier. Um das Haus zieht sich ein von einer Hecke gesäumter Garten, das Grundstück daneben ist nicht bebaut, und im Hintergrund zeichnen sich die Umrisse einer Werkshalle mit einer Verladerampe ab, spärlich beleuchtet durch ein paar Lampen, die dunkelgelbes Licht in die Nacht streuen.

Lorena kommt schon zurück.

»Unten ist eine Zahnarztpraxis«, keucht sie, während sie ihren alten Platz einnimmt und die Tür zuschlägt. »Doktor Wernsdorf. Erster Stock: Lamprecht. Ganz oben: Siebler.«

»Also, du!« Rick, der Lorenas Weg mit Argusaugen beobachtet hat, deutet wieder auf Leo. »Wo ist deine Alte?«

Leo heult fast. »Ich kenne keinen der Namen, das müssen Sie mir glauben!«

»Ich muss überhaupt nichts, du Honk!«

»Wenn ich es doch nicht weiß, wo sie steckt.«

»Langsam!«, geht Ksenia dazwischen. »Die Zahnarztpraxis. Können wir die ausschließen? Wie heißt Anabels Zahnarzt, Leo?«

»Wir gehen in Erlangen zu einer Ärztin namens Pinelli.« Leo wirkt völlig niedergeschlagen. »Ich weiß wirklich nicht, wer die Leute sind.«

»Welche Freunde hat Anabel, wen kennt sie, der hier wohnen könnte?«

Leo reibt sein Gesicht. »Ich habe keinen Schimmer, echt nicht.«

»Rufen wir Anabel eben an«, schlägt Artur vor.

»Dann ist die Alte gewarnt, nein!« Rick wendet sich Artur zu. »Gib das Handy her.«

Artur reicht ihm das Telefon.

»In keiner der drei Etagen brennt Licht.« Ksenia sagt es zu sich selbst. »Es steht auch kein Auto hier.«

Rick scheint auf eine Idee zu kommen. Er lässt den Motor an und fährt im Schritttempo zu der Werkshalle, von wo sie die Rückseite des Hauses in Augenschein nehmen können. Tatsächlich ist in der Zahnarztpraxis ein Fenster erhellt.

Vielleicht hat jemand vergessen, die Lampe auszuschalten, denkt Ksenia, glaubt es aber nicht. Nun sieht sie auch eine Reihe Garagen. Alle verschlossen.

Leo neben ihr schluchzt jetzt.

Rick befiehlt: »Alle aussteigen.«

Sein Tonfall lässt keine Diskussion zu. Ksenia kneift die Augen gegen den Wind zusammen. Er treibt Schneeflocken vor sich her, die sich sofort in den Wimpern und im Haar verfangen. Rasch stülpt sie ihre Kapuze über den Kopf. Im Licht der gelben Hoflampen sieht sie sich um. Hier hat niemand geräumt, sie stehen bis zu den Waden in feinem

Pulverschnee. Ideales Wetter zum Langlaufen, denkt sie, und wie lange sie das schon nicht mehr gemacht hat. Bei ihnen im Norden schneit es einfach zu selten.

Rick verschließt den Wagen. Er hält die Pistole auf das Grüppchen gerichtet. Winkt Lorena zu sich, packt sie am Arm.

»Also. Ihr beobachtet die Rückseite. Ich gehe vorne rein. Wenn einer von euch es wagt abzuhauen, ist die Tussi reif.« Er zeigt auf Lorena. »Klar? Und wenn die Alte von dem hier«, er deutet auf Leo, »stiften geht, fangt ihr sie ein, sonst ... Ihr versteht mich.«

Alle nicken. Ksenia spürt ihr Herz hämmern.

Rick zerrt Lorena hinter sich her durch den Schnee. Sie stapfen um das Haus herum, sind wenige Sekunden später schon nicht mehr zu sehen.

»Wir müssen was unternehmen«, stöhnt Leo.

»Wir unternehmen nichts. Viel zu riskant, solange er Lorena in seiner Gewalt hat!«, bestimmt Artur. Er steht im Schnee, die Kapuze auf dem Kopf. Schon hat sich Schnee auf seinem Parka gesammelt. Er wirkt wie der Yeti, denkt Ksenia, kann ein Schmunzeln nicht unterdrücken. Oder eben so, wie ich mir den legendären Schneemenschen vorstelle.

»Was kann Anabel hier wollen? Die Namen haben mir wirklich überhaupt nichts gesagt!«

»Moment mal!« Ksenia hebt die Hand. »Das Licht ist ausgegangen.«

Tatsächlich liegt das Fenster, hinter dem eben noch eine Lampe brannte, nun im Dunkeln.

Artur blickt sie an, sie spürt seine Augen auf sich gerichtet, wenngleich sie wegsieht, als ahnte sie, was er sagen wird.

»Anabel ist da drin. Und wenn sie was gemerkt hat …«

Ksenia sieht, wie das Fenster geöffnet wird. Jemand klettert heraus, das Fenster schwingt im Wind.

»Anabel!«, brüllt Leo. Er setzt sich in Bewegung, ehe ihn jemand daran hindern kann.

## 38.

Ksenia läuft die Verladerampe entlang, so nah an der Mauer, dass das gelbe Licht der Hoflampe sie nicht erreicht. Sie versucht, Leo und Anabel den Weg abzuschneiden. Trotz seines desolaten Zustands hat Leo die Beine in die Hand genommen, das Überraschungsmoment für sich genutzt. Er und seine Frau sind um die Ecke der Werkshalle gerannt.

Irgendwo hört Ksenia Rick herumbrüllen. Dermaßen viel Lärm wird hier auffallen, bestimmt merkt er selbst bald, dass er in der ruhigen Dorfnacht die Pferde scheu macht. Artur ist irgendwo hinter ihr. Der Schnee hängt in ihren Wimpern, verunmöglicht weite Sicht. Wieder hat sie Lorena im Stich gelassen. Aber sie muss Leo und Anabel erwischen, bevor sie abtauchen. Rick allein kann eine so große Gruppe nicht unter Kontrolle halten. Hätte ihm selbst klar sein müssen.

Ksenias Atem steigt vor ihrem Gesicht auf. Es ist so kalt, dass sie meint, die Dampfwolke würde bereits gefrieren.

»Ksenia?«

Artur schließt japsend auf. Sie sind bis zur Ecke des Werksgebäudes gelaufen und wenden sich jetzt nach rechts, wo die Rampe nach etwa 20 Metern zu Ende ist.

»Sollen wir springen?«, fragt Ksenia.

»Los!«

Artur nimmt Anlauf und verschwindet im Schnee. Ksenia folgt. Im Dunkeln kann sie ihren Landeplatz nicht erkennen, sie spürt nur Schnee um sich herum, als sie auf den Knien aufkommt.

»Wo ist Leo? Haben Sie ihn gesehen?«

»Ich habe keine Ahnung, dachte, sie rennen um das Gebäude herum.«

Ein Motorengeräusch ertönt.

»Verdammt, das muss Rick sein!«

Das Brummen kommt rasch näher. Sie hören, wie der Geländewagen sich durch den Schnee in dem Hof pflügt.

»Hören Sie zu!«, sagt Ksenia schnell. »Wir können Rick nur auf unsere Seite ziehen, wenn wir ihm Leo und Anabel übergeben.«

»Auf unsere Seite ziehen? Die Frage ist doch, ob Anabel das Geld bei sich hat. Und wo Heddy ist.«

»Vielleicht war sie auch in der Praxis.«

»Das glaube ich nicht.«

»Warum nicht?«

Ksenia richtet sich auf. An der Querseite des Gebäudes gibt es keine Lichtquelle. Sie ahnen die Scheinwerfer von Ricks Wagen. Wegen der hohen Schneehaufen kommt er so leicht nicht um die Ecke. Das verschafft ihnen eine kurze Verschnaufpause.

»Es passt nicht. Wenn Sie eine Affäre haben, treffen Sie sich dann in einer Zahnarztpraxis? Das ist doch irre. Ich hätte auf ein schickes Landhotel getippt.«

»Warum verschanzt man sich überhaupt in einer Zahnarztpraxis?«

Das Motorengeräusch ebbt ab. Sie laufen nun an der Werkshalle entlang. Nach zehn Metern befindet sich eine Tür in der Mauer. Ksenia rüttelt daran.

»Irgendwas ist schiefgegangen mit den beiden«, sagt Artur. »Mist. Verschlossen.« Er zieht etwas aus seiner Tasche.

Das Brummen des Geländewagens kommt näher.

»Schnell! Wir müssen weg, Artur.«

»Hier rein!« Er packt Ksenia am Arm, zerrt sie hinter sich her. Sie stehen in einer Halle. Artur schlägt die Tür zu.

»Verdammt, wie haben Sie die Tür aufgekriegt?«

»Denken Sie mal nach, warum Micha mich für den Tresor engagiert hat.«

»Fuck. Micha. Die Polizei hat seine Leiche entdeckt.«

»Woher wissen Sie das?«

»Karina hat im Web recherchiert. Es stand in unserer Regionalzeitung.«

»Wir stecken ganz schön in der Scheiße, oder?«

»Schätze, schon.« Ksenia sieht sich um. In der Halle ist es stockfinster, nur von der Hofseite dringt ein Lichtschein herein, fängt sich an Maschinen und Werkbänken. Es riecht nach Lacken und Holz. Ein Geruch, den sie immer gemocht hat, schon als Kind.

»Das sind die *Rauhnächte*. Die *Wilde Jagd* hat uns am Kragen.«

»Glauben Sie das?«

»Eigentlich habe ich solche Storys immer belächelt.« Artur seufzt. »Allmählich habe ich allerdings das Gefühl, dass die ganze Sache nicht mehr mit rechten Dingen zugeht. Wir haben zu viel Pech! Dieses todbringende Heer zieht uns immer tiefer in einen Strudel aus schrecklichen Dingen. Erst Micha tot. Rick hat Lorena und uns unter seiner Knute. Und wir sind unserem Ziel keinen Deut näher.«

»Wir müssen Anabel und Leo finden. Wo sind die hingelaufen? Ich bilde mir ein, sie wären in dieselbe Richtung getürmt wie wir.«

»Still.«

Etwas knackt in der Halle.

»Ist da jemand?«, ruft Ksenia halblaut. »Leo? Anabel?«

»Über uns«, haucht Artur, zeigt an die Decke.

Sie tasten sich durch die dunkle Halle, orientieren sich an dem bisschen Licht, das aus dem Hof hereinscheint. Bleiben immer wieder stehen. Ksenias Hände berühren Metall. Sie fühlt einen Schalter unter ihren Händen. Drückt ihn. Die Maschine direkt vor ihr springt an. Ein Schaltpult leuchtet auf, und der Motor fängt an zu brummen, schnell steigert sich das Geräusch zu einem unerträglichen Lärm.

»Verflucht!« Artur stürzt heran. »Schalten Sie das ab!«

»Moment!« Ksenia orientiert sich jetzt leichter, weil das Licht des Schaltpults hell genug ist, um die Halle besser in Augenschein zu nehmen. An der Seite führt eine Treppe nach oben. Und dort oben hört sie eilige Schritte. Von mehr als zwei Füßen.

Schon ist Ksenia an der Treppe. Sie spürt Artur hinter sich. Alle Vorsicht fahren lassend, streckt sie den Kopf vor, als sie das nächste Stockwerk erreicht. Das Brummen der Maschine klingt nun gedämpft. Wieder eine Halle, an der

Längsseite befindet sich Fenster an Fenster, die gelben Hoflaternen werfen ausreichend Licht hinein, um zwei Menschen zu erkennen, die am hinteren Ende in ein Kontor laufen.

»Leo!«, ruft Ksenia. »Warten Sie! Wir haben Rick abgehängt. Ich bin es, Ksenia, mit Artur!«

Sie rennt los, hört eine Tür krachen, etwas Schweres wird über den Boden gezerrt.

»Leo!«

Sie erreicht die Tür zum Kontor. Durch das Glasfenster sieht sie einen Frauenkopf, der blitzschnell unter einem Schreibtisch verschwindet.

»Meine Güte, ist das albern!« Artur geht zur Tür, rüttelt, macht sich am Schloss zu schaffen, stemmt die Tür auf, dabei rutscht ein Möbelstück zur Seite.

Ksenia läuft hinter ihm in den Büroraum. Leo steht da, ein Stück Holz in der Hand, das er nun hebt, als wollte er ihnen die Schädel einschlagen.

»Rick ist nicht dabei.«

»Ihr habt mir nur Unglück gebracht«, jammert Leo. Theatralisch lässt er das Holz fallen.

»Was für ein Unsinn. Sie haben schon bis zum Hals in der Scheiße gesteckt, als wir bei Ihnen auftauchten«, grummelt Artur und nickt der schlanken Frau zu, die unter dem Schreibtisch hervorkriecht. »Hallo, Anabel. Wo ist Heddy?«

# 39.

Anabel sitzt mit übergeschlagenen Beinen auf dem Schreibtischstuhl und streckt ihre Hände vor.

»Sehen Sie das? Alles voller Blut. Dieser Irre, der hat überall Scherben hinterlassen ...«

Ksenia ignoriert die blutverschmierten Handflächen. Anabel wirkt ziemlich selbstsicher und keinesfalls so, als sei sie eben von einem Bewaffneten aus ihrem Unterschlupf vertrieben worden. Sie trägt schwarze Jeans, einen schwarzen Rollkragenpulli, darüber einen roten Mantel und ist dezent geschminkt. Das dunkle Haar ist zu einem kinnlangen Bob geschnitten. Sie hat die Ausstrahlung einer eiskalten Agentin in einem amerikanischen Spionagefilm.

»Wo ist Heddy?«, fragt Ksenia zum zweiten Mal.

»Wenn ich das wüsste.«

»Sie haben sich doch verabredet.«

»Sie ist nicht gekommen.«

Ksenia starrt Anabel in die Augen. Diese hält ihrem Blick mit einem Lächeln stand.

Unerwartet springt Leo in die Bresche.

»Das stimmt nicht. Sie hat dich abgeholt. Ich habe sie gesehen.«

»Unsinn. Das war Lena. Sie hat mich in die Praxis gebracht.« Anabel mustert ausgiebig ihre rechte Handfläche.

»Also haben Sie drei Nächte hintereinander in der Praxis campiert?« Artur verschränkt die Arme. Er lehnt an der Tür wie ein Bodyguard.

»Ich habe es zu Hause nicht mehr ausgehalten. Das ist die Wahrheit, und das weißt du, Leo.«

»Hören Sie mal, reden Sie doch kein Blech!«, mischt Ksenia sich ein. Lorena geht ihr durch den Kopf, Rick, der da draußen wahrscheinlich bald Amok läuft. »Sie haben das Blockhaus und eine Wohnung. Sie haben Geld und könnten Urlaub in einem Wellnesshotel machen. Stattdessen bleiben Sie drei Tage zwischen Zahnarztstühlen und Bohrern?«

»Lena arbeitet dort. Die Praxis ist bis zum 7. Jänner geschlossen. Wo ist das Problem?«

»Das Problem besteht darin, dass wir Ihnen nicht glauben«, knurrt Artur.

»Das ist aber Ihr Problem, wie?«

»Anabel!« Leo hat Tränen in den Augen. »Was läuft hier eigentlich?«

Anabel presst die Hände zusammen wie zum Gebet und verzieht das Gesicht. »Ich habe Heddy seit einem Jahr nicht mehr gesehen. Ich habe keine Ahnung, wo sie steckt.«

Ksenia wendet sich ab. Sie hat Heddy am Telefon erreicht, doch die Freundin hat sofort aufgelegt. Sie ist in Schwierigkeiten. Anabel ist die einzige Verbindung zu Heddy. Also muss Anabel mit der Wahrheit herausrücken.

»Hotel *Im Wiesenttal*? Klingelt da was bei Ihnen?«

Anabel wendet den Blick ab.

»Veronika Bach weiß Bescheid. Denken Sie, wir haben Sie einfach so aus dem Bauch raus gesucht?«, blufft Ksenia. Sie hat keine Ahnung, worüber Leo und Anabel in der Viertelstunde, die sie Zeit zum Reden hatten, wirklich sprachen. Sie schätzt einfach, dass beide sich gegenseitig Vorwürfe um die Ohren schleuderten.

»Veronika Bach?«, echot Anabel.

»Steckt sie am Ende mit drin in dem glorreichen Plan, Heddy das Geld abzuluchsen?«

Anabels aalglatte Fassade reißt. Panik zeigt sich, zugleich der verzweifelte Versuch, das Pokerface zu bewahren, hinter dem sie sich offenbar bis jetzt sicher fühlte.

»Wo ist der Leihwagen, mit dem Heddy hierher kam? Wissen Sie, was ich glaube? Heddy hat Ihnen von dem Geld erzählt. Sie haben Heddy hierher gelockt, ihr Versprechungen gemacht. Dass sie gemeinsam neu anfangen, irgendwas in der Art. Aber dann lief es nicht, wie Sie wollten. Vielleicht versuchte Heddy einen Rückzieher.«

Anabel wendet sich ab. Ihre Kiefermuskeln spannen sich an, so fest beißt sie die Zähne aufeinander.

»Wenn Sie wirklich drei Tage in dieser Praxis festsaßen, dann deswegen, weil Sie selber in die Bredouille geraten sind. Wofür brauchen Sie denn 50.000 Euro, Anabel?« Artur schreit fast.

Ksenia hebt vorsichtig die Hand. Sie ist plötzlich sicher, dass die Hotelchefin in der ganzen Geschichte mit drinhängt.

»Sie waren doch ursprünglich im Hotel *Im Wiesental* verabredet, oder? Sie und Heddy?«, fragt Ksenia leise.

Anabels blutverschmierte Finger krampfen sich umeinander.

Behutsam berührt Ksenia Arturs Arm. »Wir sollten das Ehepaar Rick überlassen. Hauen wir ab.«

Leo, der bisher fassungslos zwischen Anabel, Ksenia und Artur hin und her geschaut hat, wird blass. »Halt, warten Sie, was wird das?«

Ksenia eilt schon durch die Werkshalle. Sie sprintet die Treppen hinunter, Artur hinter sich. Unten hat die furchteinflößende Maschine sich anscheinend automatisch ausgeschaltet, kein Geräusch ist mehr zu hören, und auch das Schaltpult leuchtet nicht mehr. Hastig stößt Ksenia die Tür nach draußen auf. Eisig bläst der Wind herein. Ein kleiner Schock, in dem Gebäude war es wenigstens halbwegs warm. Ksenia zieht die Kapuze in ihr Gesicht.

»Schauen Sie mal, was ich hier gefunden habe.« Artur hält Ksenia ein kleines Stück Karton hin.

»Was ist das?«

»Eine Visitenkarte. *Hotel Im Wiesenttal.*«

»Was?« Ksenia nimmt die Karte. Grober, aber edler Karton, goldgeprägte Schrift. »Hat Anabel das verloren?«

»Nehme ich an. Lag oben neben der Treppe. Und an der Kante hing eine schwarze Wollfluse.«

»Sie lügt wie gedruckt.« Ksenia steckt die Karte ein. »Was, wenn Anabel und Veronika Bach gemeinsame Sache gegen Heddy machen? Anita Bach sagte am Telefon, dass ihre Mutter sie auszahlen musste, als sie nach Portugal ging. Das Geld würde nun fehlen.«

»Heddy hat vielleicht Lunte gerochen und ist mit dem Geld weg, bevor Veronika oder Anabel zugreifen konnten. Wenn wir ein Handy hätten, könnten wir im Hotel anrufen und fragen, ob Anabel und Heddy dort eingecheckt sind.«

Ksenia wiegt den Kopf, guckt auf die Uhr. »Schon fast 5 Uhr. Ich glaube nicht, dass Heddy im Hotel ist. Sie steckt irgendwo anders. Und deshalb brauchen wir Rick.«

»Sein Handy mit der Ortungsapp?«

»Und sein Auto.«

»Also los.«

Ksenia setzt sich in Bewegung. Sie wickelt den Schal um ihr Gesicht, der eisige Wind macht ihre Nase und Wangen gefühllos. Sie rennt fast, biegt um die Ecke, wo die matten Lampen den Schnee gelb färben. Artur bleibt zurück.

Mitten im Schnee, ein paar Meter von der Verladerampe, steht der Geländewagen. Ehe sich Ksenia bemerkbar machen kann, springt Rick raus und richtet seine Waffe auf sie. Der Schuss ist kaum zu hören, Ksenia hört nur ein leises »Puff«, bevor sie in den Schnee sinkt.

## 40.

Ksenia hebt den Kopf. Der Schnee hat sie so fest umfasst, dass es ihr schwerfällt, sich zu bewegen. Auf Brust und Bauch, sogar auf ihrem Gesicht liegt Schnee. Mit der Zunge leckt sie über die Lippen, fühlt die feinen Kristalle schmelzen. Sie rappelt sich hoch. Schmerz macht sich in ihrem linken Arm bemerkbar, nicht besonders schlimm. Mit der anderen Hand wischt sie den Schnee von ihrem Gesicht. Blinzelnd sieht sie sich um. Stimmen kommen näher.

Artur. Lorena.

»Scheiße, verdammt, sind Sie bescheuert oder was?«, brüllt Artur.

»Was ist mit der Alten?«

»Sie haben auf Ksenia geschossen!«, schreit Lorena.

Bevor die Bedeutung der Worte bei Ksenia ankommt, denkt sie: Wir wecken das ganze Dorf auf. Garantiert hat man uns längst bemerkt. Sie sieht sich nach Artur um.

»Sie sollten doch achtgeben, dass uns Anabel und Leo nicht stiften gehen«, knurrt sie ihn an.

»Sind Sie okay?«

»Ja, Ksenia, bist du okay, bitte sag, du bist okay, hörst du!« Lorena kniet neben ihr nieder.

»Natürlich.«

»Dieser Idiot!«

»Was denn?«

»Er hat einen Schalldämpfer auf seine Pistole gesetzt und ist raus und hat dich gesehen … und … ich kann nicht mehr, Ksenia!«

Hinter Lorenas tränenüberströmtem Gesicht taucht Rick auf.

»Sie sind echt nicht ganz dicht«, sagt Ksenia. »Wollten Sie mich umbringen?«

Er setzt an zu sprechen, wird aber von Artur unterbrochen, der einen Schnellstart Richtung Werksgebäude hinlegt.

»Die hauen ab!«

»Oh Mann.« Ksenia lässt sich wieder in den Schnee sinken. »Lassen Sie die beiden laufen, Artur. Die haben das Geld nicht.«

»Wo ist die Kohle dann, verdammt!«

»Wenn Sie nicht auf mich geballert hätten, weil Sie Ihre Reflexe nicht unter Kontrolle haben, dann wären Sie jetzt mit der Pistole da drin und könnten ein bisschen Druck ausüben!« Ksenia tastet nach der schmerzenden Stelle am Arm. »Sie haben es versaut.«

»Fuck, Alte, halt dein dummes Maul!«

Ksenia kämpft sich aus ihrer Position hoch und steht auf. Der Arm schmerzt jetzt mehr, aber immer noch so, dass sie es unterdrücken kann.

»Scheiße, er hat dich am Arm getroffen«, ruft Lorena. »Dein Anorak ist zerfetzt, da am Ärmel. Da ist Blut. Oh Gott!«

»Passen Sie auf, Rick. Wir teilen. Wie wäre es damit? Wir vier.«

»Ich teile nicht. Und wo ist das Geld?«

Ksenia bohrt ihren Blick in seinen. Wenn er sich schuldig oder auch nur unwohl fühlt, weil er auf sie geschossen und sie verletzt hat, weil er ihren Tod in Kauf genommen hätte, zeigt er es nicht.

»Ich weiß, wo das Geld ist.«

»Wo denn, verdammt Scheiße!«

»Sie spielen nach meinen Regeln, dann beteiligen wir Sie.«

Rick schäumt vor Wut. »So geht das nicht. Ich blase dir und deinen bescheuerten Freunden das Licht aus, wenn du nicht mit der Sprache rausrückst.«

»Nein, das tun Sie nicht.« Ksenia öffnet den Reißverschluss ihrer Jacke, zieht den Arm heraus. Der Pullover ist zerfetzt, Blut sickert hindurch. »Sie können keine Blutspur hinterlassen, ohne dass man Sie schnappt, und zwar ziemlich schnell. Mein Angebot ist für Sie das Beste, obwohl Sie teilen müssen.«

»Ich brauche kein Geld«, wispert Lorena.

Ksenia achtet nicht auf sie.

»Stecken Sie diese verdammte Pistole weg. Jemand muss mir die Wunde verbinden.«

Sie stapfen zum Auto, Ksenia kriecht auf die Rückbank.

Ihr ist ein wenig schwindelig. Rick fördert den Verbandskasten zutage.

»Lorena, hilf mir.«

Lorena durchwühlt den Verbandskasten. Sie schneidet den Pulloverärmel ab, reinigt die Wunde.

»Ist eine Fleischwunde, wahrscheinlich ein Streifschuss.« Sie fummelt eine sterile Kompresse aus der Verpackung. »Tut es sehr weh, Ksenia?«

»Geht schon.« Je mehr Ksenia darüber nachdenkt, dass sie verdammtes Glück hatte, nicht tot im Schnee zu liegen, desto heftiger pocht die Wunde.

Lorena verbindet den Arm. »So. Ist nicht ganz schlecht, hoffe ich.« Sie senkt die Stimme. »Wo sind die hin? Leo und seine Frau?«

Ksenia winkt nur ab.

Rick, der wieder hinter dem Steuer sitzt und sie im Rückspiegel beobachtet, sagt kein Wort. Artur kommt über den Hof gestapft.

»Die beiden sind auf und davon.«

»Weit kommen sie nicht ohne Auto. Es dauert, bis es hell wird und vielleicht mal ein Bus in den nächsten Ort fährt.« Ksenia fädelt den schmerzenden Arm vorsichtig in den zerfetzten Ärmel. Allmählich wird ihr kalt, der Schock, die Kälte draußen, die Wunde.

»Rick, wie sieht es aus, spielen wir im selben Team?«

Im Rückspiegel sind seine Augen auf sie gerichtet. Sein Blick flackert, er schwitzt stark. Wahrscheinlich hält er nicht mehr lang durch.

»Okay«, presst er hervor. »Aber wo ist …«

»Langsam. So schnell schießen die Preußen nicht. Ich brauche mein Handy. Sofort.«

»Ich lass mich nicht verscheißern!«, fährt Rick auf.

Artur setzt sich auf den Beifahrersitz, öffnet das Handschuhfach und zieht aus der Handysammlung darin Ksenias hervor. »Hier.« Er reicht es ihr nach hinten.

»He, was wird das!«

»Wir sind ein Team, schon wieder vergessen? Mir scheint, Sie haben kein sehr gutes Gedächtnis.«

Kenia wählt Karinas Nummer. Die geht sofort dran.

»Ksenia, wo seid ihr?«

»Pass auf, Karina. Du hast doch meinen Autoschlüssel?«

»Ja, aus deiner Tasche genommen. Ich bin auch zum Auto gelaufen, aber es ist eingeschneit, ich …«

»Hör zu. Es wird bald hell. Ich wette, dass du im Blockhaus irgendwo eine Schaufel findest. Du musst das hinbekommen, hörst du? Schaufle das Auto frei und fahr zum Hotel. Beeil dich. Nimm meinen Rucksack mit. Matilda natürlich auch.«

»Geht klar. Aber wo seid ihr?«

Ksenia legt auf. Rick rutscht unruhig auf seinem Stuhl herum. Hält sein Handy in der Hand. »Die Nutte und der Typ sind noch im Dorf.«

Klar, er kann Anabels Handy immer noch orten.

»Wir brauchen sie nicht mehr. Orten Sie lieber ein anderes Handy.« Sie diktiert Heddys Nummer.

Rick macht an seinem Telefon herum. »Kein Signal!«, braust er auf.

»Habe ich mir gedacht. Aber keine Sorge. Passen Sie auf, Rick. Wechseln Sie Platz mit Artur.« Ksenia berührt Artur ganz vorsichtig an der Schulter. Sie kann nur hoffen, dass er versteht, was sie plant.

»Vergiss es!«

»Ich kann keinem Fahrer vertrauen, der mich umbringen wollte.«

»Ich mach deine Freundin hier kalt!« Rick hat schon wieder die Waffe in der Faust.

»Jetzt mal langsam. Niemand übervorteilt Sie. Sichern Sie die Pistole und legen Sie sie ins Handschuhfach. Da ist sie ja nicht aus der Welt.« Ich rede wie mit einer kranken Kuh, schießt ihr durch den Kopf. »Nehmen Sie das Magazin raus, wenn Sie sichergehen wollen.«

Rick zögert, dann steckt er das Magazin in die Tasche und versenkt die Pistole samt Schalldämpfer im Handschuhfach.

»Na also.« Ksenia lehnt sich zurück. Ihr Herz hämmert. Die Wunde pocht. Sie bemüht sich, ruhig zu atmen. Nicht diskutieren, ihm keine zusätzliche Angriffsfläche bieten.

»Platzwechsel!« Artur öffnet die Beifahrertür.

Ksenia hält nun doch die Luft an. Rick steigt langsam aus, er lässt die Tür offen und geht um das Auto herum.

Artur rutscht trotz seiner Körpergröße schnell wie ein Wiesel auf die Fahrerseite rüber. Ksenia beugt sich zum Beifahrersitz und knallt die Tür zu. Ebenso rasch hat Artur die Verriegelung betätigt. Dreht nun den Zündschlüssel.

»Ihr verdammten Schweine!«, kreischt Rick. Er wirft sich bäuchlings auf die Motorhaube. Artur lässt den Motor aufheulen. Tritt aufs Gas.

»Oh Gott!«, keucht Lorena entsetzt. »Du wirst ihn überfahren!«

Rick klammert sich fest, aber Artur beschleunigt nun, während er über den verschneiten Hof direkt auf die Verladerampe zuhält.

Ksenia starrt auf Rick. Sein Gesicht ist wutverzerrt, er blinzelt wie verrückt, Schnee peitscht ihm ins Gesicht. Die Rampe kommt näher. Rechts und links wirbeln die Reifen

Schnee auf, der sich wie Gischt an den Fenstern festsetzt. Ksenia kann nur hoffen, dass Artur weiß, was er tut. Kurz vor der Rampe schreit Artur: »Festhalten!« Er reißt das Steuer herum, Lorena wird gegen Ksenias verletzten Arm geschleudert, Ksenia schreit vor Schmerz. Der Wagen legt eine Drehung um 180 Grad hin. Rick verliert den Halt und wird in den Schnee katapultiert. Artur gibt Gas.

Ksenia beißt die Zähne zusammen, als sie auf den Beifahrersitz kriecht und Arturs und Lorenas Handys aus dem Handschuhfach klaubt. Eines wirft sie Lorena zu. »Schalte es aus. Nimm den Akku raus, wenn's geht.«

Sie selbst deaktiviert ihr eigenes ebenfalls.

»Kann er uns jetzt nicht mehr orten?«, flüstert Lorena.

»Nein. Kann er nicht.«

Artur steuert den Geländewagen auf die Straße. »Und jetzt?«

»Zurück zum Hotel *Im Wiesenttal.*«

# 41.

Als sie beim Hotel *Im Wiesenttal* vorfahren, ist es bereits kurz vor 6 Uhr. Während die Gästezimmer noch dunkel daliegen, brennt in den Wirtschaftsräumen Licht. Der Transporter einer Wäscherei biegt vor ihnen auf den Parkplatz ein.

»Halten Sie im Schatten von diesem Lieferwagen.« Ksenia hat die Fahrt genutzt, um ihre Gedanken zu sortieren. »Ich bin mir sicher, dass Veronika Bach in der Sache mit drin steckt. Als ich gestern mit ihr sprach, hatte ich den Eindruck, sie verbirgt was. Sie hat einen Vorteil. Sie weiß, was ich will und wen ich suche.«

Artur dreht den Zündschlüssel. »Verdammt. Wir haben nicht viel Zeit. Keine Ahnung, was Rick plant.«

»Keine Sorge, unseren Vorsprung nutzen wir.«

»Ksenia, warum sind wir bei diesem Hotel?«, meldet sich Lorena von hinten.

»Ich nehme an, dass Heddy zwar freiwillig zu Anabel fuhr, dort aber eine böse Überraschung erlebte.« Ksenia tastet über ihren Arm. Die Schmerzen sind deutlich spürbar. »Die beiden mieteten sich im Hotel ein, doch dann liefen die Dinge aus dem Ruder.«

Ein Mann springt aus dem Transporter und stapft zum Heck. Mit einem Hammer klopft er Eis von der Verriegelung, bevor er die Klappe öffnet.

Artur brummt Zustimmung. »Vergessen wir nicht, dass Heddy mit 50.000 Euro im Gepäck hier anrückte.«

»Eben. Es macht keinen Sinn, dass sie sich die ganze Zeit totstellte. Sie hätte ihrer Familie auch sagen können, sie wolle eine Freundin besuchen. Dadurch wäre sie wenigstens abgesichert gewesen, wenn etwas schiefläuft. Jetzt sieht die Sache anders aus.«

»Hör mal, Ksenia«, meldet sich Lorena zu Wort. »Ich verstehe überhaupt nichts. Wie sollen wir Heddy jetzt finden? In diesem Hotel, oder was?«

»Ich nehme an, Anabel und Veronika Bach haben zusammengeschmissen. Einen gemeinsamen Plan geschmiedet, um an das Geld zu kommen.«

»Ich weiß nicht«, murmelt Artur. »Das erfordert ziemlich viel kriminelle Energie. Bisher ist alles doch eher spontan passiert. Jede einzelne Person ist in die Sache reingerasselt.«

»Oder jede einzelne Person hat die Gunst der Stunde genutzt. Heddy wollte mal aus dem Familienleben raus, Veronika Bach brauchte Geld, und Anabel …«

»Was ist mit Anabel?«

Ksenia seufzt. Sie spürt, wie ihr Elan mit jeder Sekunde weniger wird. Ein warmes Bett und eine Schmerztablette kämen ihr jetzt gerade recht. Die Windschutzscheibe ist schon wieder zugeschneit. Der Mann von der Wäscherei ist verschwunden. »Ich weiß nicht genau. Sie hat vielleicht einen Neuanfang gesucht.«

»Mit den 50.000?« Irritiert blickt Artur sie an.

»Egal. Heddy hat sich in einem Netz verstrickt, aus dem sie allein nicht rauskommt. So einfach ist das. Wahrscheinlich war sie so gewieft, von dem Geld zwar zu reden, es aber zu verstecken, sodass niemand ihr was antun wird, ehe sie damit rausrückt, wo die Kohle ist. Ich nehme an, sie wird entweder im Hotel festgehalten oder irgendwo anders. Nun kommen Sie ins Spiel, Artur.«

»Ich?«

»Geben Sie sich als Gast aus, der ein Zimmer sucht.«

»Morgens um 6 Uhr? Bisschen unglaubwürdig, oder?«, entgegnet Artur mürrisch.

»Nennen Sie aber bloß nicht Ihren richtigen Namen.« Ksenia lehnt sich zurück. Sie ist so müde, dass sie auf der Stelle einschlafen möchte, trotz der Schmerzen.

»Na gut.«

»Toi, toi, toi!«, murmelt Ksenia noch, während sie Artur hinterherschaut.

»Ich versuche zu schlafen!« Lorena streckt sich auf der Rückbank aus.

»Ist gut.« Ksenia will gerade in den Schlaf gleiten, als ein Wagen neben ihr hält und eine Autotür laut klappt.

## 42.

»Du hast es wirklich geschafft!« Ksenia empfindet tatsächlich so etwas wie Hochachtung vor Karina, die neben dem Geländewagen steht und breit grinst.

»War gar nicht so schwer. Leo hat eine Schneefräse an einem Gartentraktor. Damit bin ich zu dem Campingplatz gefahren und habe das Auto rausgeschaufelt.«

»Du kannst mit einer Schneefräse umgehen?«

»Papa hat auch so eine.«

Ksenia kämpft sich aus dem Auto. Einen Moment schwankt sie.

»Was ist denn mit deinem Arm?«

»Kein Grund zur Sorge, nur ein Streifschuss.«

»Was? Oh Gott.«

»Rick ist durchgedreht.«

»Rick?«

»Der Glatzkopf.«

»Wie habt ihr den eigentlich abgeschüttelt?«

»Hallo!«, sagt Lorena.

»Das ist Heddys Tochter, Karina. Karina, das ist Lorena.«

»Dieser Irre hatte dich in seiner Gewalt!« Empört stemmt Karina die Hände in die Hüften. »Als der Glatzkopf anrückte, habe ich mich zuerst im Schlafzimmer versteckt. Ehrlich, ich hatte eine Höllenangst, dass der alles durchsucht. Deshalb bin ich aus dem Fenster gestiegen und habe mich draußen an die Hauswand gedrückt.«

Lorena macht große Augen. Zermürbt versucht Ksenia, einen klaren Gedanken zu fassen. Sie geht zum Kofferraum ihres Autos. Tatsächlich hat Karina an ihren Rucksack gedacht, sogar die Taschenlampe hineingelegt. Ksenia kramt nach dem Necessaire und findet darin einen Blister mit Aspirin. Sie nimmt zwei Tabletten, schluckt sie trocken hinunter. Steckt die Taschenlampe in ihre Anoraktasche.

Von der Rückbank ertönt ein Maunzen. Matilda streckt ihren Kopf aus der Transporttasche.

»Na du?« Ksenia muss lächeln.

»Oh, Matilda!« Lorena stürzt sich auf die Katze, die eifrig zu schnurren beginnt.

Ksenia betrachtet das glückliche Wiedersehen. Ein Kaffee täte jetzt gut. Sie ist übermüdet, hat Schmerzen, zugleich ist sie aufgekratzt, die Nerven sind zum Zerreißen gespannt. Irgendwo in der Nähe springt ein Motor an. Das Geräusch entfernt sich rasch.

»Meinst du, ich kann im Hotel irgendwo Kaffee besorgen?«, fragt Karina.

»Kannst du Gedanken lesen?«

»Nein, wieso?« Karina lacht. »Ein beknackter Urlaub, den wir hier machen, oder?«

»Wo du recht hast, hast du recht. Lass uns trotzdem lieber auf Nummer sicher gehen und auf den Kaffee verzichten. Artur ist im Hotel auf Pirsch. Wir nehmen an, dass deine Mutter gegen ihren Willen im Hotel oder in der Nähe festgehalten wird.« Rasch setzt sie Karina ihre Gedanken auseinander, während sie beide in Ksenias Auto steigen. Karina hinter das Steuer. Hinten schäkert Lorena mit der Katze.

Als Ksenia geendet hat, ist es eine Weile still. Sie blicken auf das Hotel. In immer mehr Gästezimmern geht Licht an. Die Urlauber freuen sich auf einen weiteren Tag bei herrlichem Winterwetter. Kurz flammt vor Ksenia die Vorstellung eines gut bestückten Frühstücksbüffets auf.

»Das klingt schon irgendwie plausibel«, sagt Karina schließlich. »Aber ich kenne Mama wirklich gut. Sie würde doch nicht einfach 50.000 Euro verbraten. Um hier Urlaub zu machen.«

Ksenia merkt allmählich, dass die Schmerztabletten wirken. Probeweise bewegt sie den Arm. »Nein, nicht für Urlaub, da gebe ich dir recht.«

»Ich denke eher, dass sie unter Druck steht. Jemand weiß von dem Geld und versucht, es ihr abzuluchsen.«

»Aber wer hat ein Druckmittel gegen sie?«

»Also, ich habe mir den Kopf zerbrochen, echt. Mama mag ja vielleicht unzufrieden sein zu Hause. Mit Papa Konflikte haben. Aber dass sie mit einer anderen Frau verduftet, das glaube ich einfach nicht, und halte mir jetzt nicht vor, ich sei weltfremd.«

Ksenia schüttelt matt den Kopf. »Mache ich nicht.«

»Vielleicht hat sie mal aus einer Situation heraus über die Stränge geschlagen, das könnte ich mir vorstellen. Damals, in dem Urlaub. Sie war genervt, weil Papa uns keine Aufmerksamkeit schenkte. In dieser Verfassung ist sie womöglich auf Anabel gestoßen, die auch unzufrieden war, und sie haben sich angefreundet. Oder auch eine Liebesaffäre begonnen, mag ja alles sein. Nur, dass sie mit dieser Frau dann abhauen will, woraufhin der Plan entgleist und sie verraten wird … Ehrlich, Ksenia, das ist doch wie ein durchgeknallter Film.«

Blinzelnd blickt Ksenia aus dem Seitenfenster zur Hotelfassade hinüber. Noch ist es stockfinster, aber etwas ändert sich: Es hört auf zu schneien. Schlagartig. Keine Flocken fallen mehr. Nicht eine einzige. Eben fühlte sie sich ein wenig fitter, doch schon schleicht erneut ein überwältigendes Schlafbedürfnis heran. Obwohl sie sich zwingt, die Augen offenzuhalten, flattern ihre Lider vor Erschöpfung. Sie leckt sich über die trockenen Lippen. Karina hat recht: Kaffee wäre jetzt das Mittel der Wahl. Sie hofft, dass Artur etwas herausfindet. Rick wird ahnen, dass sie beim Hotel sind, und er wird ihnen die Flucht nicht verzeihen. Einer wie er schafft es schnell, wieder zurück ins Spiel zu finden.

# 43.

Die hintere Tür wird aufgerissen. Artur wirft sich auf die Rückbank. »Sieg auf der ganzen Linie! Hallo, Karina, du bist ja eine Heldin! Hast das Auto flottgekriegt.«

»Hallo!«, ruft Karina. »Hast du Neuigkeiten?«

»Lasst uns fahren.« Artur steigt zu Lorena auf die Rückbank; sofort wird er von Matilda begrüßt. »Ich weiß, wo die Dependance ist. Dort habe ich ein Zimmer gebucht. Oh, Matilda, meine Kleine, geht es dir gut?« Er fängt an, mit der Katze zu schäkern. Matilda schnurrt behaglich.

»Und wo?« Karina lässt bereits den Motor an.

»Im Ailsbachtal. Niko hat mir die Adresse gegeben«, sagt Artur locker.

»Sie sind doch nicht aufgeflogen?« Ksenia hat Angst, dass so kurz vor dem Ziel noch etwas anbrennt.

»Im Gegenteil. Ich habe offiziell eingecheckt.«

»Und die Chefin?«

»Schläft vielleicht noch. Ist jedenfalls nicht im Büro. Ich habe alles mit Niko ausgemacht. Habt ihr was von Rick gesehen?«

»Zum Glück nicht.«

Karina steuert den Wagen vom Parkplatz. Es ist klirrend kalt. Minus zwölf Grad zeigt das Thermometer am Armaturenbrett.

Die Wolken sind weggezogen und geben den Blick auf die Sterne frei. Ein erhebender Anblick, den Ksenia liebt, an dem sie sich üblicherweise nicht sattsehen kann, wenn sie zu Hause unterwegs ist. Dann legt sie den Kopf in den

Nacken und träumt sich sehnsüchtig in die Weiten des Alls. Jetzt allerdings ist sie nervös. Die Schmerztabletten haben zwar das Pochen im Arm beruhigt, doch sie fürchtet, zu spät zu kommen. Wie eine Vorahnung schnürt dieses angstvolle Gefühl ihr die Kehle zu.

Veronika Bach. Anabel. Leo. Rick. Menschen sind Universen, mit mindestens ebenso vielen Geheimnissen wie das Weltall.

Karina fährt zügig. Artur navigiert sie über die Bundesstraße nach Behringersmühle, wo sie abbiegen. Das Tal wird enger, die Straße ist nur leidlich geräumt, die Schneehaufen am Rand verengen die Fahrbahn. Niemand ist unterwegs an diesem frühen Morgen. Rechts und links liegt Wald, schneebedeckt. 100 Meter vor ihnen bricht ein Reh aus dem Dunkel und läuft über die Straße.

»Shit!« Karina blendet auf, tritt auf die Bremse. »Das war knapp.«

»Warte einen Moment.« Ksenia legt die Hand auf Karinas Arm. »Wo eines ist, sind meist ein paar mehr.«

Tatsächlich überqueren nach wenigen Sekunden noch vier weitere Rehe die Straße, mit hocherhobenem Kopf, eilig, aber nicht in Panik, der Schnee staubt unter ihren Hufen.

»Oh Gott, sind die groß«, sagt Lorena ehrfürchtig.

Karina fährt langsam weiter.

»Demnächst kommt ein Abzweig nach links, es geht ein Stück den Berg hoch, laut Niko steht dort sogar ein Schild. *Lerchennest* heißt der Hotelableger.«

»Sehr romantisch.« Ksenia schüttelt den Kopf.

Die anderen schweigen.

»Hier muss es sein«, flüstert Karina ein paar Minuten später, als fürchte sie, die Stille aufzurütteln.

»Bieg ab!« Ksenia deutet ins Dunkel.

Die Straße wird enger. Der Wald reckt seine schneebedeckten Zweige über die Fahrbahnbegrenzung. Im Scheinwerferlicht sehen sie Spuren von anderen Fahrzeugen, die den Schnee festgefahren haben.

»Dort, seht ihr? Das Schild, dort! *Lerchennest*. Nach rechts, Karina.«

Sie fahren eine Straße entlang, an der zu beiden Seiten Bauernhöfe liegen, weit auseinandergezogen. Hinter den Fenstern brennt bereits Licht, auch in den Ställen.

»Hinter dem letzten Hof geht es nach links.« Artur beugt sich vor. »Wartet mal.«

Karina hält, sobald sie den letzten Hof passiert haben. Nun ist nur noch Wald zu sehen und ein steiler Hang, der sich direkt vor ihnen erstreckt.

»Hier ist die Welt zu Ende«, jammert Lorena. »Wer will denn an so einem Ort Urlaub machen?«

Ksenia hebt die Hand. »Mach den Motor aus.«

Karina gehorcht. Nun ist es totenstill. Sie spüren den Wind mehr, als dass sie ihn hören. Mal rüttelt eine Bö an dem Auto, dann wieder herrscht Ruhe. Ksenia steigt aus. Durch den zerfetzten Anorakärmel dringt sofort die Kälte, doch eigenartigerweise empfindet sie die Kühlung als angenehm. Sie hebt den Kopf. Nimmt Witterung auf.

»Irgendwo dort draußen ist Heddy.«

»Meinst du, sie ist allein, Ksenia?«, fragt Karina zaghaft.

»Nein, das glaube ich nicht.« Ksenia schließt leise die Autotür und geht ein paar Meter. Kramt die Taschenlampe aus der Anoraktasche. Der Lichtkegel huscht über die Schneedecke. Reifenspuren an der Abzweigung zum *Lerchennest*. Eindeutig. Nur ein Fahrzeug, geländegängig. Ksenia knipst die Lampe aus. Ihr Blick folgt dem Weg.

»Hört zu«, sagt sie, während sie sich wieder ins Auto setzt. »Karina, du bleibst im Auto. Wende und fahr rückwärts noch ein Stück weiter. Wir brauchen einen Fluchtweg, zugleich sollte der Wagen nicht auf dem Präsentierteller stehen. Anabel, schätze ich, weiß, wo Heddy ist. Und Rick ist nicht dumm. Der hat Anabel und Leo längst erwischt. Wahrscheinlich dauert es nicht mehr lang, bis sie ihn herführen.«

»Woher weißt du überhaupt, dass Heddy hier irgendwo ist?«, fragt Lorena argwöhnisch.

»Weil ich zu dem Schluss gekommen bin, dass Veronika Bach, die Hotelchefin, in der Sache mit drinhängt.«

Artur hebt die Hand wie ein Schuljunge, der hofft, aufgerufen zu werden. »Diese Sache mit der Vaterschaft. Pältschik hat Peter Volkmann den Tipp gegeben mit Schmidt-Reichart. Wenn der Anitas Vater ist?«

Ksenia nickt langsam. »Ja, das könnte sein. Veronika ist mit zu Pältschik gegangen, bei dem konnte sie sich ohne Weiteres zeigen, der kannte sie ja höchstens als die Kellnerin von damals. Aber zu Schmidt-Reichart fuhr dann Heddy mit.«

»Kann Veronika Bach Schmidt-Reichart irgendwie unter Druck gesetzt haben? Dass er bezahlen muss? Für seine Tochter?«, fragt Artur. »Oder hat sie ihn erpresst? Damit Leo nichts erfährt?«

»Wir werden es rausfinden, aber zunächst müssen wir Heddy finden.«

»Klar.«

»Karina, beobachte die Straße. Wenn ein Fahrzeug zu sehen ist, warnst du uns. Schaltet alle eure Handys wieder ein.«

»Du hast gesagt, wir dürfen die Handys nicht verwenden.«

»Spielt jetzt keine Rolle mehr, ich glaube ohnehin, dass

Rick aus Anabel rausgekriegt hat, dass Heddy hier ist.« Ksenia ist sicher, dass sie Heddy in der nächsten halben Stunde finden werden. Und falls nicht, haben sie schlimmere Probleme als Ricks Ortungsapp.

Sie steigen aus und stapfen los. Der Schnee liegt hoch. Karina wendet wie ausgemacht und stößt rückwärts ein Stück weiter den Weg hinauf. Im Dunkeln wird das Auto nicht auffallen, aber in spätestens einer Stunde wird es hell.

Viel Zeit haben wir nicht mehr, denkt Ksenia.

## 44.

Das *Lerchennest* ist ein ehemalige Jagdhaus, zweistöckig mit spitzem Satteldach. Es steht am Waldrand, hoch über den Bauernhöfen, an denen sie vorhin vorbeigekommen sind. Im Sommer muss es ein idyllischer Anblick sein. Rosenspaliere rahmen die Fachwerkfassade, bunte Fensterläden mit geschwungenen Verzierungen fangen den Blick ein. Aus den Fenstern im Erdgeschoss fällt Licht in den Schnee hinaus. Ein Jeep steht dort, daneben ein Motorschlitten.

Der Weg ist steil. Ksenia spürt, wie sich Schweiß an ihrer Stirn sammelt. Hinter ihr geht Artur, keuchend, Lorena ist das Schlusslicht. Sie nähern sich rasch dem Haus. Ksenia ist dankbar, dass es noch dunkel genug ist, um nicht gesehen zu werden. Zudem schneit es. Heftig.

»Alles in Ordnung mit Ihnen?« Ksenia dreht sich um. »Was macht Ihr Blutdruck?«

»Alles okay.«

»Sie sind offizieller Gast. Hat Niko Ihnen einen Schlüssel gegeben?«

»Zwei. Einen für die Haustür und einen fürs Zimmer.«

»Also los. Sie gehen rein. Beziehen Sie Ihr Zimmer. Lassen Sie die Tür angelehnt, wenn das geht. Lorena und ich sehen uns erst mal hinten um.«

»Was ist der genaue Plan?«

»Heddy finden. Wenn sie im Haus ist, nehmen wir sie mit, unter allen Umständen. Falls Veronika Bach hier ist, lenken Sie sie ab.«

»Gut.« Artur nickt, stapft auf das Haus zu.

Ksenia packt Lorena am Arm. Sie weichen zur Seite aus, laufen zum Waldrand, um in einem Bogen die Rückseite des Jagdhauses zu erreichen. Sie gehen schnell, Ksenia hört, wie Lorena hinter ihr heftig atmet. Der Wald ist stockdunkel.

»Ich kann kaum was sehen«, flüstert Lorena.

»Halte dich an meiner Kapuze fest!« Ksenia spürt, wie Lorena zupackt. Sie geht einfach weiter, verlässt sich auf ihr Gehör. Das Licht der Morgendämmerung kriecht am Horizont herauf, doch so zögerlich, dass sie vom *Lerchennest* aus nicht gesehen werden können. Mit den Händen fährt Ksenia behutsam über die Rinden der Bäume, während sie immer weiter durch den Schnee stapft.

»Schau, wir haben das Haus fast umrundet.« Ksenia bleibt stehen. »Im Sommer ist da wahrscheinlich eine Terrasse.«

»Ich kann mir kaum vorstellen, dass es jemals wieder Sommer wird.« Lorena klingt so kummervoll, dass Ksenia grinsen muss.

Sie bleiben stehen, halten sich im Schutz der Bäume. Systematisch nimmt sie jedes Detail in sich auf. Im Erdgeschoss ist auf dieser Seite alles dunkel, auch im ersten und zweiten Stock brennt kein Licht. An der Wand lagern alte Möbel, die Plane aus schmutzigem Canvas, die sie einst bedeckt haben muss, liegt zugeschneit am Boden. Daneben ein paar Benzinkanister. Feuerholz. Eine Glastür ist die einzige Möglichkeit, ins Haus zu kommen. Alles ist tief verschneit, keine Fußstapfen sind zu sehen. Sie warten. Artur muss längst im *Lerchennest* sein, es kann nicht mehr lang dauern, bis er ihnen ein Zeichen gibt.

»Ich habe Angst, Ksenia.«

»Ich auch.«

»Wirklich? Merkt man nicht.«

»Das ist der Punkt. Tu einfach so, als hättest du keine.«

»Kann ich nicht.«

»Leise!« Ksenia weicht ein Stück zwischen die Bäume zurück. Im ersten Stock wird ein Fenster geöffnet. Artur guckt raus. Er gähnt laut und herzhaft, streckt sich und fuchtelt mit den Armen, als mache er Freiübungen. Dann vibriert Ksenias Handy.

»Veronika Bach hat mich in Empfang genommen und mir mein Zimmer gezeigt. Niko hat sie verständigt, dass ich komme.«

»Also wusste Niko, dass Veronika hier ist.«

»Sieht so aus. Von Heddy keine Spur. Ich bin der einzige Gast, wie es scheint. Um 8 Uhr kommt jemand und bringt Frühstück.«

»Können Sie irgendeine Tür öffnen? Vielleicht die auf der Rückseite? Zur Terrasse?«

»Versuche ich.«

»Gut. Wenn Sie uns ein Einstiegsloch geschaffen haben, rufen Sie mich an und lassen Sie es zweimal klingeln. Dann lenken Sie Frau Bach ab.«

»Geht klar.« Artur legt auf.

Kurz darauf meint Ksenia, jemanden hinter der Glasscheibe bei der Terrasse zu sehen. Es dauert nicht lang, bis ihr Handy zweimal vibriert.

»Es geht los«, sagt sie leise zu Lorena. »Komm.«

Die beiden Frauen eilen auf das Jagdhaus zu, direkt zu der Glastür.

»Tatsache. Offen«, wispert Ksenia, als sie dagegen drückt.

Hastig ziehen sie die Tür wieder hinter sich zu. Der große Raum wirkt, als habe ihn seit Jahren niemand benutzt. Niedrige Tische, Sessel, alles mit Laken bedeckt. Muffiger Geruch. Ksenia schleicht weiter, öffnet die Zimmertür. Sie stehen in einem dunklen Korridor. Am oberen Ende wieder eine Tür, darunter dringt Licht durch. Sie hören Artur mit jemandem sprechen, er lacht laut und jovial. Ksenia knipst die Taschenlampe an.

»Da hinten sind ein paar Treppen. Lass uns nach oben gehen.«

Schon tapsen sie die Stufen hinauf. Im ersten Stock bleiben sie stehen. Auch hier riecht es ungelüftet.

»Sind das die Gästezimmer?«, flüstert Lorena. Rechts und links liegen je drei Türen.

»Vermutlich. Lass uns hier nach Heddy sehen. Wenn wir sie nicht finden, nehmen wir uns den zweiten Stock vor.«

Sie klopfen an die Türen, rufen leise Heddys Namen. Nichts. Ksenia rüttelt an einer Klinke nach der anderen, Lorena nimmt die andere Seite. Die dritte Klinke löst sich, Lorena hält sie in der Hand und guckt verdutzt darauf.

»Schnell, lass uns nach oben gehen!« Ksenia läuft voraus. Die Treppe ist nun sehr steil und führt noch eine Etage höher. Staub liegt auf den Stufen. Die Tapete blättert ab.

»Nur noch vier Türen! Schau!«

»Du links, ich rechts.« Ksenia klopft an die erste Tür. Dann an die zweite.

»Ksenia?«, flüstert Lorena. »Komm her.« An der letzten Zimmertür links steht sie und legt ihr Ohr an das Türblatt. »Ich höre etwas. Wie ein Murmeln.«

Ksenia rüttelt an der Klinke. »Siehst du irgendwo einen Schlüssel?«

Lorena tastet über den Rahmen. »Hier.«

Ksenia schiebt ihn ins Schloss. Er schließt. Sie drückt die Klinke. Leuchtet mit der Lampe.

Auf einem Stuhl sitzt Heddy, gefesselt, mit einem Streifen *Gaffa-Band* über dem Mund.

# 45.

»Um Himmels willen!« Ksenia reißt den Klebstreifen von Heddys Mund, während Lorena die Fesseln löst. »Was ist hier los, Heddy?«

»Ksenia! Sie will das Geld!« Heddys Stimme ist heiser.

»Wo ist denn das Geld?«

»Ich habe es versteckt, aber das wissen sie nicht.«

»Sie? Veronika Bach? Und wer noch? Anabel?«

»Ich hatte keine Ahnung, dass sie mit Anabel …«

Lorena hebt die Hand. »Still! Hört mal.«

Jemand steigt die Treppen hinauf. Sehr langsam und vorsichtig. Jemand, der Verdacht geschöpft hat.

»Weg hier!« Ksenia zieht Heddy hoch. »Leise! Nach oben!«

Sie hasten über den Gang. Ksenia ist sich sicher, dass Veronika sie hören wird. Dennoch schafft sie es nicht, jeden Laut zu vermeiden. Der Boden knarrt, und auch die engen Stufen, die sie noch eine Etage höher bringen, knarzen.

Der Gang, in dem sie stehen, ist muffig und schmal. Nicht renoviert. Keine Gästezimmer. Lorena, die als Erste oben ist, stößt die nächstbeste Tür auf. Ein leerer Raum, nichts als Staub, Dachschräge. Eine Luke.

»Aufs Dach!«, keucht Ksenia. »Macht die Luke auf. Ich alarmiere Artur.« Schon wählt sie seine Nummer. »Geh endlich ran!«

Lorena schlägt mit den Händen gegen die Dachluke. Das Scharnier klemmt. »Oh Gott, die Luke ist total verrostet!«

»Kaffeerösterei Uhl?«, meldet Artur sich.

»Sprechen Sie noch mit Veronika Bach?«

»Ja, das stimmt, aber zwischen den Jahren haben wir geschlossen.«

»Shit! Dann muss noch jemand im Haus sein. Wir haben Heddy, hauen übers Dach ab. Sehen Sie zu, dass Sie Land gewinnen.«

Sie legt auf. Mit einem Knirschen geht die Luke auf.

»Was war?«, flüstert Heddy.

»Egal jetzt. Räuberleiter!« Ksenia hilft erst Heddy hoch, die wieselflink aufs Dach klettert. Dann Lorena.

»Komm, Ksenia, wir ziehen dich rauf!«, ruft Lorena halblaut.

Ksenia streckt die Arme nach Lorena und Heddy aus. Die helfen ihr hoch. Nur mit Mühe kann Ksenia einen Schmerzensschrei unterdrücken, so scharf brennt der Schmerz in ihrem verletzten Arm. Atemlos bleibt sie einen Augenblick auf dem verschneiten Dach liegen. Die Schräge ist sehr steil.

»Wie kommen wir runter?«, flüstert Lorena.

»An der Vorderseite habe ich Rosenspaliere gesehen. Daran klettern wir runter. Los!« Ksenia ist die Erste, die es wagt, sie rutscht mit den Füßen zuerst auf die Dachkante zu. Kauert sich hin, umklammert die Dachrinne, blickt nach unten. Ignoriert den Schmerz in ihrem Arm. Sie greift nach der ersten Holzsprosse, rüttelt daran. Schwingt die Beine über die Kante.

»Mach schon!« Lorena ist ebenfalls über die Schräge geschlittert und klammert sich jetzt an der Dachrinne fest.

Ksenia tastet mit dem linken Fuß nach einem Halt. Es funktioniert. Sie lässt den rechten folgen und klettert behände an dem Spalier herunter. Etwa zwei Meter über dem Boden bricht eine Sprosse. Sie rutscht weg. Versucht, einigermaßen kontrolliert abzuspringen. Landet im Schnee, rollt sich zur Seite.

Schon kommt Lorena neben ihr auf. Sie helfen sich gegenseitig hoch, machen Platz für Heddy, die ebenfalls im Schnee landet.

»Weg hier!«, kommandiert Ksenia, und sie laufen den Weg hinunter, zurück in Richtung der Bauernhöfe. Irgendwo dort wartet Karina.

# 46.

Ksenia wartet die tränenreiche Wiedersehensfreude zwischen Heddy und Karina ab, ehe sie fragt:

»Können wir zum Punkt kommen?«

Sie sitzen im Auto. Die Scheiben beschlagen. Lorena streichelt Matilda. Karina putzt sich die Nase. Draußen wird es langsam hell. Die Wolken hängen tief, lassen die Morgendämmerung kaum durch. Ksenia wagt nicht, noch einmal bei Artur anzurufen. Veronika Bach ist nicht allein im *Lerchennest*, sie hat einen Helfer. Wen? Sie hat Artur angerufen, aber er geht nicht ans Handy.

»Es tut mir leid.« Heddy, die auf dem Beifahrersitz kauert, wendet sich um. »Ich habe diesen Wahnsinn ins Rollen gebracht. Es war nie meine Absicht, jemandem zu schaden. Irgendwie kam eines zum anderen.«

»Du hast eine Beziehung zu Anabel, oder, Mama?« Karina steckt ihr Taschentuch weg.

»Wir haben uns damals in dem Urlaub hier kennengelernt. Ich habe Peter zu einem Termin begleitet, zufällig der Schwiegervater von Anabel, und zufällig waren Anabel und ihr Mann gerade dort zu Besuch.«

»Um im Garten zu arbeiten«, ergänzt Ksenia. Sie starrt ihre Finger an, die auf ihre Oberschenkel trommeln, unbeeinflusst von ihrer Willenskraft. Sie können hier nicht weg, solange Artur nicht in Sicherheit ist. Er sollte jede Minute zu ihnen stoßen. Ihre Flucht muss er doch mitbekommen haben! Und dann ist da noch Rick. Der ist nicht dumm, der klebt schon an ihrer Fährte, dessen ist sie sich sicher.

»Ach, das wisst ihr schon?« Heddy guckt ehrlich überrascht.

Karina ähnelt ihrer Mutter wirklich sehr. Dieser treuherzige Ausdruck, denkt Ksenia und unterdrückt den Impuls, laut zu schreien. Sie blickt zum *Lerchennest* hoch. Dort hat sich äußerlich nichts verändert. Der Motorschlitten neben dem Jeep geht Ksenia nicht aus dem Kopf.

»In Ansätzen, ja.«

»Anabel und ich haben uns sofort verstanden, uns den Garten angesehen, sie hat mir alles gezeigt, das gefiel mir, wie sie dort wirtschaftete. Leo, ihr Mann, verzog sich, wir waren alleine, sie brachte kalte Limonade, und wir saßen unter den Obstbäumen und redeten und verstanden uns so gut. Das war so wie … wie früher mit uns, Ksenia.«

Ksenia beißt sich auf die Lippen. Früher mit uns. Als ich eine Freundin war, die den Namen verdiente. Eine Freundin, die Scherze machte, bei keinem Spaß verlegen wurde. Bevor ich zu einer alten, verbitterten Zynikerin mutierte.

»Jedenfalls … sie lud mich in das Blockhaus ein, das sie in Pottenstein haben. Du bist im Schwimmbad gewesen, Karina, es war okay für dich, denn, soweit ich mich erinnere, du hattest einen Jungen kennengelernt.«

Lorena stupst Ksenia an, deutet zum *Lerchennest* hinauf. Nach und nach verlöschen die Lichter im Erdgeschoss.

»Im Blockhaus unterhielten wir uns, und dann küssten wir uns. Anabel sagte, ich sei die Person, auf die sie gewartet habe. Es war so ein starkes Gefühl, das uns zueinander zog. Ich habe so etwas nie zuvor erlebt.«

»Aus der Freundschaft wurde eine Affäre«, stellt Ksenia fest.

»Nun, wir reisten ja bald nach Hause, also Karina, Peter und ich. Die Entfernung ist wirklich zu groß, um so eine Beziehung weiterzuführen, und anders als Anabel habe ich auch selten sturmfreie Bude. Ihr Mann pendelt nach München, fährt morgens früh los, kommt abends spät heim, und wenn er Abendtermine an der Uni hat, bleibt er auch weg.«

»Die Freiheit hattest du natürlich nicht«, sagt Karina trocken.

Zum ersten Mal tritt in Heddys Blick so etwas wie Trotz. »Nein, aber ich hätte sie mir gewünscht. Ich sagte zu Anabel, wenn Karina volljährig ist, wage ich mehr, bis dahin müssen wir durchhalten.«

»Was ihr nicht passte?«

»Nein, das würde ich so nicht sagen. Eher war es so, dass der Elan des Anfangs recht flott abkühlte. Sie hielt mich an der langen Leine.«

»Hör mal, Mama.« Karina wendet sich ihrer Mutter zu. »Hattet ihr schon Schluss gemacht? Oder lief das einfach weiter, mal besser, mal schlechter?«

»Letzteres.« Heddy weicht Karinas Blick aus.

Ksenia blickt aus dem Fenster. Was ist nur mit Artur? Der freundliche Niko an seiner Rezeption geht ihr durch den Sinn. Sportklamotten. Der Artur als vermeintlichen Gast in die Dependance eincheckte. Danach womöglich Veronika Bach Bescheid gab, die vor ihnen zum *Lerchennest* aufbrach. Der Motor, der ansprang, während sie noch mit Karina sprach und Lorena voller Glück die Katze begrüßte ... war das die Hotelchefin? Und woher kommt der Motorschlitten? Ist Niko damit eine Abkürzung gefahren, ihnen zuvorgekommen? Ksenia kann sich nicht an Schlittenspuren auf dem Zufahrtsweg erinnern.

»Das Geld, Heddy«, sagt sie. Ihre Unruhe wird größer. Sie nimmt ihr Mobiltelefon zur Hand. Zögert, Arturs Nummer zu wählen.

»Ja. Also, das Geld.«

»Du wolltest Anabel wiedersehen, ein paar Tage von der Familie weg sein. Verstehe ich. Es passt nur nicht zu dir, weder Peter noch Karina Bescheid zu sagen. Noch dazu, wo Peter in der Klinik ist.« Ksenia steckt das Handy wieder in die Tasche.

»Aber das war die Voraussetzung! Er hätte mich doch nie alleine weggelassen!« Ein Laut der Verzweiflung bricht aus Heddy heraus. »Du kennst ihn nicht, Ksenia. Auf Außenstehende wirkt er ruhig und ein wenig betulich, wie der gemütliche Onkel. Mir gegenüber ist er besitzergreifend. Lässt mich keine Minute aus den Augen. Spioniert mir nach, kramt in meinen Sachen.«

»Was?« Karina reißt die Augen auf.

»Weiß er über Anabel und dich Bescheid?«

»Ich glaube, er ahnte etwas.«

»Deshalb musstest du unbedingt Nägel mit Köpfen machen. Die paar Tage nach Weihnachten nutzen. Ist es so?«

Heddy lässt den Kopf hängen.

»Mama, warum hast du mir nichts gesagt?«, flüstert Karina.

»Weil man sein Kind aus dem Unangenehmen raushalten will. Ein Ehepaar muss seine Beziehungsprobleme selbst lösen, nicht auf die Kinder abwälzen.«

Ksenia wischt mit dem Anorakärmel über die beschlagene Fensterscheibe. Weiter oben am Hang sitzt anklagend der Wald, im zaghaften Morgenlicht düster wie auf einem unterbelichteten Schwarz-Weiß-Foto. Das *Lerchennest* liegt jetzt im Dunkeln. Irgendwas stimmt nicht mit Artur.

»Allerdings lief der Ausflug aus dem Ruder, wie es scheint«, bemerkt sie.

»Pah! Die Sache war schon verloren, bevor ich losfuhr.« Heddy schüttelt sich.

Die Katze streckt sich, tapst dreibeinig über Lorenas Schoß zu Ksenia hinüber. Unwillkürlich streichelt Ksenia über das flauschige Fell. Die Verletzungen sehen nicht mehr so grob und gefährlich aus. Die Wunden verheilen, nur mit dem Hinterbein scheint es nichts zu werden. Neugierig schnüffelt Matilda an Ksenias Kleidung, ehe sie sich zusammenrollt und behaglich schnurrt.

»Sie mag dich«, sagt Lorena leise und lächelt.

Mit Tieren ist es einfach, denkt Ksenia. Sie mögen dich oder sie mögen dich nicht. Sie fressen oder sie fressen nicht. Es ist ihnen egal, was du denkst und welcher Weltanschauung du anhängst. Oder ob du eine Beziehung eingehst und in ihr erstickst, woraufhin du dich befreist und wieder neue Fehler begehst. Behutsam tastet sie mit ihrer Hand über die Wunde am Arm. Der Verband ist durchnässt. Zum Henker.

»Wolltest du einen Neuanfang, Mama? War es das? Ich meine, weil du das Geld mitgenommen hast?« Karinas Stimme klingt ängstlich, als fürchte sie die Wahrheit.

»Nein, ganz so war es nicht«, erwidert Heddy. »Diese ganze große Lovestory … Anabel wollte, dass ich mit ihr neu anfange, weit weg. Aber ich wollte das nicht. Ich habe eine Familie. Ich habe dich, Karina!«

Karina schluchzt leise auf.

»Ich hatte mich an Weihnachten endlich durchgerungen, mit Anabel Schluss machen. Dummerweise hatte ich ihr vor Längerem von dem Geld erzählt. Sie redete oft davon, gemeinsam wegzugehen. In einer Phase, in der ich sehr frustriert war, schien mir das sogar irgendwie sympathisch. Ich habe ihr nie deutlich gesagt, dass ich mein altes Leben nicht aufgeben werde. Wisst ihr, Anabel und Leo haben Schulden. Leo hat sich vor Jahren an ein Investment gewagt, das total schiefgegangen ist. Ich glaube, sie spielte mir nur vor, dass sie mit mir neu anfangen will. Ein neues Leben … Ich hätte das doch nicht gekonnt, Karina, verstehst du?«

Für Momente ist es totenstill.

Schließlich fährt Heddy fort: »Die Hotelchefin ist ständig um Anabel und mich herumscharwenzelt. Schließlich haben wir uns auch mal lauthals gestritten. Sie wollte an die 50.000. Und Anabel kriegte mit, dass diese Frau wirklich gefährlich ist. Die schreckt vor nichts zurück und hat mich gestern in dieses Jagdhaus geschleppt. Mit Hilfe eines Ihrer Angestellten. Niko.«

»Und Anabel hat das mitbekommen und sich in ihrer Panik erst mal in der Praxis ihrer Freundin verkrochen!« Ksenia stöhnt leise.

»Mama«, fängt Karina an. »Heißt das jetzt, dass alles wieder so wird wie vorher?«

Ksenias Handy klingelt. Arturs Nummer.

»Ja, Artur?«

»Hier spricht Veronika Bach. Ich gebe Ihnen zwei Stunden, Ihren Freund gegen die 50.000 einzutauschen. Andernfalls geht er zusammen mit dem *Lerchennest* in Flammen auf.«

# 47.

»Veronika Bach hat Artur festgesetzt. Sie will das Geld«, sagt Ksenia tonlos.

»Was?«

»Und Niko ist ihr Helfershelfer. Erinnerst du dich an den Motorschlitten oben beim Haus, Lorena? Er muss kurz vor uns hierher aufgebrochen sein.«

»Ihn haben wir auf der Treppe gehört, stimmt doch, oder, Ksenia?« Lorena schnappt nach Luft. »Was machen wir jetzt?«

»Wo ist das Geld, Heddy?«

»Zu Hause. Unter meiner Matratze.«

»Was?« Ksenia starrt Heddy entgeistert an. »Du bist nicht mit dem Geld ... hierhergefahren?«

Doch Heddy kommt nicht mehr dazu zu antworten. Ein Sportwagen pirscht an den Bauernhöfen vorbei.

»Da kommt jemand!«, ruft Lorena.

Sofort ist die Stimmung aufgeladen, wie unter Strom. Ksenia lässt das Handy sinken. Veronika Bach hat ihnen zwei Stunden gegeben. Es ist jetzt 8.30 Uhr. Eine wie Veronika Bach blufft nicht.

Der Wagen hält an.

»Verdammt!« Ksenia starrt auf ihr Handy. »Der hat uns geortet.«

»War ja zu erwarten«, sagt Karina missmutig. »Oder nicht?«

»Ist es Rick?«, jammert Lorena. »Sagt mir, es ist nicht Rick.«

»Ich sehe nach.« Ksenia steckt ihr Handy ein, packt die protestierende Katze und setzt sie auf Lorenas Schoß.

»Wer ist denn Rick?« Die Frage kommt von Heddy.

»Ein Mistkerl.« Ksenia steigt aus, wirft die Tür zu. Sie hebt die Hände, um zu zeigen, dass sie nichts im Schilde führt.

Der Wagen rollt noch näher heran. Auf der Fahrerseite wird das Fenster heruntergelassen.

»Rick?«, ruft Ksenia halblaut. Rasch wirft sie einen Blick den Hang hinauf. Sie sind im Blickfeld des *Lerchennests*. Minütlich wird es heller.

Rick lässt das Fenster an der Fahrerseite herunter. »Wo ist die Kohle?«

Ksenia beugt sich zu ihm hinunter. Auf dem Beifahrersitz hockt Anabel, die rechte Hand an den Haltegriff gefesselt. Auf der Rückbank liegt mit geschlossenen Augen Leo, mit gefesselten Händen und Füßen.

»Ist er bewusstlos?«, fragt Ksenia.

»Der kommt schon wieder zu sich. Habt ihr das Geld?«

»Ja«, lügt Ksenia kaltblütig und deutet auf das *Lerchennest*. »Es gibt nur ein Problem.«

»Was für eines?«

»Artur ist in der Gewalt der Hotelchefin. Sie droht, die Bude abzufackeln, wenn wir ihr das Geld nicht überlassen.«

»Fuck, Alte, wo ist das Geld?«

Sie deutet auf ihren Arm. Deutlich spürt sie, dass die Wunde wieder zu bluten begonnen hat.

»Ich habe was gut bei dir.«

»Hast du sie noch alle? Ich verhandle hier nicht.«

»Nein, das ist mir klar. Aber Veronika ist nun mal ein Hindernis, wenn wir an das Geld kommen wollen.«

»Veronika?«

»Die Hotelchefin.«

»Du verarschst mich doch.«

Von Anabel kommt ein kleiner Laut. Ein Stöhnen, ein Schluchzen. »Sie hat uns belauscht«, flüstert sie. »Sie wusste das mit dem Geld.«

»Scheiße, Mann!« Wütend schlägt Rick auf das Lenkrad.

»Wo haben Sie dieses Auto requiriert? Ist ja nicht ganz so geländegängig wie Ihr eigenes.«

»Das geht dich nichts an, Nutte.«

»Sind wir ein Team?« Ksenia streckt Rick die Hand hin, obwohl es ihr widerstrebt.

Er schlägt ein. »Meinetwegen.«

»Also: Das *Lerchennest* ist eine Hoteldependance, ziemlich runtergekommen, deshalb nehme ich an, hat Veronika Bach kein Problem damit, die Bude anzuzünden.«

»Hat sie das Geld?«

Ksenia überschlägt kurz ihre Möglichkeiten. »Nein. Hat sie nicht.«

»Verdammt!« Drohend tritt Rick auf sie zu. »Ich mache dich kalt, Nutte.«

»Wie wäre es mit diesem Deal: Sie helfen uns, Artur rauszuhauen, und dann teilen wir?«

»He!«, ruft Anabel aus dem Wagen.

Ksenia ignoriert sie. »Es sind 50.000. Die Hälfte für Sie, Rick.«

»Nein!« Anabel schreit nun. Ksenia kann sehen, wie sie an ihrer Fessel reißt. »Das Geld war für mich.«

Heddy ist ausgestiegen und geht langsam auf den Sportwagen zu.

»Anabel, lass es sein.«

»Du kommst aus der Sache nicht raus. Denk an unsere Abmachung! Das Geld gehört mir.«

»Es gehört Anabel?« Karina stapft zu ihnen herüber. »Warum denn das? Du hast doch gesagt …«

»Sie hat gedroht, alles auszuplaudern«, flüstert Heddy. Tränen rinnen über ihr Gesicht.

»Wem denn? Papa?«

»Nein. Meinem Arbeitgeber.« Heddy wischt sich über

die Augen. »Katholischer Arbeitgeber. Eine gleichgeschlechtliche Beziehung. Die hätten mich doch hochkant rausgeschmissen!«

Entnervt lehnt Ksenia sich gegen ihr Auto. »Da also liegt der Hund begraben! Sie hat dich erpresst!«

»Als ich ihr sagte, dass ich nicht mit ihr weggehen werde, da …« Heddy winkt ab.

»Fuck!« Rick lässt die geballte Faust durch die Luft sausen. »Also, Ladys, ich bin dabei. Wir holen die Kohle. Ihr müsst mir nur noch sagen, wo sie ist.«

Heddy fängt an zu lachen. Ein hysterischer Lachkrampf. Ksenia wechselt einen Blick mit Karina. Als Heddy sich beruhigt hat, sagt sie: »Das Geld ist gut versteckt. Wir teilen, wenn Artur in Sicherheit ist.«

## 48.

Ksenia stapft neben Rick durch den Wald. Sie wollen sich in einem weiten Bogen dem *Lerchennest* nähern, während Heddy und Karina den kürzeren Weg nehmen. Ksenia fühlt Schwindel aufkommen, es muss an der Wunde liegen, die blutet weiter, nicht sehr stark, aber so, dass sie sich schwach und unkonzentriert fühlt.

Zunächst folgen sie einem Weg in den Wald hinein, der vom *Lerchennest* aus nicht einsehbar ist. Die Bäume scheinen enger zusammenzurücken, der Schnee liegt hoch. Rick keucht und ächzt bei jedem Schritt, und trotz ihrer Schmerzen hängt Ksenia ihn rasch ab.

»He, warte!«

Sie blickt zurück.

»Haben Sie Micha getötet?«

»Nein, habe ich nicht.« Er zerrt die Kapuze von seinem kahlen Kopf, ist schweißüberströmt.

»Wer dann?«

»Woher soll ich das wissen? Vielleicht eine Nutte.«

»Silvia«, murmelt Ksenia. Es kommt ihr so unwahrscheinlich vor. Aber wenn sie jetzt drüber nachdenkt ... Warum hat Silvia sie überhaupt angesprochen? War da wirklich nur Eifersucht im Spiel? Oder sollte die Szene ein Ablenkungsmanöver sein, in der Silvia sich als Michas betrogene Geliebte darstellte, um dabei das Bild des Unschuldslamms in Ksenias Gedächtnis zu hinterlassen?

»Wer?«

»Seine Ex.«

»Siehst du, da hast du schon die Lösung. Wieso sollte ich ihn umbringen? Ich habe euch belauscht, okay. Ich stecke selbst in Schwierigkeiten. Kann vorkommen, wie du weißt.« Sein Blick flackert.

Ksenia geht weiter. In der Stille des Waldes, in der sie nur ihre und Ricks Schritte hört, das Knarzen des Schnees unter ihren Sohlen, rasen Hunderte von Gedanken durch ihren Kopf. Hier mit einem Mörder gemeinsame Sache zu machen – sie schüttelt sich.

»Schweinekalt. So einen Winter hatten wir bei uns schon lang nicht mehr«, beschwert sich Rick.

Ksenia ignoriert ihn. Unmerklich beschleunigt sie. Sie müssen Artur raushauen. Rechts knacken Zweige. Als sie hinschaut, sieht sie einen grauen Schatten, der zwischen den Bäumen verschwindet.

»Scheiße, was war das?«, keucht Rick.

»Ein Reh vielleicht.«

»Pah, ein Reh! Da lache ich ja!« Rick tastet über seine Jacke. »Einen Braten könnte ich uns schon schießen, wenn sich die Gelegenheit ergibt.«

Ksenia bleibt stehen, hebt die Hand. Auch Rick bewegt sich nicht mehr, es ist nun so still im Wald, dass sie die Rehe hören kann. Und riechen. Sie hat diese Nase. Im Wald kann sie wittern wie ein Tier.

»Was …«, hebt Rick an.

Die Rehe brechen 20 Meter vor ihnen aus dem Dickicht. Sie tragen dickes graues Winterfell. Eines nach dem anderen traben sie über den Pfad und tauchen auf der anderen Seite zwischen den Bäumen ab.

»Wahnsinn«, japst Rick, als das letzte Tier verschwunden ist und wieder Stille im Wald herrscht. »So was habe ich noch nie gesehen.«

Beinahe muss Ksenia lächeln. »Sie gehen nicht oft in den Wald?«

Er glotzt sie an, als hätte sie ihn gefragt, ob er letztens auf dem Mond war.

»In den Wald?«

Ksenia geht weiter. Es fühlt sich wie eine Pioniertat an, den verschneiten Pfad als Erste zu begehen. Als der Weg eine Biegung nach rechts macht, wendet sie sich nach links.

»He!« Rick protestiert. »Ich habe klatschnasse Füße, soll ich durch das Unterholz da laufen?«

»Wir müssen zum *Lerchennest*, das liegt in etwa da unten.«

»Hast du einen Kompass in der Nase?« In seiner Bemerkung klingt etwas mit, das Ksenia erstaunt. Respekt.

»Ich glaube schon«, sagt sie und stapft weiter.

Nach zehn Minuten sieht sie das Jagdhaus etwas unter ihnen liegen. Schweigend deutet sie mit der Hand darauf.

»Okay, klar.« Rick bleibt stehen. »Also, noch ein Stück da rüber. Hoffen wir, dass deine Freundin ihren Part nicht versaut.«

»Wird sie nicht.«

»Hast du mal drüber nachgedacht, wem das Geld gehörte? Das ihr gefunden habt?«

»Natürlich. Allerdings ohne Ergebnis, wie Sie sich denken können.«

Rick lacht auf. »Es war meines.«

»Was?«

»Ohne Scheiß. Ein Kumpel und ich haben eine illegale Pokerbande abgezockt. Der Kumpel hat die Kohle deponiert, aber ein paar von den anderen haben ihn kalt gemacht, allerdings zu früh.«

»Zu früh?«

»Bevor sie aus ihm rausgequetscht hatten, wo das Geld lagerte. Deshalb habe ich es wochenlang nicht abgeholt. Ich hatte Bedenken, dass die auch an meinen Fersen kleben.«

»Also wussten Sie, dass es auf dem Hochsitz im Wald versteckt war, und warteten nur auf einen günstigen Moment, um es abzuholen?« Ksenia schlägt sich mit der Hand an den Kopf. So macht das Ganze natürlich Sinn.

Rick, der sie in *Rolands Pub* belauscht und einen inneren Triumph feiert, weil er endlich weiß, wo das Geld abgeblieben ist. Um dann zu erfahren, dass die Hälfte von allem bereits verbraucht ist.

»Es ist mein Geld«, sagte Rick und schaut erst Ksenia an, bevor er seine Waffe aus der Jacke zieht.

## 49.

Ksenias Handy vibriert wie abgesprochen. Auf dem Display Heddys Nummer.

»Es geht los!«, sagt sie zu Rick.

Der nickt nur. Entsichert die Pistole.

Ksenia muss ihm vertrauen, sie hat keine andere Wahl. Entschlossen stapft sie 20 Meter durch den Tiefschnee, erreicht den Waldrand und geht schnurstracks auf das *Lerchennest* zu.

»Frau Bach?«, ruft sie laut.

Ein Fenster wird geöffnet. Suchend huscht Ksenias Blick über die Fassade.

»Frau Bach, kommen Sie raus.«

»Haben Sie das Geld?« Die Hotelchefin beugt sich aus einem Zimmer im ersten Stock.

Ksenia klopft auf ihren Anorak. »Ja.«

»Sie kommen rein.«

»Kommen Sie raus. Und bringen Sie Artur mit.«

»Vergessen Sie es.«

Langsam geht Ksenia auf das Haus zu. Sie kann nicht lange verhandeln. Sie fühlt sich zu schlecht. Die Wunde pocht. Sie ist todmüde.

An der Tür bleibt sie stehen. Das Fenster wird zugeschlagen. Wenig später öffnet die Hotelchefin die Haustür. Ein beißender Geruch dringt nach draußen. Gas.

»Um Gottes willen, was haben Sie vor?«

»Dieses Haus ist eine Last, die Renovierung könnte ich mir nie leisten.«

»Sie haben Niko instruiert, Artur herzuschicken.«

»Ich ahnte, dass Sie nicht lockerlassen würden. Deshalb habe ich zu Niko gesagt, er sollte mir sonderbare Gäste melden. Und einer, der morgens um 6 Uhr ein Zimmer sucht, ist sonderbar.«

»Niko ist hier. Habe ich recht?«

Veronika Bach mustert Ksenia, verzieht die Lippen, versucht, ihre Überraschung zu überspielen.

»Artur?«, ruft Ksenia laut.

»Lassen Sie das.«

»Ich will ihn sehen.« Ksenia tritt über die Schwelle.

Veronika Bach schließt die Haustür.

Das ist das Signal. Sobald sie nicht mehr sichtbar ist, werden Rick, Heddy und Karina die Zeit stoppen. Wenn Ksenia nach einer Viertelstunde kein Lebenszeichen gegeben hat, sollen sie einschreiten.

Sie stehen in einem düsteren Vorraum. Der Gasgeruch raubt ihr fast das Bewusstsein.

»Sie würden das doch nicht wirklich tun!«, sagt Ksenia sanft. »Oder?«

»Ich habe eine gute Versicherung.«

»Und das alles wegen Ihrer Tochter?«

Veronika Bach stemmt die Arme in die Hüften. »Geht Sie das was an?«

»Sie mussten Anita auszahlen. Doch wer ihr Vater ist, haben Sie ihr nicht gesagt.«

»Ich kam erst drauf, als ich Leo sah.«

»Leo?« Ksenia zieht sich ihren Schal über Mund und Nase. Das hier kann nicht lange gut gehen.

»Anabel besuchte Heddy Volkmann im Hotel, die beiden tranken Kaffee. Später kam Leo Schmidt-Reichart, um seine Frau abzuholen. Da bemerkte ich es.«

»Was?«

»Diese Ähnlichkeit. Leo und Anita – sie haben beide die gleichen Gesichtszüge. Die Augenpartie! Eklatant.«

Ksenia starrt Veronika Bach für einen Moment verdattert an, ehe sie sagt: »Erich Schmidt-Reichart ist Anitas Vater?«

Die Hotelchefin wendet den Blick ab.

»Frau Bach, warum haben Sie Ihrer Tochter nichts gesagt?« Ksenia kämpft gegen die Mattigkeit, die sich in ihr breitmacht.

»Ich habe in dem Sommer, als Peter Volkmann seine Recherchen gemacht hat, Hilfe angeboten, um an die Leute von damals heranzukommen. Ich begleitete ihn zu Pältschik, aber zu Schmidt-Reichart konnte ich wegen anderer Termine nicht mit. Ich habe den Mann nicht für wichtig gehalten.«

»Moment. Immerhin ist er der Vater Ihrer Tochter.«

»Das wusste ich doch nicht! Ich kannte nicht einmal seinen richtigen Namen!« Veronika Bach zieht ein Feuerzeug aus der Hosentasche. »Als wir uns kennenlernten, nannte er sich Falko.«

Ksenia deutet auf das Feuerzeug.

»Machen Sie das nicht, Frau Bach!«

»Warum nicht? Weil Sie das Geld gar nicht bei sich haben? Weil es dieses Geld vielleicht gar nicht gibt?«

Ksenia ist schwindelig von den Schmerzen in ihrem Arm. Das Aspirin hat seine Wirkung längst verloren. Noch schlimmer ist das Gas: Ihr Kopf schmerzt, ihr wird übel. Wie Veronika Bach es in diesem Gestank aushalten kann, ist ihr schleierhaft.

»In Sachen Menschenkenntnis macht mir niemand was vor, das können Sie mir glauben. Sie stecken in viel größeren Schwierigkeiten als ich.« Das Feuerzeug verschwindet wieder in der Hosentasche.

»Wo ist Artur?«

Die Hotelchefin macht eine Bewegung zur Tür, die weiter ins Haus führt. Ksenia ahnt, dass sie einen Fehler begeht, doch sie setzt sich in Bewegung, öffnet die Tür. Der Gasgeruch wird noch stärker. Sie steht in einem Korridor. Am hinteren Ende sitzt Artur gefesselt auf einem Stuhl, eine blutende Wunde am Kopf.

»Artur?« Sie läuft auf ihn zu, schüttelt ihn. Er rührt sich nicht. Wütend beginnt Ksenia, an den Stricken zu nesteln.

»Lassen Sie das.«

»Warum wollen Sie uns alle umbringen? Reicht es nicht, wenn Sie sich selbst in Teufels Küche bringen?«

Draußen springt ein Motor an. Der Schlitten! Niko macht gerade seinen Abgang. Das Motorengeräusch heult auf und entfernt sich schnell.

Veronika Bach sieht Ksenia lange an. »Wissen Sie, ich hatte keinen leichten Start. In meinem Heimatort verachtet, weil ich schwanger war, ein Kind ohne Vater hatte, den Vater nicht einmal kannte. Zuerst dachten sie, ich würde den Erzeuger meiner Tochter schützen wollen, aber ich wusste wirklich nicht, wer er war. Falko aus Erlangen. Ein Student. Ich war das Luder des Dorfes. Deshalb habe ich beschlossen, es ihnen zu zeigen. Ich habe eine Ausbildung gemacht, mit Kind. Meine Mutter kümmerte sich um Anita. Ich arbeitete mich im Hotelfach hoch. Bis ich die Möglichkeit bekam, das Hotel *Im Wiesenttal* zu übernehmen. Mein Triumph.«

Ksenia hört, wie Artur aufstöhnt, als käme er zu Bewusstsein. Sie zerrt weiter an den Knoten, während Veronika redet.

»Anita hatte die Absicht, in meine Fußstapfen zu treten, darüber freute ich mich, aber dann wurde sie zur Konkurrenz. Sie wollte Juniorchefin werden. Ich schreckte davor zurück, einen Teil der Verantwortung abzugeben. Sie war natürlich alt genug, es stand ihr auch zu, mich zu beerben, aber zugleich machte sie mir die Hölle heiß, sie wolle endlich wissen, wer ihr Vater ist. Irgendwann glaubte sie mir endlich, dass ich es wirklich nicht wusste. Doch das schockierte sie so, dass sie alle Bande zwischen uns kappte. Sie ging nach Portugal, verlangte, dass ich sie auszahlte, damit sie dort neu anfangen konnte.« Veronika Bach zieht erneut das Feuerzeug hervor, spielt damit herum, lässt es von einer Hand in die andere gleiten. »Ich sah keine Möglichkeit, sie zurückzugewinnen. Ich hatte sie endgültig verloren! Das hat mir das Herz gebrochen.«

Ksenia hebt den Blick, starrt auf das Feuerzeug. Ihr ist übel, ihr Herz rast.

»Lassen Sie Artur und mich gehen!«

Wieder stöhnt Artur. Seine Lider flattern.

»Fliegen Sie nach Portugal. Sprechen Sie mit Anita. Es wird sich eine Lösung finden.«

Veronika schüttelt den Kopf. Sie betrachtet das Feuerzeug, als könne es Antworten auf Fragen geben, die sie sich noch nie zu stellen wagte.

## 50.

Ein Höllenlärm lässt die beiden Frauen innehalten. Die Eingangstür kracht auf, Holz splittert. Rick!

»Verdammt, was ist das für ein Gestank hier?« Er hält die Waffe hoch, zielt direkt auf Veronika Bach. »Schmeiß das verdammte Feuerzeug weg!«

»Glauben Sie, dass ich irgendeinen Grund habe, genau das zu tun?«

»Ich blase dir ein Loch in deinen Kopf.«

»Das werden Sie wohl eher tun, wenn ich das Feuerzeug fallen lasse.«

Ksenia spürt, wie die Luft auffrischt. Die Tür steht offen, aber das wird nicht reichen. Sie kämpft gegen den Drang, sich zu übergeben. Endlich hat sie Arturs Fußfesseln gelöst. Rick wirft ihr ein Taschenmesser zu. Sie schneidet die Stricke an seine Händen durch, ohrfeigt ihn.

»Artur!«

Er stöhnt.

Veronika hebt das Feuerzeug. Irgendwo hinten im Haus splittert Glas. Ein Luftzug wird spürbar.

»Heddy! Karina!«, schreit Ksenia, während sie Arturs Arme, der zwischen Wachen und Bewusstlosigkeit treibt, über ihre Schultern zieht und ihn hochstemmt. Vor ihren Augen tanzen grelle Lichtpunkte. »Alles ist voller Gas.« Ihre Knie geben unter Arturs Last nach. Sie fällt hin.

»Ksenia?«, hört sie Heddy schreien. Mehr Glas geht zu Bruch.

Ein Schuss ertönt, ein Schmerzensschrei. Ksenia schaut sich um, sie sieht verschwommen, alles tut ihr weh. Veronika Bach knicken die Beine ein. Sie sinkt auf den Boden. Das Feuerzeug liegt vor ihr auf dem Parkett. Rick tritt darauf. Veronika hält sich die Hand, Blut tropft.

Sie müssen hier raus.

Hände packen Artur, zerren ihn von Ksenia herunter. Sie hört schleifende Geräusche, dann rüttelt sie jemand an der Schulter. Sie schreit vor Schmerzen. Karinas Stimme ist nah an ihrem Ohr. »Steh auf!«, schreit sie immer wieder. Irgendwie schafft Ksenia es raus, auf die Terrasse, wo sie zu Boden sinkt.

»Verdammt!«, hört sie Heddy. »Ksenia! Sag was! Rede mit mir.«

Sie muss kurz das Bewusstsein verloren haben. Ksenia spürt Schnee unter sich. Tief atmet sie ein. Sie keucht, ihr ist immer noch übel, aber der Nebel um sie herum lichtet sich, und sie sieht wieder klarer.

»Was ist los?«, stöhnt sie. »Was ist mit Veronika?«

»Rick hält sie in Schach. Hör zu, Ksenia, ruf Lorena an, sie soll Anabel und Leo freilassen. Schnell. Und sie selbst soll das Auto fluchtbereit halten.«

Ksenia tastet nach ihrem Handy.

»Lorena?« Irgendwie gelingt es ihr, die Anweisungen zu geben. Ihr ist so übel, dass sie anschließend das Telefon in den Schnee fallen lässt. Sie würgt, aber es kommt nichts außer ein bisschen Galle. Ihr Magen ist völlig leer. Doch selbst in ihrem benebelten Zustand ist ihr eines klar: Anabel und Leo werden herkommen. In ein mit Gas vollgepumptes altes Haus, in dem es ein Feuerzeug gibt, über das nun Rick gebietet. Sie weiß nicht, ob ihr das besser gefällt, als wenn Veronika es noch in der Hand hätte.

Aufregung tobt ringsum. Kurz nimmt sie Veronikas lauten Protest wahr. Karina stapft auf der Terrasse herum und sammelt etwas auf. Aus den Augenwinkeln sieht Ksenia, wie Heddy ums Haus herumgeht.

»Artur?«, flüstert sie.

»Ja!«, kommt es heiser zurück.

»Sind Sie okay?«

»Nicht besonders.« Er stöhnt.

Ksenia spürt, wie er versucht, sich aufzurappeln.

»Wir müssen weg!« Er steht auf seinen Beinen und beugt sich zu ihr herunter. »Stehen Sie auf.«

Sie versucht es. Es funktioniert. Als sie steht, ist ihr kurz so schwummrig, dass sie sich an Artur festhalten muss.

»Los! In den Wald! Schnell, verdammt!«

Sie folgt ihm, eine Hand an seinem Parka. Mit jedem Schritt scheint es ihr, als kämen sie schneller vorwärts. Sie lässt los, läuft nun in ihrem eigenen Tempo. Am Waldrand dreht sie sich um. Artur packt sie, zieht sie zwischen die

Bäume. Anabel und Leo stapfen eilig durch den Schnee auf das *Lerchennest* zu. Der Himmel hat sich zugezogen, es beginnt wieder zu schneien. Schwere Flocken diesmal, die binnen Sekunden zu dichtem Schneetreiben werden. Ksenia geht in die Hocke. Während Anabel und Leo direkt auf das Haus zuhalten, sieht sie, wie Heddy und Karina sich auf der Terrasse an etwas zu schaffen machen. Sie blinzelt angestrengt, kann aber unmöglich mehr erkennen.

»Was machen die da, Artur?«

Artur antwortet nicht. Er ist damit beschäftigt, seinen Mageninhalt hinter einen Baum zu spucken.

Ksenia schaut zu, wie Heddy und Karina langsam an den Rand der Terrasse gehen; zeitgleich betreten Anabel und Leo das Haus. Nun rennt Rick aus dem Haus auf die Terrasse, die Waffe nach innen gerichtet. Plötzlich reißt er sie hoch und schreit etwas. Ksenia sieht etwas fliegen, zuerst denkt sie, es wäre ein Vogel, ein großer, dunkler, doch schnell merkt sie, dass es ein Bündel ist, das durch die offene Terrassentür ins Haus geschleudert wird.

»Ich glaub's nicht«, keucht Artur, der neben sie getreten ist.

Heddy und Karina rennen in vollem Tempo in den Wald, gefolgt von Rick. Ksenia will sich aufrichten, um besser zu sehen, als eine enorme Druckwelle sie zu Boden reißt. Dornige Zweige schnellen über ihr Gesicht, fest kneift sie die Augen zu. Der ohrenbetäubende Knall der Explosion rauscht über sie hinweg. Unwillkürlich hat sie ihren Mund weit aufgerissen. Jemand packt sie an der Schulter, sie steht auf, rennt, schickt ihre Füße wie ferngesteuert durch den tiefen Schnee, bis sie Heddy und Karina vor sich sieht, die sie mit hektischen Gesten auffordern, schneller zu laufen.

Nur kurz wagt sie einen Blick zurück. Das *Lerchennest*,

oder was davon übrig ist, brennt lichterloh. Immer noch schneit es. Keuchend folgt sie Heddy und Karina. Rick hat zu ihnen aufgeschlossen. Sie sieht keine Waffe in seiner Hand, nur Ruß in seinem Gesicht und einen wilden Ausdruck in seinen Augen. Irgendwann steht da Lorena im Wald, winkt, und sie beschleunigen.

Hinter ihnen deckt der Schnee ihre Fußstapfen zu.

# 51.

**31.12.**

»Vier Tote.« Ksenia legt Holz nach. »Micha. Veronika Bach. Anabel. Leo.« Sie sind seit gut 24 Stunden wieder zu Hause. Zu kurz, um die Veränderungen zu verarbeiten. Irgendein Teil von ihr rennt immer noch durch den verschneiten Wald, während hinter ihr ein Haus explodiert.

Lorena und Heddy sitzen auf dem Sofa, Karina spielt auf dem Teppich mit Matilda. Die Katze gewöhnt sich allmählich einen vierbeinigen Gang an. Trotz der Aufregungen verläuft ihr Heilungsprozess stringent.

Was man von unserem nicht behaupten kann, denkt Ksenia. Wir haben alle was abgekriegt. Ob die vielen Wunden überhaupt heilen? Wie kann man leben, wenn man direkt oder indirekt vier Menschen auf dem Gewissen hat?

Selbstverständlich hat keine von ihnen im Internet die Ereignisse gegoogelt. Sie haben über Printmedien und regionale TV- und Radiosender die Nachrichten abgefragt und genug herausgefunden.

Veronika Bach sowie Anabel und Leo Schmidt-Reichart sind bei der Explosion des *Lerchennests* ums Leben gekommen. Das war erst gestern, obwohl es Ksenia vorkommt, als seien bereits Tage vergangen. Silvia Roos ist – ebenfalls am 30.12. – festgenommen worden, sie steht unter Verdacht, Micha Gehling im Affekt umgebracht zu haben, als sie ihn mit seiner Untreue konfrontierte und sie beide in Streit gerieten. Rick ist mit seinem Wagen, der noch am Hotel parkte, nach Hause gefahren, die anderen haben sich auf Ksenias und Heddys Leihauto aufgeteilt.

»Ich verstehe trotzdem nicht, wieso du diesem Rick das ganze Geld überlassen hast, Mama«, sagt Karina nun.

»Ist schmutziges Geld, Karina, ist Blutgeld, verstehst du nicht?« Lorena ist aufgeregt. »Bringt nur Unglück, immer und immer wieder.«

Artur kommt herein, in den Händen einen großen Korb mit Feuerholz.

»Danke«, sagt Ksenia nur.

»Ich mache das gern. Holz spalten. Könnte mich vielleicht als Waldarbeiter verdingen. Jetzt, wo meine Rösterei den Bach runtergeht.«

Ksenia sieht ihn nachdenklich an. Zu den vier Toten kommen auch zwei Insolvenzen. Es sei denn …

»Hören Sie mal, Artur. Wenn ich mein Reisebüro verscherble, bleibt mir nicht viel, aber was halten Sie davon, wenn ich das Wenige in Ihr Business investiere?«

Heddy verdreht die Augen. »Dir ist nicht zu helfen, Ksenia.«

»Wieso?« Ksenia dreht sich zu Heddy. »Du bist aus dem Schneider. Dein Arbeitgeber wird von den Eskapaden mit Anabel nichts erfahren. Genauso wenig wie Peter. Was machen eigentlich seine Bandscheiben?«

»Übermorgen wird er endlich operiert. Eigentlich unsäglich, dass sie zwischen Weihnachten und Neujahr nichts gemacht haben, außer ihn mit Schmerzmitteln vollzupumpen.«

»Ich schätze, daraus wird nichts. Also, aus der Geldspritze«, sagt Artur betont locker. »Vergessen Sie nicht, ich habe noch die Kredithaie an den Fersen.«

Deswegen übernachtet Artur zurzeit bei ihr. Um in Sicherheit zu sein. Wie es weitergeht, wird man sehen.

»Wie ist das mit Anita? Du hast sie angerufen. Wird sie dich mit dem Tod ihrer Mutter in Verbindung bringen?«, fragt Heddy.

»Niemand kann nachweisen, dass ich in der Fränkischen Schweiz war.«

»Aber die Bewegungsdaten deines Handys, die kann man abfragen.«

»Ich habe bei der Telefongesellschaft angerufen. Offiziell wurde mein Handy am 27.12. in einem Supermarkt gestohlen.«

»Meinst du, das klappt?«

Ksenia zuckt die Achseln. »Warum sollte es nicht? Die schicken mir eine neue SIM-Karte zu. Der Punkt ist, ich telefoniere nie viel mit dem Ding, es ist schon glaubhaft, wenn ich behaupte, ich hätte es erst vier Tage später gemerkt.«

Die anderen wechseln skeptische Blicke.

»Anita kann froh sein, dass das *Lerchennest* Vergangenheit ist. Jetzt tritt sie das Erbe in Franken an und muss sich nicht überlegen, wie sie den alten Kasten abwickelt«, sagt Artur.

»Trotzdem. Du hast mit Anita telefoniert«, schaltet Lorena sich ein. »Hast ihr eine Mail geschrieben, oder? Anita ist der schwache Punkt. Sie kann dich mit der Sache in Verbindung bringen. Wenn die Polizei ernsthaft nachforscht, haben sie dich. Du hast eine Schusswunde, vergiss das nicht.«

»Hm«, macht Ksenia.

»Fuck«, sagt Artur schließlich. »Und dann wäre da noch Niko.«

Karina hat unterwegs an einer Raststätte von einem öffentlichen Fernsprecher im Hotel *Im Wiesenttal* angerufen. Nach Niko gefragt. Der habe sich krankgemeldet, hieß es.

»Niko wird den Ball flach halten«, sagt Ksenia. »In so einem Hotel bleibt nichts unbeobachtet. Jemand kann gesehen haben, wie er mit dem Motorschlitten aufbrach oder zurückkam.«

»Frommer Wunsch«, lässt sich Artur vernehmen.

Es klingelt. Alle fahren zusammen.

»Jetzt? Es ist schon nach zehn!« Heddy sieht auf die Uhr.

»Ich gehe.« Ksenia steht auf. Dabei schießt ein fieser Schmerz durch ihren Arm. Sie hat nicht gewagt, zum Arzt zu gehen, obwohl sie fürchtet, dass sich die Wunde entzündet hat.

Sie öffnet die Tür. Da steht Rick, eine riesengroße Einkaufstasche über der Schulter, in der man Glas klirren hört.

»Was wollen Sie denn?«

»Silvester feiern.« Rick grinst.

»Wir haben ausgemacht, uns nicht mehr zu treffen.«

»Beruhige dich. Kann ich reinkommen?«

Ksenia tritt zur Seite. Hört Lorenas leisen Aufschrei, als Rick eintritt. Tief atmet sie die kalte Luft ein. Anders als in Franken liegt hier im Norden nur noch wenig Schnee, und es sieht nicht so aus, als sollte viel fallen in den nächsten Tagen. Die Nacht ist sternenklar, keine *Wilde Jagd* zieht säbelrasselnd über den Himmel. Die Temperaturen allerdings werden eisig werden. Kurz lässt Ksenia den Blick durch die Dunkelheit wandern.

Da ist niemand.

Sie schließt die Tür und dreht den Schlüssel zweimal um, bevor sie ins Wohnzimmer geht.

Rick hat mehrere Flaschen Sekt aus der Tasche genommen. »Stoßen wir an! Ich habe nämlich später noch eine Verabredung.«

Karina bringt Gläser. Sie prosten einander zu, trinken, versuchen, sich zu unterhalten, aber es kommt kein richtiges Gespräch zustande. Jeder scheint mit den eigenen Gedanken beschäftigt. Ksenia spürt selbst, dass die Bilder sie nicht loslassen, genauso wenig wie die Geräusche, der Knall der Explosion. Am schlimmsten jedoch ist die Erinnerung an den Gasgestank.

Wir haben zu viele Spuren hinterlassen, denkt sie. Mag sein, dass jemandem Ricks dicker Geländewagen vor dem Hotel aufgefallen ist. Und der Schuss auf dem Werkhof hinter der Zahnarztpraxis … Wenn der Schnee taut, wird man das Projektil finden. Der alte Erich Schmidt-Reichart, der den Tod von Sohn und Schwiegertochter betrauert, genauso wie Lothar Pältschik: Sie alle erinnern sich mit Sicherheit an Ksenias Besuch.

Nach einer halben Stunde ist Rick wieder weg. Eine gute Stunde später holt Lorena die Mitternachtssuppe aus der Küche. Sie sitzen und essen, nun löst sich die Stimmung doch ein wenig, aber nicht wie sonst an Silvester. Plötzlich ist Ksenia klar, was so anders ist: Diesmal wünscht sie sich eine Menge Dinge *nicht*. Sie will *nicht* erwischt werden, *nicht* die Zeche für all das Unheil zahlen, das sie angerichtet hat. Vor allem für ihre Unverfrorenheit, diese freundlichen und hilfsbereiten Menschen, die um sie herum sitzen, in eine Sache hineingezogen zu haben, mit der sie nichts zu tun hatten. Außer vielleicht Heddy. Doch sollte man nicht zum Jahreswechsel positiv wünschen? Das benennen, was man wirklich will? Und hat sie sich den ganzen Schlamassel nicht selbst eingebrockt? Wäre es nicht recht und billig, wenn sie all das Chaos ausbadete?

Um 0.30 Uhr verabschieden sich Heddy und Karina. Sie nehmen Lorena mit ins Dorf. Unversehens sind Ksenia und Artur allein.

»Ricks Einkaufstasche steht noch hier«, sagt Artur.

»Egal. Damit bringe ich morgen das Altglas weg. Er hat jetzt genug Kohle, um sich eine neue zu kaufen, wenn er eine braucht.«

Artur lacht auf. »Dumm gelaufen, das alles, was?«

Ksenia schenkt sich einen Whiskey ein. »Sie auch?«

Er nickt. »Was wünschen Sie sich fürs Neue Jahr, Ksenia?«

»Einfach meine Ruhe. Und Sie?«

»Ich würde gern meine Tochter öfter sehen. Irgendwann, wenn ich mein Leben auf die Reihe gekriegt habe.

Und dazu gehört, dass ich Sie nicht in Gefahr bringen will. Ich schaue mich besser nach einem anderen Versteck um. Gleich morgen.«

»Keine Eile.«

»Es ist mir ernst. Sie haben mir das Leben gerettet. Diese Veronika Bach hätte mich in die Luft gejagt.«

»*Ich* habe *Sie* in die Bredouille gebracht.«

»Unsinn. Das war ich selbst, indem ich Micha zugesagt habe, Heddys Tresor leerzuräumen.«

»Ganz schön vertrackt alles, oder?«

Artur nickt nur.

Sie trinken. Dann steht Artur auf und verschwindet im Bad. Die Dusche wird aufgedreht. Ksenia trägt Gläser und Geschirr in die Küche und kommt zurück, um die leeren Flaschen in die große Tasche zu räumen. Darin liegt etwas.

Ein Umschlag. Ein ziemlich dicker. Sie greift danach. Außen klebt ein Post-it.

*Hallo Ksenia, die Kohle ist verflucht, so viel ist klar. Nimm sie. Mir ist das zu heiß. R.*

Ksenia öffnet den Umschlag. Zählt. 50.000. Rick hat keinen einzigen Schein für sich abgezweigt.

Sie hört Wasserrauschen im Bad. Zählt noch mal. Dann geht sie mit dem Umschlag in ihr Schlafzimmer und schließt die Tür.

# EPILOG

**Sechs Monate später**

*Liebe Ksenia!*

*Nach Ihrem flotten Abgang in der Silvesternacht ist viel passiert. Wir haben erst mal nicht nach Ihnen gesucht, da die Wunden noch frisch waren. Schließlich hat Karina die Sache in die Hand genommen und sich durchs Netz gepflügt, mit allen technischen Tricks, von wegen Spuren verwischen und so. Wir wissen also, wo Sie sich verstecken, aber wir werden natürlich einen Teufel tun und Sie verpfeifen!*

*Im Gegenteil, ich muss mich für die 10.000 bedanken, die Sie mir dagelassen haben. Damit habe ich die Schulden bei dem Kredithai bezahlt, es war höchste Eisenbahn, das kann ich Ihnen sagen. Den traurigen Rest von 1.200 Euro wollte ich eigentlich Heddy und Karina lassen, aber sie bestanden darauf, dass ich die Summe nutze, um es noch mal mit der Kaffeerösterei zu versuchen. Heddy hat mir sogar noch zusätzlich einen stattlichen Betrag geliehen. In dem Zusammenhang ist Lorena ins Spiel gekommen. Sie kann gut mit Zahlen, wussten Sie das? Wie soll ich sagen – wir sind jetzt zusammen und führen die Kaffeerösterei gemeinsam. Wir haben sie umbenannt:* Lorena's Cuban Coffee *heißt sie jetzt. Klingt sexy, oder? Jedenfalls appetitanregender als* Kaffeerösterei Uhl. *Im Augenblick sieht es so aus, als könnte das Geschäft wieder in die schwar-*

*zen Zahlen kommen, zumindest arbeiten wir hart daran. Karina baut uns gerade einen vernünftigen Webshop auf. Sie hat seit ein paar Wochen einen Freund, der Informatik studiert und ihr dabei hilft. Im September beginnt sie eine Lehre: als Reisekauffrau! Und da mein Leben ein wenig geordneter verläuft als zuvor, sehe ich meine Tochter seit einigen Wochen alle 14 Tage.*

*Übrigens ist Erich Schmidt-Reichart zu Beginn dieses Jahres gestorben. Wir haben die Todesanzeige in den* Erlanger Nachrichten *gefunden. Wahrscheinlich hat ihm das brutale Ende seines Sohnes und dessen Frau so zugesetzt, dass er einfach nicht mehr weiterleben wollte. Die Universität München hat einen Nachruf auf ihren geschätzten Professor Leo Schmidt-Reichart auf ihrer Webseite. Ist wirklich lesenswert, vielleicht surfen Sie ja mal im Netz. Die Hauptaussage ist, dass Leo mit seiner Frau während des Weihnachtsurlaubs in einer Pension durch einen tragischen Unfall starb, welcher wiederum durch eine veraltete Gasheizung verursacht worden sei. Wir fragen uns, ob die Polizei bei der Untersuchung der Explosion zu demselben Schluss gekommen ist, ganz zu schweigen von der Versicherung. Anzunehmen, dass Anabel und Leo glaubten, das Geld sei tatsächlich im* Lerchennest, *und dass sie deswegen hinrannten, um es Veronika Bach noch abzuluchsen, anstatt Fersengeld zu geben und sich in Sicherheit zu bringen.*

*Anita Bach jedenfalls hat das Hotel* Im Wiesenttal *übernommen und führt es nun weiter. Die Lokalzeitung in der Fränkischen Schweiz hatte einen groß aufgemachten Artikel darüber. Vom zerfetzten* Lerchennest *war keine Rede. Heddy meint, dass Bestechung im Spiel wäre und deshalb niemand die Sache mit der defekten Gasheizung hinter-*

*fragt. Sollte Anita genauso kriminell veranlagt sein wie ihre Mutter, hat sie 100-prozentig ihre Finger im Spiel. Karina unkt, Anita habe es geschafft, die Vaterschaft von Erich Schmidt-Reichart posthum eintragen zu lassen und sich so dessen Erbe zu sichern, um die Bestechungssumme aufzubringen. Lorena und ich diskutieren das oft. Es kommt mir verrückt vor, aber wie wir im vergangenen Winter gelernt haben: Möglich ist fast alles.*

*Rick ist übrigens nie wieder aufgetaucht, vermutlich hat er die Stadt verlassen.*

*Ich bin nicht abergläubisch, wie Sie wissen, doch manchmal denke ich an die Geschichte von der* Wilden Jagd. *Im vergangenen Winter hat sie einige Leute mitgerissen, was? Und das, obwohl wir in den* Rauhnächten *keine Wäsche gewaschen und aufgehängt haben.*

*Vielleicht ist es Ihnen möglich, uns mitzuteilen, was Sie langfristig aus Ihrem Reisebüro machen wollen. Lorena schlägt vor, es soweit abzuwickeln, dass es zwar nominell noch weiterbesteht, aber die Miete nicht mehr aufgebracht werden muss. Wir würden die Möbel und Computer verkaufen, den Mietvertrag, Telefon, Internet und all den Kram kündigen. Falls Karina später Interesse hat, könnte sie nach der Ausbildung das Geschäft übernehmen. Insofern bliebe es »in der Familie«, wenn man so will.*

*Sicherlich fragen Sie sich, was aus Heddy und ihrem Mann geworden ist. Peter hatte Anfang Januar eine Bandscheibenoperation und war danach ein paar Wochen in der Reha. Er arbeitet mittlerweile wieder. Von der ganzen Aufregung hat er nichts mitbekommen, und nichts trübt somit die Idylle im Einfamilienhaus.*

*Ach ja, das hätte ich fast vergessen: Silvia Roos hat den Mord an Micha gestanden. Sie haben sich gefetzt, der Streit ist eskaliert, und sie hat zugeschlagen. Mit einem Briefbeschwerer, ganz klassisch, wie in den englischen Krimis. Ich habe zu Lorena gesagt, dass ich auf keinen Fall einen Briefbeschwerer im Büro haben will, zu gefährlich.*

*Herzliche Grüße,*

*Ihr Artur Uhl*

*P.S. Lorena lässt Sie schön grüßen.*

*P.P.S. Matilda ist übrigens pumperlgesund, alle Wunden sind verheilt, sie springt herum wie ein Gummiball auf allen vier Beinen.*

*P.P.P.S. Wie geht es Ihrem Arm?*

Ksenia lässt den Brief sinken. Ein Anflug von Heimweh macht sich bemerkbar und zugleich so etwas wie Anerkennung: Die haben sie tatsächlich ausfindig gemacht. Was nie geschehen wäre, hätte nicht Ksenia selbst einige Hinweise klug platziert, welche wiederum nur von Menschen, die der *Wilden Jagd* entkommen sind, zu lesen waren. Jedoch: Artur und Lorena als Paar – das hat sie nicht kommen sehen.

Sie steckt den Brief zurück in den Umschlag. Kaum zu glauben: So ein Fetzen Papier findet den Weg um die halbe Welt herum. Wo doch eigentlich alles nur noch mit Hilfe elektronischer Impulse funktioniert.

Behutsam legt sie das kostbare Zeugnis ihres alten Lebens auf den Korbstuhl neben sich. Sie lässt den Blick schweifen: blaugraue Gipfel, teils mit Schnee betüpfelt, zarte Wolkengebilde in lockerer Folge, die darüber hinwegziehen. Unter sich ein Plateau, grün, üppig bewachsen. Das Traumbild, das sie früher ihren Kunden versprochen hat, die große Urlaubssehnsucht, garniert mit ein wenig Abenteuer.

Sie greift nach ihrem Notizbuch, reißt ein Blatt heraus und schreibt ein paar Zeilen.

Später wird sie ein Kuvert adressieren und Pedro mitgeben, wenn er mit dem Jeep in die Stadt fährt. Das kann ein paar Wochen dauern. Lächelnd blickt sie auf das Notizpapier:

*Das mit der Geschäftsabwicklung ist okay. Und meinem Arm geht es gut.*

*K.*

ENDE

# Weitere Bücher von Friederike Schmöe:

**Katinka Palfy ermittelt:**

**1. Fall: Maskenspiel**
ISBN 978-3-89977-636-2

**2. Fall: Kirchweihmord**
ISBN 978-3-89977-643-0

**3. Fall: Fratzenmond**
ISBN 978-3-89977-675-1

**4. Fall: Käfersterben**
ISBN 978-3-89977-681-2

**5. Fall: Schockstarre**
ISBN 978-3-89977-710-9

**6. Fall: Januskopf**
ISBN 978-3-89977-737-6

**7. Fall: Pfeilgift**
ISBN 978-3-89977-756-7

**8. Fall: Spinnefeind**
ISBN 978-3-89977-782-6

**9. Fall: Rosenfolter**
ISBN 978-3-8392-1275-2

**10. Fall: Zuträger**
ISBN 978-3-8392-1685-9

**11. Fall: Dohlenhatz**
ISBN 978-3-8392-2048-1

**12. Fall: Kreidekreis**
ISBN 978-3-8392-2229-4

**13. Fall: Angeschwärzt**
ISBN 978-3-8392-2523-3

**14. Fall: Rhöner Nebel**
ISBN 978-3-8392-2589-9

**15. Fall: Die Cranach-Verschwörung**
ISBN 978-3-8392-0120-6

**Kea Laverde ermittelt:**

**1. Fall: Schweigfeinstill**
ISBN 978-3-89977-805-2

**2. Fall: Fliehganzleis**
ISBN 978-3-8392-1012-3

**3. Fall: Bisduvergisst**
ISBN 978-3-8392-1034-5

**4. Fall: Wieweitdugehst**
ISBN 978-3-8392-1098-7

**5. Fall: Wernievergibt**
ISBN 978-3-8392-1135-9

**6. Fall: Wasdunkelbleibt**
ISBN 978-3-8392-1199-1

**7. Fall: Ein Toter, der nicht sterben darf**
ISBN 978-3-8392-1612-5

**8. Fall: Falsche Versprechen**
ISBN 978-3-8392-2154-9

**Schatten über Südtirol**
ISBN 978-3-8392-0409-2

Alle Bücher von Friederike Schmöe finden Sie unter **www.gmeiner-verlag.de**